伯爵夫人のお悩み相談①

追伸、奥さまは殺されました

メアリー・ウィンターズ　村山美雪 訳

Murder in Postscript

by Mary Winters

コージーブックス

JN119895

MURDER IN POSTSCRIPT
by
Mary Winters

This edition published by arrangement with Berkley,
an imprint of Penguin Publishing Group,
a division of Penguin Random House LLC through
Tuttle-Mori Agency, Inc., Tokyo

挿画／末山りん

いつも最高のアドバイスをくれた母に

追伸、奥さまは殺されました

主な登場人物

アミリア・エイムズベリー……伯爵未亡人。筆名レディ・アガニ
エドガー・エイムズベリー……アミリアの亡き夫。伯爵
ウィニフレッド……エドガーの姪
タビサ……エドガーのおば
サイモン・ベインブリッジ……エドガーの友人。侯爵
グレイディ・アームストロング……週刊誌の編集者。アミリアの幼なじみ
キティ・ハムステッド……アミリアの親友
オリヴァー・ハムステッド……キティの夫。子爵の長男
ジェイムズ・エドワーズ……元海軍提督。造船会社経営
ティベンス……ジェイムズの執事
フローラ・エドワーズ……ジェイムズの長女
ヒヤシンス・エドワーズ……ジェイムズの次女
ローズ・エドワーズ……ジェイムズの三女
ヘンリー・コスグローヴ……フローラの婚約者。公爵
ウィリアム・ドナヒュー……ジェイムズの部下。事務員
ヤーコブス・(ジャック・)スティーヴンズ……ジェイムズの元部下。海軍の軍人
ダリア・エンゲルソープ……ジェイムズの義理の姉
リナ・クレイン……洗い場メイド。元ヒヤシンスの侍女
フェリシティ・ファーンズワース……サイモンの元婚約者

1

一八六〇年
イングランド、ロンドン

アミリア・エイムズベリーは認めたくはないものの、退屈していた。気が遠くなりそうなほどに。満ち足りるとは、まさにこのような状態を言うのだろう。自分が養育をまかされた美しくてほんとうに愛らしい少女がピアノを演奏し、その楽譜をめくっているのは非の打ちどころのない家庭教師の女性で、優雅な壁紙に彩られたこの客間には、三段式のスタンドに好みで選べるケーキが揃えられている。でも、それほど満ち足りているのなら、どうして午後の郵便物の到着が待ち遠しくて仕方がないのだろう?

アミリアは炉棚の上に飾られた亡き夫の肖像画にちらりと目をくれた。責任の一端はあなたにもあると言えるわよね。出会ったとき、アミリアは彼が何者なのか見当もつかなかった。サマセットのどこにでもいる若者のようなそぶりで、アミリアの一家が営む人気の宿屋〈羽毛の巣《フェザード・ネスト》〉を訪れた。とはいえやはり、どこにでもいる若者とは違っていた。立ち居振る舞いが少しばかり上品すぎたし、見た目も、肌はなめらかで、鼻筋がとおっていて、歯もきれいに揃っていた。伯爵だと知らされたのは、求婚されて承諾したあとで、アミリアは驚きはしたけれど、言われてみればそれもそのはずだと納得した。裕福な貴族はわが身と財産を守らなくてはいけない。エドガー・エイムズベリーも円卓の騎士のランスロットのように身分を隠して現れたからといって、アミリアはまったくふしぎには思わなかった。それどころか、なおさら胸がわくわくした。

アミリアは花柄のティーカップを置こうとして、ガチャンと音を立ててしまい、家庭教師がすばやく目を向けた。自分の姓はいまエイムズベリーでも、血縁はない。けれどロンドンでもきわめて裕福な一族の未亡人としてここで暮らし、コーンウォールにも田舎屋敷《カントリーハウス》があり、エドガーの姪ウィニフレッドの養育を担っている。エドガーが妻選びを急いだのはウィニフレッドがいたからで、当時すでに変性疾患に侵されていて、アミリアとの結婚からわずか二カ月でこの世を去った。夫は自分がいなくなってもウィニフレッドが心配なく暮らせるようにと望んでいた。アミリアは自分で言うのもなんだけれど、託された務めをうまく果たせているると思う。賢くて、お行儀がよく、やさしいウィニフレッドは、血が繋がっていないだけで、すっかりもうわが娘のよう。モーツァルトのピアノ協奏曲第二十一番を軽やかに弾くウィニフレッドが誇らしくてたまらない。けれどついに午後の郵便物が玄関先に届けられたらしい！

「わたしが取りにいくわ、ジョーンズ」アミリアは執事に声をかけた。ウィニフレッドがピアノを弾く手をとめた。「どうぞ、そのまま続けて。とても上手に弾けているわ」

アミリアがこの午後ずっと待ちわびていたもの、すなわち生きがいを与えてくれている自分のべつの顔、秘密の筆名レディ・アガニに宛てた手紙が到着した。黒いドレスの衣擦れの音を響かせながら玄関へと下りていく。配達人がノックをするより早く玄関扉を開いた。

「こんにちは」アミリアは挨拶した。「ちょっと顔を出して空気を吸うのにも気持ちのよいお天気よね？」

男性が目をしばたたかせた。「奥さま」

アミリアはどんよりとしたロンドンの空気を吸いこみ、むせた。煤《すす》だらけだろうと、悪臭が鼻についたり胸をむかつかせたりしても、まるで気にならない。そうしたものも、サマセットをためらいなく離れたいと思うほどに自分があこがれていた街の一部だ。故郷の小さな村メルズでは〈フェザード・ネスト〉に直接届けられる新聞をアミリアは幼い頃から手にしていた。ロンドンの街から届くニュースに読みふける午後をいくたびとなく過ごし、夢をふくらませていたので、エドガーからロンドンに来ないかと尋ねられたときには、一も二もなく承諾した。「そうします、ありがとうございます」

配達人は無言で頭をさげ、アミリアは玄関扉を閉めて客間に戻り、小包を開いて、書簡を数えた。一通、二通、三通。恋愛、仕事、日常生活での助言を求める手紙。恋のお悩みが多いとはいえ、どれも目的は同じ。差出人はみな、人生最大の難関である不透明な水中を泳ぎきるための助言を求めている。そうだとしたら、上流婦人以上にふさわしい道案内人がいるだろうか。アミリアの返答がこれほどの人気を得ているのは筆名の敬称のおかげ、それに率直な助言も好まれているのだろう。時代は移り変わり、読者も変化を求めていて、社会の序列のもう一段上へと手を伸ばしている。さらには読者と上流社会の人々までもが、レディ・アガニとはほんとうは何者で、そもそもどうしてこのようなものを書きはじめたのかを知りたがっていた。

アミリアがこの仕事を始めたきっかけは、同じくらい新聞好きだった幼なじみで、いまはロンドンでもっとも売れている週刊誌の編集者となったグレイディ・アームストロングだ。事の真相はグレイディとアミリア以外に誰も知らない。一年まえ、その週刊誌のお悩み相談欄宛ての手紙がグレイディの仕事部屋に山積みとなっていた。担当執筆者が若者たちの不作法ぶりに嫌気が差して辞めてしまい、グレイディには回答する時間も文才もなかったからだ。そんなわけで、夫を亡くして暇を持て余していたアミリアに、そのような仕事に興味はないかと持ちかけてきた。グレイディはアミリアが読むのも書くのも好きなことを知っていたので、週刊誌の秘密の仕事を楽しめるのではと考えたのだ。女王陛下がお茶を楽しまれるように。アミリアは二つ返事で引き受けた。グレイディの雑誌社はこれまで以上に、ただし喜ばしい成果で忙しくなった。アミリアの慣習にとらわれない助言と謎に包まれた正体が読者を引きつけ、週刊誌は売り上げを伸ばしている。

「手紙ね！」ウィニフレッドが声を張りあげ、ピアノを離れた。「わたし宛てのものはある？」

アミリアは椅子の隙間に手紙を滑りこませた。「残念ながら、ないわ。でも、あなたの演奏はすばらしかった。モーツァルトをこれほど楽しめたことはなかったくらい」

「ほんとうに?」ウィニフレッドは顔にかかったブロンドの髪の房を払った。

「ほんとうよ」エイムズベリー一族の髪の美しさは名高く、もちろんウィニフレッドにも受け継がれている。もうすぐ美しい貴婦人に成長するのは間違いないけれど、いまはまだそのふっくらとした頬や、いたずらっぽい笑顔や、好奇心の強さが微笑ましい。十歳のウィニフレッドは子供から大人の女性へ成長する狭間の貴重な年頃なので、アミリアはともに過ごす時間を慈しんでいた。

ウィニフレッドとは違って、アミリアが寝るときにだけほどく、腰まで伸びた髪は蜂蜜色交じりの赤褐色だ。馬に乗って実家の宿屋の厩《うまや》へ入っていくときに、後ろになびかせたその髪がエドガーの目に留まった。さらにアミリアが横乗りをしていなかったことにも気を引かれたという。

家庭教師が片隅から不満げに申しでた。「レディ・ウィニフレッド、ピアノの練習はまだ終わっていませんよ。最後のページをあまりに速く弾きすぎています」

「いまのところはこれくらいでいいでしょう、ミス・ウォルターズ」アミリアは言葉を挟んだ。「お手紙の返信を書くまえにウィニフレッドとお茶を飲みたいの」

ミス・ウォルターズは薄茶色の髪をきっちりと丸めた頭を深々とさげた。「お望みどおりに、レディ・エイムズベリー。飲み終えられましたら、お嬢さまはどうぞ音楽室へお越しくださいますように」

　ウィニフレッドがアミリアの隣に飛びこむように来て、模様入りの椅子に坐った。足は床に届いておらず、ストロベリータルトに手を伸ばしかけてさっと引き戻し、許しを待った。

　ミス・ウォルターズが去り、アミリアはウィニフレッドに向きなおった。「お菓子をいかが？」

「ええ、いただきます。それとお茶も」

　アミリアはお茶を注いだ。「ピアノを弾くのは好き？」

「とても」ウィニフレッドが答える。「砂糖は三匙《さじ》お願いします」

　アミリアは眉を上げたが砂糖に目を落とした。「そうでしょうね。弾いているのを聴いていればわかるわ」

「ウォルターズ先生には速く弾きすぎていると言われたけど」ウィニフレッドはストロベリータルトをひと口食べて、青い目を閉じて味わった。タルトで至福の喜びを得られるのも子供のうちだけ。

「先生はよくご存じだからよ」アミリアはお茶を少女の脇に置いた。「古典的な技法を学ばれた方ですもの」それがミス・ウォルターズを選んだ理由のひとつだった。しかもフランス語も堪能だ。ウィニフレッドには音楽の才があり、だからこそアミリアはしっかりと教育を受けさせたかった。毎日午後に客間でウィニフレッドがピアノを弾いて聴かせてくれるのが心からうれしい。練習はほとんど音楽室で行なっているので、貴重なひと時だ。おかげで上達ぶりも確かめられる。

「アミリア、ちょっと訊いてもいい？」ウィニフレッドが問いかけた。ほかに誰もいないときにだけ、こんなふうに名前で呼ぶ。

「なんでもどうぞ」アミリアはお茶をひと口含んだ。

ウィニフレッドが身を乗りだした。「あの手紙はほんとうはなんなの？」

アミリアはカップを口もとにつけたまま動きをとめた。子供たちはみな賢いし、ウィニフレッドとはエドガーがこの世を去ってから長い時間をともに過ごしてきた。言うなれば、悲劇を乗り越えてきた同志でもある。この少女に嘘はつけない。第一、いつかはわかることで、さらに言えば、自分にとって大切な存在だからこそ欺けない。「ものすごくすばらしいものよ。いまはまだ、あなたに打ち明けられない秘密だけれど」

「でも、いつか教えてくれる？」ウィニフレッドがお茶をたっぷり飲んだ。

「ええ、いつか話すわ。あなたにも見せてあげる」アミリアはカップを飲み干して置いた。

「いまのところは、あなたに喜びをもたらしてくれるピアノのように、わたしに喜びをもたらしてくれるものとだけ言っておくわね。そういうわけだから、あなたにも黙っていてもらいたいの。あなたを信じていい？」

ウィニフレッドがタルトの残りを口に放りこんで、うなずいた。

「信じてるわ」アミリアは言った。「そろそろミス・ウォルターズのところへ戻ったほうがいいわね。あなたに最後のページを弾き直させたいのでしょうから」

ウィニフレッドがいきなりさっと抱きついてきたので、アミリアは芳《かぐわ》しいストロベリーの匂いを吸いこんだ。エドガーは変性疾患の影響を危惧して子を授けてはくれなかったけれど、愛しい姪を遺してくれたことをアミリアはいつも心からありがたく思っていた。

少女が部屋を出ていくと、アミリアは手紙を持って、お気に入りの場所となった図書室へ向かった。本のある屋敷、これもまたエドガーが自分に遺してくれたもので、そこでほんとうに楽しく過ごせている。〈フェザード・ネスト〉には食事や娯楽のための部屋はたくさんあっても、家族がとりわけ愛して演じる劇作以外の本を置いておくほどの場所はなかった。『ロミオとジュリエット』がアミリアのお気に入りの芝居となったのは、グレイディとふたりで主人公を演じられるからだったのかもしれない。主役はたいがい長姉のペネロピが演じていた。たしかにペネロピのほうが台詞《せりふ》憶えがよく、アミリアは即興のほうが得意だった。

足をとめて、息を吸いこむ。この部屋は丁子《クローヴ》と紙と古びた葉巻の匂いがする。二階まで設えられた木製の書棚に革綴じの大判の本がぎっしり並んでいる。アミリアはそうした本を横目に、窓ぎわの明るいアルコーブに据えられた大きな紫檀材の机へ足を進めた。その正面に深緑色のソファ、縞模様の椅子と装飾の凝った楕円形のテーブル、そばの片隅のもう少し小さいテーブルには重厚なクリスタルグラスと高級酒が置かれている。さらに反対側の壁に豪華な石造りの暖炉が鎮座し、その両脇には読書とうたた寝をするのにぴったりの心地よさの柔らかいダマスク織りの椅子もある。アミリアはそこで幾晩も読書とうたた寝をして過ごしている。

ペーパーナイフで封を切り、ひそやかに手紙を開く。ざっと見たところ、速書きで乱れた、涙でわずかに滲《にじ》んだような筆跡からして、恋愛のお悩みにまず間違いない。アミリアは椅子に腰をおろし、手紙を読みはじめた。

親愛なる　レディ・アガニ

あなたは誉れ高いご婦人です。どうかご指南ください。わたしは隣家の男性を愛しているのですが、彼はわたしの想いに気づいていないのです。彼がわたしに見せる笑顔からしても、わたしたちに特別な絆があるのは確かです。でも、彼はほかの女性に求婚しようとしています。井戸へ行く道すがら、その計画をわたしに話してくれました。わたしはとまどいながらどうにか帰ってきましたが、ほんとうはこの気持ちを伝えたくてたまらなかったのです。もう遅すぎるでしょうか？

かしこ

愛に遅きに失した娘　より

アミリアは羽根ペンをインクに浸けた。山ほど届く恋のお悩み相談の一通で、回答するのはたやすい。印刷して週刊誌に掲載される回答文を書きはじめた。読者の手紙のほうは掲載されず、それは理に適っている。自分の感情が滲みでたお悩み相談の文章を目にして、多くの投稿者は気恥ずかしさを覚えてしまうに違いないのだから。

親愛なる　愛に遅きに失した娘　様

愛に遅すぎることはありません。むしろ、わたしは古く、しかもおそらくはより賢明な格言のほうに賛同します。〝遅くとも、なにもしないよりはまし〟。あなたの場合には、これ以上の真実はありません。あなたはその男性を愛していて、それを認めるのが遅かった。そのとおり。ですが、まだ時間はあります。彼は誰にも求婚していないのです――まだ。彼が先へ進むまえに、あなたの本心を伝えるのが最善です。たとえその想いに応えてもらえなかったとしても、伝えられたことで、あなたは納得できるはずです。それが自信となって生きていけることでしょう。伝えなければそれは得られません。

秘密の友人　レディ・アガニ

次の手紙はいたってわかりやすいものだった。差出人はあからさまに書いてはいないが、友人の髪に嫉妬している。ブロンドの豊かな長い髪の手入れにやたらと時間をかける友人を非難しているものの、彼女もそのような髪になりたがっているのはあきらかだ。

またインク壺に羽根ペンを浸けてから、回答に取りかかる。

親愛なる　どこにいても髪ばかり　様

生まれながらに見事な髪に恵まれた女性はいるものです。かたや、すばらしい機知、快活さ、やさしさに恵まれた女性たちもいます。後者の人たちはその恵まれた点を養いましょう。さもなければ、かつらを購入する手もあります。しごく簡単な選択です。

秘密の友人　レディ・アガニ

最後の手紙を開くまえにアミリアは少し間を取って、これからなにを読むことになるのかわからない楽しみを味わった。新たな手紙が届けられるのはあすの午後なので、これからまた待ち遠しい一日を過ごすことになる。お悩み相談欄が評判を呼んでいるので、アミリアがすぐに対応できるようにとグレイディは毎日手紙を届けさせている。

アミリアは封書をひっくり返して、ちょうど陽の当たるところにずらした。窓から射しこむ春の陽光がそばのブランデーのデカンタに跳ね返って、壁に赤紫色の斑点を映している。夕方に肌寒くなる部屋を暖めるために女中《メイド》がそろそろ火を熾《おこ》しに来る頃だ。そうしたら、アミリアはグラス一杯のシェリー酒を楽しんでから、夕食用にいまだどうにも慣れなくて煩《わずら》わしい着替えに向かう。

三通目の手紙はいかにも急いで封じたように見える。慌てて投函したとすれば、一刻を争う内容が書かれているのかもしれない。アミリアは手紙を開いた。書きなぐったかのような筆跡で、判読しづらい。斜め書きになっているし、おそらくは今朝のにわか雨のせいで皺が寄って染みがついている。それでも一行目から差出人の切迫が読みとれた。アミリアはもう一度読みなおして羽根ペンを取り落とし、机にインクが飛び散った。眼鏡を手にして、さらにまた手紙に目を通す。読み違えたのかもしれない。日付によれば、まさに今朝投函されたものだ。

親愛なる　レディ・アガニ

ほかに行き場のないわたしにはあなたが最後の望みです。今夜九時に、セント・ジェームズ・パークでお会いできないでしょうか？　誰にもあとをつけられないようにご注意ください。わたしは何者かにつけられているようなのです。池のほとりのベンチでお待ちしています。赤い帽子が目印です。どうかあなたのお力を貸してください。わたしは大変なものを目撃し、最悪の事態を恐れています。

かしこ

シャーロット

追伸　わたしの奥さまは殺されたと思うのです。

2

アミリアは手紙を置いた。読み違えたのではなかった。手紙の差出人名はシャーロットとなっているが、なぜ、なんのために書いたのだろう？　レディ・アガニは助言者だ。殺人事件を解決してはいない。できないわけではないけれど。〈フェザード・ネスト〉で働いていたときには無残な場面を目にすることもあった。でも、どうしてこの手紙の差出人は自分に助けを求めようと思ったのだろう？　アミリアは椅子を後ろに引いた。

ふたつの仮説が頭に浮かんだ。ひとつは、シャーロットがなにか見てはいけないものを見てしまい、あまりに恐ろしくてスコットランドヤード、つまりロンドン警視庁に通報できずに手紙をよこしたのではということ。もうひとつは、シャーロットがレディ・アガニの正体を暴きたがっている賢い女性かもしれない可能性だ。こちらは穿《うが》った見方なのかもしれないが、じゅうぶんに考えられる。六週間ほどまえから、アミリアのもとには既婚なのか、好きな色はなにか、といったあらゆることを尋ねる手紙が多く寄せられるようになった。レディ・アガニが何者で、〝レディ〟を名乗れる婦人がなぜ週刊誌の仕事をしているのかと、読者たちの関心は高まっている。

アミリアはグラスにシェリー酒をたっぷり注いだ。なぜこの仕事をしているかと言えば、もともとはレディを名乗れる女性ではなかったからだ。少なくとも自分ではそう思っている。エドガー・エイムズベリーと結婚するまでは、家族で切り盛りする小さいけれど人気の宿屋を手伝っていた。大方の推測とは違い、アミリアは働いていたし、その仕事では夕食のために着替える必要などなかった。

窓ガラスに自分のドレス姿を映して眺めた。コルセット、ストッキング、クリノリンの上に何枚もの布が重ねられた黒いドレス姿の自分がこちらを見返している。このような装いも仕事のうちなのかもしれないけれど、望んで身に着けているわけではない。手紙にはわくわくするし、書くことはとてもやめられない。これだけはウィニフレッドやエイムズベリー家のためではなく、唯一自分のためにしていることだけれど、アミリアは家長としての責任を重く受けとめていた。ウィニフレッドの養育をエドガーからまかされたからには、秘密の顔は隠し通さなくてはいけない。レディ・アガニの正体を誰かに知られたら、噂が広まって、エイムズベリー家の人々は打ちのめされてしまうだろう。

とはいえ、それならどうすればいいの？　ほんとうにひとりの女性の身が危険にさらされているのだとしたら。当然ながらエドガーはウィニフレッドをきちんと養育してくれるよう願っていたにしろ、困っているご婦人をけっして見捨てるような男性ではなかった。正直で率直な娘だからアミリアを田舎から連れだした。財産で判断されたくなかったから爵位を隠し、そうしたものに惑わされない女性を選んだ。アミリアはエドガーから伯爵だと聞かされて初めて、自分のおじが男爵だと伝えた。だからさいわいにも田舎の紳士階級の人々とも懇意にしていた。エドガーが身分を隠す必要はなかったのだ。

それを聞いてエドガーは笑い、アミリアの振る舞いは〝新鮮〟だったと返した。自分の娘に最良の花婿を探すためならどんなことでもやりかねない社交界の母親たちと比べれば、そう見えたのだろう。この二年、社交界の夜会に出席しつづけて、アミリアはエドガーが姪の母親代わりになる女性をわざわざ田舎まで探しに来なければならなかったわけを理解した。みな心からわが子のためを思っている。エドガーにはウィニフレッドがわが子も同然だった。

アミリアはシェリー酒のグラスを置いた。なんとしても今夜、セント・ジェームズ・パークへ行こう。陽が暮れている時間でも正体がわからないように変装しなくてはいけない。もし罠だったとわかったら、すぐに逃げる。逃げる。アミリアは豪華な家具調度を見まわして、これほどぞくぞくする言葉があるだろうかと思った。ほんとうのところ、こんなにも胸が高ぶるのは、サマセットである晩に宿泊した公爵のサラブレットを連れだして駆けさせ、〈フェザード・ネスト〉の厩にこっそり返しておいたとき以来だ。

床を三度打つ音で、アミリアはいっきに血の気が引いた。とっさに戸口へ目をやると、エドガーのおばの夕ビサが、宝石が鏤《ちりば》められた杖の柄を手にして立っていた。歳をとっても、怪我をしたことがあっても、その身長に変化は見られない。およそ百八十センチはあるので、アミリアのみならず、ほとんどのご婦人がたより抜きんでて長身だ。

アミリアは抽斗《ひきだし》に手紙を押しこんだ。

タビサが杖の先をこちらに、いいえ、厳密にはアミリアのグラスに向けた。「ご婦人がひとりで飲むのは感心しないわね」

アミリアは口もとをほころばせた。「では、ご一緒にいかがです、おばさま」

タビサがそっけなくうなずく。「そうしなければでしょう」

「いつもお世話をおかけします」アミリアはシェリー酒に手を伸ばした。

「そんな甘いものはけっこうよ」とタビサ。

アミリアは琥珀色の液体が入ったデカンタのほうをつかんだ。「きょうの午後のご気分はいかがです？」

「どこもかしこも痛むわね」タビサは緑色の革張りのソファに腰を落ち着けた。

それならたしかにこのお酒が役立ちそうだ。「ではこちらの強壮薬をお試しに――」

「そうね」タビサがさらりと答えた。

アミリアは酒を入れたグラスを渡し、向かいのペイズリー柄の椅子に腰かけた。タビサの関節炎には強いアルコールほど助けになるものはない。

タビサは澄んだ青い瞳でアミリアを見つめながら酒を飲んだ。その目はけっして間違いや不作法やしくじりを見逃さない。エイムズベリー家の最年長者として、アミリアに相応の振る舞いをさせるのが自分の務めだと考えている。しかもずっと未婚のまま傍から眺めてきた老嬢なので、あらゆる務めに精通している。

「わたしがここに入ってきたとき、なんだかこそこそしていたわね」タビサが言った。「なにかあったの？」

タビサには遊び心が疼《うず》くと杖をついてこらえる癖がある。「こそこそですか？　おっしゃっている意味がわかりません」

「頬がピンク色に染まっていたのよ。いつもはそんなふうにならないのに。どうしてなのかしら？」

アミリアの肌は赤褐色の髪と同じように温かみがあり、肖像画も含めてこれまで目にしたエイムズベリー家の一様に金色の髪をした人々とは対照的だ。タビサの言うとおり。アミリアの頬が目立ってピンク色に染まるなんてことはめったにない。「きっとシェリー酒のせいですわ。いっきにたっぷり飲んでしまったので」

タビサがまたひと口飲んだ。「言うなれば、わたしに理由を教えるつもりはないわけね」

「お腹がすいてきました。料理人は今夜なにを作ってくれるのかしら？」話をそらしたいときに手っ取り早い方法は食べ物について持ちだすこと。タビサおばにとって献立をきめるのは生きがいで、細かなところまで配慮が行き届いている。アミリアがロンドンで最上の食事を楽しめているのはタビサと料理人のおかげだ。お茶も、近隣の人々がちょうどよい時間に訪れたなら、うらやましがられるほど美味な焼き菓子とともに楽しむことができる。まさにタビサはこの家をしっかり油を差した馬車のように御している。

タビサは目を輝かせ、当然のごとく長く連なるコース料理の献立を披露しはじめた。アミリアがうわの空で聞いていると、ふいに〝ロブスターのカレー煮〟という言葉が耳に入った。

ぴんと背を起こして訊き返す。「ロブスターのカレー煮？　ウィニフレッドは魚料理が嫌いなんです。お客さまが来られるのですか？」

タビサが楽しげだった顔をこわばらせた。「もちろんだわ。先週、ベインブリッジ侯爵をお迎えすると伝えたわよね。当家にとって特別な友人なのよ」

アミリアは内心で唸った。どうして忘れていたのだろう？　サイモン・ベインブリッジは、妹のレディ・マリエールを今年の社交シーズンに登場《デビュー》させるため、最近アメリカから帰国していた。エドガーが死去したときにはロンドンにいなかったので、弔問に訪れるのは当然だとしても、よりにもよって二年も経った今夜だなんて。セント・ジェームズ・パークで待ち合わせがあるというのに、たとえ訪問者が公爵さまだとしても、どんなにすてきな紳士がやってこようと、シャーロットと会うのをやめる理由にはならない。

ただし相手が意志強固なタビサおばさまとなると話はべつだ。計画を阻止されかねない。疑念を抱かせないよう慎重に進めないと。

「そうでした」アミリアはなめらかに応じた。「ベインブリッジ卿。忘れるはずがありませんわ。ご到着を心待ちにしていました」

「そうでしょうとも」タビサが散らかった机にちらりと目をくれた。「準備していたのよね」タビサのもともと高い頬骨が鋭さを増した。「なにしろ、彼の父親は公爵さまですもの。それ相応のおもてなしをしなくては」

すでに聞かされていたことだ。タビサ流の念押し。淑女らしく、伯爵夫人らしく、振る舞うようにと。アミリアにとってはいつもながらたやすい役割ではないものの、もうずいぶんと上流社会の多くの人々と顔を合わせてきた。かつてほどのいらだたしさは感じていない。

「心配なさらないでください、おばさま。精いっぱいお行儀よくしますから」

「子供の労働について不作法な軽口も叩かないということね」タビサが空のグラスを置き、杖をつかんだ。

アミリアは手助けするためにすぐさま立ちあがった。「あれはもう一年以上もまえのことですわ。グレイ卿のお考えはあきらかに間違っていたんですもの。子供たちを炭鉱で働かせるなんてことには、わたしは同意できません」

「わたしもよ」タビサはひらりと手を振って助けを退けた。「けれども晩餐の場にふさわしい会話ではないでしょう。しかも早々に引き揚げさせてしまうなんて」

アミリアが玄関先の踏み段で意見を撤回するよう求めたために、グレイ卿はさっさと次の晩餐会へと姿を消した。不作法だったのは認めるけれど、こと子供たちについては自分なりの信念がある。ウィニフレッドは実の娘も同然で、彼女が鉱山の劣悪な環境で働く姿を思い浮かべずにはいられず、頭に血がのぼってしまったのだ。「またあのような話題が出るとは思えませんし、出たとしても、侯爵さまにスープを手渡すまえにすばやく反論いたしますから、ご安心ください」

「いい加減になさい、アミリア」タビサが釘を刺した。「スープを手渡してはだめ。それはあなたの役目ではないわ」

アミリアは払いのけるように手を振った。「わたしの言いたいことはおわかりでしょう」

タビサがかぶりを振り、前かがみに杖をついて重い足どりで踏みだした。

アミリアは廊下に出て、おばが階段へ行き着くまで見届けた。頑固で、意志が強く、ちょっぴりへそ曲がりなタビサは野生の山羊のようだ。その姿が見えなくなってから、玄関広間のテーブルに飾られた芳しいバラの花束に目を留めた。そうした飾りつけひとつにしても来客があるのはあきらかだった。侯爵さまはむろん、国王でも出迎えられる設えだ。それなのに屋敷内のとても多くの細やかな装飾と同様に、アミリアは見逃していた。あまり得意とする事柄ではない。

得意なのは想像すること。アミリアはピンク色のバラを一本抜いて、深々と香りを吸いこんだ。一年のなかでも、春が終わりに近づき、夏を予感させるこの時季が好きだ。サマセットでは、いつにもまして自由に動きまわれる頃でもある。天候がよく、旅行者はまだひっきりなしに詰めかけるほどでもない。実がなるまえのリンゴの花の濃厚な香りのように、空気が期待に満ちている。回答を待つ手紙の差出人のように。

アミリアは三階に上がった。侯爵さまが訪れるのだから一応は装いを美しく整えて、セント・ジェームズ・パークへ行くにはまたそれを着替えなくてはいけない。ウィニフレッドにロブスターのカレー煮が供されることも伝えておかないと。サイモン・ベインブリッジはエイムズベリー家の友人なのだから、晩餐のテーブルに子供をつかせることについてどのような慣習があるにしろ、ウィニフレッドを出席させたい。アミリアからすれば、誰もそうさせていないからといってそれに倣《なら》うなんてばかばかしかった。ウィニフレッドはもうすぐ十一歳になる朗らかな少女で、礼儀もきちんと身についている。りっぱに晩餐をともにできる。

ドアをノックする。ウィニフレッドが応じると、アミリアは膝を曲げて軽く頭を垂れた。

「わたしのバラに一本のバラを」背を起こし、ウィニフレッドのドレス姿に目をしばたたいた。「もう着替えていたのね」

「ありがとう、アミリア」ウィニフレッドがバラを手にして、くるりとまわってみせた。髪と同じような淡い黄色の絹モスリンのドレス。「きれいでしょう？　ベインブリッジ卿が晩餐に来られるので、わたしも招待されたの」

「ええ、知ってるわ」アミリアは侍女がウィニフレッドのリボンを取りだすあいだにベッドの端に腰かけた。

「ついさっき大おばさまはあなたが忘れていたと言ってたけど」ウィニフレッドが踊るような足どりをとめた。「そうだったの？」

「そんなことないわ、ちゃんと――」アミリアは少女がいぶかしげに片方の眉を上げたのを見て口ごもった。「ええ、忘れていたんだけど、ここだけの秘密にしておいて」声を落とす。

「おばさまはわたしにもすてきな黄色いドレスを用意してくださらないかしら」

「奥さまのドレスはお部屋にご用意しています」ウィニフレッドの侍女クララが言葉を挟んだ。「きのう届きました」

「それならよかった」アミリアは応じた。「ありがとう」ウィニフレッドのほうに向きなおる。「料理人がこしらえるものをおばさまから聞いてる？」

ウィニフレッドがちらっと舌を出した。「ロブスターのカレー煮」

「相当にがんばらないと」アミリアは念を押した。「約束して……そうしたらあなたにこっそりデザートをよぶんに分けてあげる」

クララはふたりの取引にはそしらぬふりでリボンを結び直している。

ウィニフレッドが片手を差しだした。「約束するわ」

握手を交わしてから、アミリアはその部屋を出て着替えに向かった。侯爵さまをお迎えするにあたって色つきのドレスを着られますようにと願いながら。ベッドには暗い染みのようなドレスが置かれていた。黒よりはましというだけのこと。喪中の婦人にふさわしいグレーの慎ましいドレス――いまだ正式な喪服に変わりはない。とはいえ、まだまだ人生を楽しめる二十五歳の女性にはふさわしくない。「これがわたしの？」アミリアは侍女のレティーに尋ねた。

「そうですわ、奥さま」レティーが大きすぎる衣装簞笥からドレスのほうに歩いてくる。アーモンド形の目でドレスを見下ろす。「どうぞ気を落とされませんように」

レティーのもの悲しげな声から彼女自身が気落ちしているのがあきらかに聞きとれた。アミリアよりほんのいくつか年上の若い侍女をよけいに沈ませる必要はない。黙っていても労《いた》わり合える友情が築かれている。「大丈夫。とてもすてきな……生地だわ」アミリアはごわついたレース飾りに手で触れて言葉を濁した。この二年、黒とグレーばかりのあらゆる衣装を身に着けてきた。もううんざりとはいえ、どうすればいいというのだろう？　さほど流行に関心があるわけでもなし、それでタビサに気分よくいてもらえるのなら、栂突くほどのことでもない。そんな気力は子供たちの労働問題のようにもっと重要な議論のためにとっておきたい。

「なんといっても、ベインブリッジ卿はエイムズベリー家の特別なご友人ですから」レティーが説明する。「万事、抜かりなく整えなければ」声を落とした。「母があなたの身支度もさせていただくと申しております」

アミリアは笑い声を立てた。好き勝手に赤いドレスでも身に着けかねないと思われているのだろうか……たまにそんな誘惑に駆られるときもあるけれど。レティーの母親はタビサのお堅い侍女パティ・アディントンで、とにかく礼儀にうるさい。アミリアは拒もうかとも考えたが、とりやめた。レティーが責められては気の毒だし、タビサの指示に違いないからだ。今夜セント・ジェームズ・パークへ行く妨げになるようなことでないかぎり、気にする必要はない。アミリアはドレスを取り上げ、ぴんと背筋を伸ばした。冴えないドレスを身に着けてさっさと務めを果たすよりほかに仕方がない。

3

親愛なる　レディ・アガニ

コルセットについて、あなたはどう思われますか？　わたしの友人は女性たちにとって天からの贈り物だと言うのです。わたしに言わせれば、悪魔の落とし子。あなたなら、どう表現なさいますか？

かしこ

コルセットは窮屈だと思う娘　より

親愛なる　コルセットは窮屈だと思う娘　様

おっしゃるとおりです。幼児でもないかぎり、四十センチにも満たない胴回りは不自然以外のなにものでもありません。コルセットのせいで、消化不良、頭痛、卒倒といった症状に女性たちは悩まされています。それはみな悪魔にそそのかされているせいなのでは？　これでもう筆者の考えはあなたにもおわかりでしょう。

秘密の友人　レディ・アガニ

それから二時間と大量のヘアピンが費やされたのち、アミリアは身支度をまかせるメイドの変更に同意したことを心底悔やんだ。コルセットがきつすぎて、息苦しい。アディントン夫人は細かなところまで、痛みをもたらすほどにこだわった。侯爵が帰られて、この地味なドレスを脱ぎ捨てられたら、きっとせいせいするだろう。窮屈で、堅苦しすぎるし、なにもかもが度を越えている。

アミリアはぎくしゃくとした動きで、ベインブリッジ侯爵が待ち受けているはずの二階に下りていった。このような我慢をしてまで迎える価値のある客人であればいいけれど、あまり期待はできない。たぶん、エドガーとどれほど親しい友人だったのかを滔々《とうとう》と聞かされるだけのことだろう。くだらない話にきまっている。これまで散々聞かされてきたのと同じだとすれば、アミリアはもう飽きあきしていた。エドガーは自分の友人関係は上辺だけのものとわかっていたし、だからこそ、サマセットまで自分のような花嫁を探しに来たのだろう。単なる相続人ではなく、ウィニフレッドを心からまかせられる人物を求めて。

アミリアが部屋に入っていくと、サイモン・ベインブリッジはピアノに置かれた楽譜を眺めていた。長身で背筋がぴんと伸びていて、上等な装い。家柄が表れている。これまでロンドンで目にしてきた貴族のほとんどの人々と同じように見える。それから侯爵がこちらに向きなおり、アミリアは少し見方を変えた。才気に富む笑顔と、いたずらっぽい緑色の瞳に意表を突かれた。この人物には用心したほうがよさそうだ。

「レディ・エイムズベリー、ようやくお目にかかれて光栄です」ベインブリッジ侯爵はアミリアの手を取り、そこに必要以上にやや長く口づけた。「その装いには、お悔やみ申しあげます」

「恐れ入ります、ベインブリッジ卿。え、いまなんて?」アミリアはさっと手を引き戻した。聞き間違い?「いま、なんておっしゃいましたの?」

侯爵が咳ばらいをした。「エドガーが亡くなられたのは大変残念です。心よりお悔やみ申しあげます」

先ほど耳にした言葉がいまのと違っていたのは確かだ。アミリアは暖炉のそばの椅子にどうにか腰を乗せかけた。ああ、これもパティ・アディントンのせい!　侯爵にも椅子を勧めた。「亡き夫とは親しくされていたのですね」

「若い頃はとても仲のよい友でした」ベインブリッジ侯爵は思い出をなつかしむふうに顔をほころばせた。「その後は仕事仲間のような間柄でしたが」

アミリアは眉をひそめた。エドガーは仕事をしていなかった。

「英国海軍で、みなを生きて帰す仕事です」

そういうことね。エドガーは海軍に在籍していた。サイモン・ベインブリッジも。タビサおばの話では、エイムズベリー家は五代にわたり海軍に従軍してきたのだという。「国王へのご奉仕に感謝申しあげます、侯爵さま」

サイモンが黒い眉を上げ、おどけたような顔を見せた。「どういたしまして。おかげでラム酒を好きなだけいただきました」

アミリアはつい笑みをこぼした。侯爵の気さくな態度とユーモアには好感が持てる。貴族にはあまり見られない特性なので、多様な人々が属する海軍にいて養われたものなのかもしれない。エドガーは長男ではなかったから、海軍に入隊したのもわからなくはないけれど、サイモンは公爵家の一人息子だ。ことに愛国心の強い一族なのだろう。「タビサおばから、アメリカで暮らしておられたと聞きました。いかがでしたか？」

「面白いところでしたが、エドガーの葬儀に参列できなかったのは悔やまれます」サイモンは両手を組み合わせた。「心から残念に思っています。病を患っているのは知っていたのですが、亡くなられたと伺うまで、それほど悪化していたとは思っていなかったので」

侯爵がエドガーの病気について知っていたとはアミリアには意外だった。エドガーが重い病を患っていることはほとんど誰も知らず、最初はアミリアにすら隠していた。でもすぐに隠しきれなくなった。結婚後、エドガーは物にぶつかったり、つまずいたりするようになり、亡くなるまえにはまったく歩けなくなっていた。それほど悪化しているのを知っていたのは屋敷内の人々だけだったけれど。

「最初に症状が現れたのは海軍にいたときだったのです」サイモンが打ち明けた。「物忘れをするようになった。ご家族が海で亡くなられてから、よけいにひどくなってきた。日付も忘れてしまうほどに。頑固なやつだったから、下船を勧めても聞き入れなかった。ウィニフレッドを養育せざるをえなくなるまでは。それでエドガーは退役をきめた。ですがひとつだけ、ぼくの意見を聞き入れてくれたことがある」

「どんなことでしょう？」

「あなたですよ」サイモンが答えた。

そこにちょうどタビサおばが部屋に入ってきて、アミリアの呆然とした顔を目にした。

「ベインブリッジ卿、今夜もお元気で、児童労働規制法には賛同しておられるとよいのだけれど」タビサが皮肉を利かせて挨拶した。

「むろん賛同していますとも」サイモンがやさしく包みこむようにタビサの両手を取った。

「こんばんは、レディ・タビサ。またお目にかかれてほんとうにうれしいです。ずっとお会いしたかった」

「アミリア、そんな顔をしていないで、誰にでも分け隔てなく笑顔を向けてもらえないかしら」タビサはサイモンのほうに顔を戻した。「わたしもあなたに会えてうれしいわ」

アミリアはサイモンから言われたことへの困惑を振り払った。どういう意味だったのかは、タビサがいないときを見計らってあとで尋ねればいい。「タビサおばさま」無理やり笑みをこしらえて言葉を絞りだす。「すてきなドレスですわね」

信じがたいことに立ち襟のグレーのドレスをまとったタビサはさらに背が伸びたように見えた。顔を花びらのように縁どる襞《ひだ》飾りつきの襟は暗青色で、瞳は透けるように青い。タビサはアミリアのドレスを見定めて、満足げに言葉を継いだ。「あなたをお迎えできたのはほんとうに喜ばしいことですわ。ずいぶんとお久しぶりね。エドガーはいつもあなたのことをとても褒めていたもの」

アミリアは夫からサイモンの名を耳にしたことはなかったけれど、だからといって友人でなかったとも言いきれない。エドガーはアミリアにできるだけ不安を抱かせないよう努めていたらしく、個人的な話はしたがらず、そのうちに急速に症状が悪化した。自分にあまり時間が残されていないことに気づいていた。親密になるほど自分がこの世を去ったときになおさらアミリアを苦しめるだけだと考えていたのだろう。けれど遺されたほうはひとりで生きなければならない。アミリアはふたりで生きてみたかったたし、結婚したときにはふたりで生きられるものと思いこんでいた。

初めて出会ったとき、エドガーはとても大らかでやさしかった。イングランド一の宿屋だとでもいうように〈フェザード・ネスト〉を褒めて、アミリアの姉と二重唱を歌いすらした。その声は美しいテノールで、姪のウィニフレッドについて話すそぶりは微笑ましかった。エドガーはウィニフレッドをとても可愛がっていた。それに、あの笑い声！　エドガーはアミリアの話を面白がっては、完璧な立ち居振る舞いや上等な身なりに似つかわしくない大きな笑い声をあげた。きっと船の甲板ではあんなふうに笑えていたのだろう。ロンドンの客間にはそぐわない。いまでもアミリアはあの笑い声をなつかしく呼び起こす。寂しいときには、あの笑い声を思い返すだけで自然と笑顔になれる。

サイモンがタビサの手を握る手に力を込めた。その思いやりのこもったしぐさをアミリアは見逃さなかった。「おつらい思いをされたことでしょう。もっと早く弔問に伺えればよかったのですが」

「こうしていらしてくださったじゃないの」タビサはそう返した。「それでじゅうぶん」執事が晩餐の支度ができたことを告げ、タビサが手ぶりでドアのほうへ促した。「行きましょうか？」

アミリアは逸《はや》る思いであとに続いた。いまは午後七時で、刻々と時は進む。このぶんでは、さっさと夕食をすませて、頭痛を口実に抜けださなければ、セント・ジェームズ・パークでの待ち合わせの時刻に間に合わない。

黄色いドレスをまとったウィニフレッドが階段の下で待っていた。せめてひとりだけでもすてきなドレスを着られてよかった。アミリアはそんな思いでウィニフレッドを抱擁した。

少女はさっと身を引いた。「巻き髪にさわってはだめよ！　ぺしゃんこになっちゃう」

サイモンが含み笑いをして片手を差しだした。「あなたがレディ・ウィニフレッドですね。サイモンです」

「まあ、もちろん、あなたのことは存じあげています」ウィニフレッドは差しだされた手に軽く触れた。「あなたは侯爵さまですもの。だからわたしは新しいドレスを着られたんです」くるりとまわって見せると、ペチコートがちらりと覗いた。

「ウィニフレッド！」タビサが声を張りあげた。

「お役に立ててよかった」サイモンが笑みをこらえて会釈した。

アミリアはウィニフレッドと手を繋いで食堂へ向かった。席につくまえにいったん足をとめ、羽目板張りの壁と温かみのあるタペストリーを眺めた。マホガニーの長いテーブルは高価なクリスタルガラスや磁器で光り輝いているけれど、居心地のよい部屋だ。ほとんどの晩にここでのんびりと美味な夕食と尽きない会話を楽しんでいる。タビサおばは驚くほどの読書家で、様々な分野に精通している。

ただし今夜はほとんどの晩とは違う。

アミリアは速やかに席につき、コース料理の最初の一皿をじれったい思いで待った。こんなふうに一分も無駄にできないときにはなおさら、自分でスープを取ってこられたならどんなによいかと思う。でもそのようなことはタビサおばにはもちろん、エドガーにも許してもらえなかった。夫はアミリアの言動を新鮮だと好ましく受けとめてくれていたが、ウィニフレッドには淑女らしい振る舞いをそつがなく身につけてほしいと望んでいた。だからアミリアはテーブルの下で爪先をトントン打ちつつアスパラガスのクリームスープを待った。

晩餐のあいだはほとんどずっとタビサとサイモンがはるかまえの休暇や屋敷でのパーティについての思い出話に花を咲かせていた。アミリアは慎ましく相槌を打ちながら、これまで知らなかった歴史に耳を傾けた。エドガーがのちに苦しめられる病の兆しなどみじんもなく、コーンウォールで楽しげに過ごしていた子供時代の話には、アミリアも胸が熱くなった。エドガーは逞《たくま》しい男性で、英国海軍ではりっぱな指揮官だった。サイモン・ベインブリッジも深い敬意を抱いていたのはあきらかに感じとれた。

ロブスターのカレー煮が供される頃には、侯爵は磨きあげられたブーツからアミリアが想像していたようないけ好かない人物ではないのがわかってきた。これまで見てきた貴族とは違って気さくだし、冒険心もあるようだ。インドへの旅の話では冒険譚のように引きこまれた。ほんとうに面白かったし、しかもはらはらさせられた。この男性が海賊の帽子をかぶって略奪品のラム酒を飲んでいる姿なら難なく思い浮かべられる。侯爵が海軍の船長から海賊に様変わりできるなら、自分も伯爵夫人から船乗りになれそうだとアミリアは空想した。

皿に目を戻すなり突飛な空想を打ち切って、こっそりウィニフレッドに焼き菓子を渡すと、少女は感謝の笑みを返した。アミリアはウインクで応じ、タビサが咳ばらいをした。失敗。見られていた。人目を盗むのはどうも苦手。

「子供のうちから大人との食事の仕方を学ばなくては」タビサが説いた。「特別扱いは認めません」

「そのために今夜は夕食をともにしているんですわ」アミリアは言葉を返した。

サイモンが話題を変えた。「ぼくが彼女くらいの歳のときには山盛りのプラムプディングを食べていたな。最高だった」

そこへ従僕がデザートを運んできた。「それならちょうどよかったですわ、侯爵さま。デザートはブラマンジェですもの！」ウィニフレッドが声をはずませた。

アミリアにはもうデザートを食べる時間も、口にする余裕もなかった。ここまでの料理でドレスはぴんと張りつめて、窮屈なコルセットをしたままで食べられる限界を超えていた。だからといって礼儀正しく夕食をともにする今夜の務めをおろそかにはしたくなかった。それでも抜けださなければならない事情がある。「申しわけないのですが、急に頭痛がしてきてしまって。暑さのせいかしら……」窓のほうを見る。暑くはない。六月に入ったばかり。アミリアは空咳をして言葉を継いだ。「少し休んだほうがいいのかもしれません。ベインブリッジ卿、お目にかかれてよかったですわ。ご訪問くださって、ありがとうございました」

サイモンが立ちあがった。「お手伝いできることはありませんか？　ワインを一杯、あるいは、もうひとつ甘いものでもいかがです？」

アミリアはひらりと手を振って断わった。「けっこうです。大丈夫ですので、ほんとうに。最後まで食事をお楽しみください」ウィニフレッドの柔らかなブロンドの髪に触れた。「あなたは特にね」

タビサもおやすみなさいと送りだしてくれたが、その顔は不満げにゆがんでいた。たとえタビサを怒らせてしまったのだとしても、アミリアは自分の義務は果たしたと思った。いまは助けを求めているシャーロットのもとへ駆けつけなければいけない。レディ・アガニは困っている女性を放ってはおけないし、ロンドンの霧にまぎれてマント姿で歩く機会を逃しはしない。このところ、心からわくわくしたり、はらはらしたりすることはほとんどなかった。鹿毛の愛馬マーマレードで丘を駆け下りることもできない。夜闇を変装して歩くのは、きっとその次くらいに楽しめそうだ。

アミリアは一段飛ばしで階段を上がり、ふと頭痛がすると言いわけしたのを思い起こした。足どりを緩めて三階の寝室にたどり着いた。次の手順を悟られないようにレティーをさがらせた。なにかよくないことが起こった場合に侍女を巻きこみたくない。

窮屈なコルセットから抜けだし、シャツと乗馬用のズボンに着替えるとほっと息をつき、髪を結んで丸め上げた。誰かがレディ・アガニの正体を見破ろうとしているのなら、長い赤褐色の髪は格好の目印になってしまう。

つばのさがった帽子をかぶってツイードの上着を羽織り、ただの雨傘より頼りになる日傘《パラソル》を手に、部屋のドア口から顔を覗かせる。食器の触れ合う音、話し声、そこにウィニフレッドの笑い声がたまに交じる。デザートを大いに楽しんでいるらしい。完璧。いまなら使用人用の階段を下りて抜けだせる。アミリアは爪先歩きで廊下を進み、角を曲がって、正面玄関の華麗な大階段とはまるで違う、屋敷の裏手の急な階段をすばやく下りきった。

御者を呼ぼうかとほんの二秒だけ考えて、このような地味な身なりでエイムズベリー家の紋章を頂いた馬車ではどこにも乗りつけられないと断念した。セント・ジェームズ・パークまで歩こう。使用人たちを信用していないわけではない。みな慎重で、秘密を守るべき術も心得ている。信用できないのは、今回の手紙の差出人の女性のほう。いいえ、ひょっとしたら男性かもしれないとアミリアは考えつつ、しっとりとした春の空気のなかへ足を踏みだした。レディ・アガニの自立心のある、ときには生意気な助言に気分を害した男性たちからの苦情がグレイディのもとに多く寄せられている。自分たちのほうが助言者にふさわしいと思っている男性たちだ。そうした人物がいてもふしぎはない。

霧が濃く、寒気がするのは霧のせいなのか霧雨のせいなのかわからない。アミリアは体温を上げようと歩調を速めてメイフェアの屋敷を離れた。馬車を使わず辻馬車にも乗らないのなら、バークリー・スクエアをピカデリー方向へ曲がって、この一帯を突っ切る近道を選べる。傘で顔を隠せるし、性別を判別しづらい服装なので、勤め帰りの男性、帰宅途中の少年、店を出たお針子にも見えるだろう。エイムズベリー家の資産を相続した伯爵未亡人アミリア・エイムズベリー、そして人気のお悩み相談欄の回答者だとは、名乗らないかぎり誰もきっと気づかない。

セント・ジェームズ・パークはアミリアにとってロンドンのなかでもお気に入りの場所のひとつだった。イングランドの田舎の村を逃げるように出てきたとはいえ、広々とした緑地にはやはり心惹かれる（賑やかな通りに囲まれていればこそだけれど）。鳶が翼を広げたような形の公園には美しい木々や、きらきらした池や、たくさんの花壇がある。午後によくベンチで読書を楽しんでいるとあっという間に時は過ぎて、そのうちにウィニフレッドからボートレースやべつのゲームを観に行こうとせがまれる。するとまたなおさら速く時は過ぎ、ずいぶんと歩いたのでアイスクリームかなにかおやつを食べてひと休みしようとアミリアが提案する。ウィニフレッドはなにも気にするそぶりはない。問題は家庭教師のほうだ。

草地は湿って柔らかく、アミリアは音を立てないように赤い帽子の女性を探して目を走らせた。九十エーカーほどの広い公園なので、シャーロットにはもっと目印を書いておいてほしかった。池のほとりのベンチはあちこちにある。

ペリカンが水上に飛来してまだまもない穏やかな晩を見渡す。このような場所の片隅で追いつめられた女性が助けを求めて待っているとは想像しづらい。追いつめられていたのは確かだ。手紙のインクの滲みに差出人の切迫した心情が表れていた。ふとアミリアは思い起こした。滲んでいた文字はベンチではなく、橋《ブリッジ》だったのかもしれない。

それなら場所が限定されるので筋が通る。アミリアは向きを変えて、人気の歩道橋のほうへ向かった。けれどまだ離れたところからでも、そこには誰の姿も見当たらない。月が雲の陰から顔を出し、白光が水彩画を照らすランプのように輝いて、アミリアはちらりと鮮やかな色を目にした。そろそろと進みながら、ふぞろいな高木や低木の隙間に赤い帽子を探した。どこにもない。思いすごしだったの？

小枝が折れる音がして、アミリアはその場に凍りついた。ゆっくりと振り返り、後ろの銀白色の木を確かめる。「こんばんは。どなたかおられますか？」返事がないので、橋のほうへまた歩きだした。ここまで来たのだから、進めるところまで行くしかない。

水面に近づくにつれ、そこになにかが浮いているのが見えてきた。不安に胸を突かれ、橋へと急いだ。たいしたものじゃないわよね。きっとぽいと捨てられた、おもちゃか新聞。放浪者はだいたいごみを捨てていってしまうから。

アミリアは水辺で立ちどまった。おもちゃでも新聞でもない。大きな赤い帽子。胸の奥が重く沈んだ。くるりと振り返る。手紙の差出人の女性はどこ？

池を縁どる丈の高い草のなかに丸まった黒いドレスが見えて、アミリアはすぐにそれがシャーロットだと察した。両手で口を覆い、叫びをこらえた。両手がふるえている。動こうにも足が言うことを聞いてくれない。しばし動けずにいるうちに、疑問が次々に湧いてきた。なにがあったの？　どうしてシャーロットは動かないの？　死んでるの？　誰かに殺されたの？　つい先ほど、小枝が折れた音が聞こえた。まだ誰かがそばにいるの？

その自問でやっと頭が働きだした。シャーロットは手紙に何者かにつけられていると書いていた。いま自分もその何者かにつけられているのだろうか。アミリアは恐ろしさで背筋がぞくぞくしながらも慎重に少しずつ池の岸辺に近づいた。たどり着くまえに、シャーロットが息絶えているのを確信した。人の死には憶えがある。エドガーが息を引き取るときには手を握っていた。でも、あのときとは違う。シャーロットは安らかに死んだのではない。

そう思うとアミリアは胸が悪くなった。手紙の殴り書きのような文字、インクの滲み、追伸。あの文字を綴った人物が命を奪われた。アミリアは近しい相手を失ったように思えた。レディ・アガニ宛ての手紙にはいつも個人の内密の悩みが綴られている。自分は仕事として回答している。読者にそれ以上の深い繋がりを感じたことはこれまでなかった。そう気づかされて胸が痛んだ。

アミリアがシャーロットの顔にかかった髪を払いのけると、片方の目の上が深く切れていた。思ったとおり。自然死ではない。シャーロットの口もとに目を移す。息をしていない。脈を確かめようと手首を持ち上げると、肌が妙にひんやりとしていた。脈がとれない。よろりとあとずさって坐りこみ、周囲に目を走らせた。この女性を死に追いやった誰かが、まだそばにいるかもしれない。次は自分の番なのかも。恐怖と後ろめたさが波のごとく代わるがわる胸に押し寄せてきた。

この恐ろしい状況にアミリアは身体の芯までふるえあがった。奥さまは殺されたと思うと手紙に書いてきたということは、シャーロットはおそらくなにかを目撃したのだろうし、ここで本人もまた命を落とした。助けを求める手紙をもらったのに、アミリアは応えられなかった。もっと早く晩餐会を抜けだせていれば。もっと早足で歩いていれば。もっと――そんなことを考えてもいまさらどうなるというの？　思わず唸り声が出た。シャーロットを助けるには間に合わなかったけれど、まだ犯人を捕まえて裁きを受けさせることならできる。

恐怖心を抑えこみ、アミリアは坐ったままでぴんと背を起こした。そう、それが自分のすべきことだ。シャーロットを殺した人物が彼女の奥さまも殺したのに違いないのだから、ふたりを手にかけた冷血な殺人犯を捕まえる。ただし、自分の正体を明かさずにそんなことができるの？　自分がここに来たことは誰も知らないのに。

背後から低い声で呼びかけられるまではそう思いこんでいた。「こんばんは、レディ・エイムズベリー。頭痛はよくなられたようですが、またなにかお困りなのでは」

アミリアは立ちあがって振り向き、驚きの悲鳴を洩らした。片足を滑らせて尻もちをついた。「ベインブリッジ卿！　ここでなにをなさってるの？」

「それはこちらがお伺いしたい」侯爵は髪と同じように眉もふつうより濃く、月明かりのもとでは瞳の輝きも翳《かげ》って、そのせいでどことなく不気味な目つきに見えた。なぜ彼がこの公園に現れたのか、とっさにアミリアの頭に考えがめぐった。この人がシャーロットを手にかけたとしたら？　彼女を尾行していたのが侯爵だった可能性はある？

　ありえない。恐怖心で判断力が鈍っている。侯爵はつい先ほどまで自分と晩餐のテーブルについていた。アリバイは明白だ。アミリアは唾を飲みくだした。「その女性が息をしていないの」

　サイモンが踏みだしてきて、顎に鬚《ひげ》が生えかけているのが見てとれるほどアミリアのそばで腰をかがめた。気遣わしそうな目つきで、もう恐ろしげな感じはしない。「死んでいるな」

　サイモンが両手を差しだし、アミリアはありがたく手助けを受けた。衝撃と寒気と女性を救えなかった後ろめたさから、ふるえが全身に達していた。侯爵の手は温かく、生気を感じた。死体とふたりきりだっただけに、ささやかなぬくもりになぐさめられた。

「彼女とはどのようなお知り合いで？」サイモンが訊く。

　即座に言葉が口をついた。「知らないわ」

「だとすれば、彼女に会いに来たのではないのか」侯爵はまだアミリアの両手をつかんでいた。

　アミリアは首を横に振って応じた。

「それなら、橋の上で彼女を探していたのではないと」

　また首を振る。

　侯爵がアミリアをじろりと見まわし、ズボンに目を留めた。「それは変装ではないのかな」

　アミリアは咳ばらいをした。「そのことなら、あんな窮屈なドレスよりズボンのほうが快適に歩けると思ったんだもの」

侯爵がようやく両手を放した。「ではすぐに警察に来てもらわなければ。女性が死んでいるのだから、きみは証言しなくてはいけない」

「だめよ！」声をあげた。「やめて」

侯爵が驚いたようなそぶりで首をかしげた。「それはまたどうして？」

アミリアは死んだ女性のほうを見やり、侯爵に視線を戻した。保身を図っている場合ではないでしょう。まずは他者のためにと教えられて育った。シャーロットは助けを求めてここにやってきたのに、その行動が命取りとなってしまった。シャーロットも彼女の奥さまと同じようにきちんと死の原因を究明されるべきで、アミリアは自分の都合でそれを妨げるわけにはいかなかった。秘密の正体を明かさずにすむ方法を見つけなくては。女性たちの死を無駄にしないためにも。「わたしが名乗れないから」

サイモンがいぶかしげに眉根を寄せた。いまはすっかり困惑して顔が翳っている。「きみがエイムズベリー伯爵未亡人だからかい？」

「いいえ、わたしがレディ・アガニだから」

4

親愛なる　レディ・アガニ

お尋ねしても仕方のないことだとは承知していますが、あなたの正体を知っている人はいますか？　友人たちとそのことについて話し合い、あなたの猫だけは飼い主の正体を知っているという結論に至りました。老嬢がみな猫を飼うのは否定しようのない真実ですもの。

かしこ

どこかの名もなき者　より

親愛なる　どこかの名もなき者　様

わたしと猫について、あなたが見当違いをなさっていることを謹んでお知らせします。わたしは猫を飼っていませんが、猫は大好きです。賢くて、独立心があり、人の顔は舐めないのですから。これほどすてきな伴侶は思いつきません。

秘密の友人　レディ・アガニ

「あのレディ・アガニ？　週刊誌の？」サイモンの声には驚きが表れていた。

「しいっ」アミリアは日傘で侯爵を軽く突いた。「大きな声を出さないで」内心ではレディ・アガニをサイモンが知っていたことに、こちらのほうこそ驚いていた。ベインブリッジ侯爵のような男性が大衆誌を読み、お悩み相談欄の回答者の名前を記憶しているとは、思ってもいなかった。

「そういったものの扱いは慎重に」サイモンが警告した。「凶器と見なされかねないし、すでにご婦人がひとり死んでいる」

「冗談を言っている場合ではないでしょう」アミリアはちらりとシャーロットを見て、またもぞくりとする吐き気に襲われた。胸のむかつきを抑えようとサイモンのほうに目を戻す。

「これからどうしたらいいの？」

サイモンが外套のポケットに手を入れて考えこんだ。策を練ってくれているのだとアミリアは見定めて、侯爵の顔がほころんだときには解決策を聞けるものと期待した。状況を考えると恐ろしくてたまらなかった。

「きみの助言はおおむね的を射ていると認めざるをえない。ただし恋愛問題についてはべつだ」侯爵はにんまりと笑った。「きみは自分で思っているほど愛についてわかっていない」

アミリアは日傘を握りしめ、振りあげまいとこらえた。「わたしが愛についてわかっているかどうかなんてきめつけないで。そもそも、まだお会いしたばかりよね。しかも、婚約して、結婚し、未亡人になったわたしが、あなたにつべこべ言われる筋合いはない。わたしは重病の夫を看病して、この腕のなかで看取り、ふつうの人生を送る夢を断たれたのよ。それなのに、偉そうに愛について教えていただかなくてもけっこうだわ。いまはともかく、この女性をどうしたらいいのか手を貸して」

「心からお詫びする。きみの気分を害するようなことを言うつもりはなかったんだ」サイモンは頭を垂れ、がらりと侯爵らしい顔つきに様変わりした。

表情をたやすく脱ぎ剝ぎできる人なのだろう。アミリアは人けのない闇に包まれた公園を見渡した。侯爵の言うことにも一理ある。警察に来てもらわなくてはいけない。でも、どうやって？　助けが必要なときにぱっと現れるわけではない。それに、レディ・アガニだと明かしたら、警察になんて言われるだろう？　公園でシャーロットと落ち合うことになった理由、つまり手紙について説明しなくてはいけない。アミリアはかぶりを振った。正体がばれたら、どうなってしまうかわからない。

「手を貸すには、事情をきちんと知っておかなくては」サイモンがそれとなく話をせかした。その声にはもう冗談っぽさはなく、自分を信じてくれるよう目で訴えかけていた。「なぜここできみが死人を発見することになったのか説明してほしい」

アミリアは選択肢を思案した。サイモンに話せば、きっと協力してもらえる。どのように助けてもらえるのかはまだわからないにしても。話さなければ、シャーロットの死をみずから通報し、正体を明かさざるをえなくなる。お悩み相談欄の回答者を降りたとしても——考えたくもない！――正体は噂で広まり、ウィニフレッドにも好ましくない影響が及びかねない。上流社会はとんでもなく口さがない人たちばかり。アミリアの行動しだいでウィニフレッドが除け者にされてしまうかもしれなかった。自分がそうなるのはまったくかまわないが、ウィニフレッドにとっては一大事だ。それに、エドガーとの約束もある。亡き夫が信頼していた旧友だとすれば、きっと頼ってもいい人なのよね……

そんな気持ちを読みとったかのようにサイモンがまた口を開いた。「秘密は誰にも洩らさない。信じてほしい」

その瞬間、アミリアは教師を信じる子供のようにサイモンを信じた。本能的な判断だ。息を吸いこんでから、受けとった手紙の内容を打ち明けた。「そういうわけで」と締めくくる。「シャーロットを手にかけた犯人を見つけなければいけないの。彼女はわたしに会いに来たのに、わたしは応えてあげられなかった。彼女を殺した人が捕まるまでは気が休まらない」

するとサイモンは当惑の表情を見せた。話の脈絡がつかめていないかのように。「それでどうしようというんだ？」

アミリアは眉をひそめた。「打つ手がないわけではないわよね。なにしろ目の前に死体があるんですもの。彼女の身元、それにひょっとしたら彼女をつけていた人物についても、なにか手がかりを見つけられるかも」

「なるほど、手がかりをね」侯爵はようやくアミリアの考えが読みとれてきたらしい。「どうして思いつけなかったんだろう。まあ、考えてみれば、物騒な小説はもう久しく読んでなかったからな」

アミリアは両手を腰に押しあてた。「侯爵さま、なにかいいお考えはないのかしら？」

「あるにはある。死体はこのままにして、きみはメイフェアへさっさと逃げ帰り、ぼくが警察に通報し、ここでのふたりの会話はなかったことにする」

かっと顔に血がのぼるのをアミリアは感じた。頬がほてっている。侯爵は海賊の風貌が似合うといっても、たちの悪い海賊だ。「わたしはどこへも逃げはしない。あなたが逃げださなければとお思いなら、どうぞご自由に。お逃げになって。わたしはひとりでもちゃんと対処できるから」

「ウィニフレッドはどうするんだ？」サイモンが問いかけた。「きみの正体について噂が広まれば、彼女の評判に影響が及ぶだろう」

アミリアは日傘を地面に突き刺した。「わたしはどこへも行かないわ」

「それならぼくもどこへも行けないわけだから、お互いに窮地に陥る」

頭上の雲間から顔を覗かせた月が、窮地を唱える男性の堂々たる体格をあらわにした。その端整な顔立ちも。アミリアは唾を飲みこんだ。「かまわないわ」

「かまわない、か」侯爵が探るように緑色の目を細く狭めて見つめた。

アミリアは軽口の応酬にうんざりして、おうむ返しのひと言は聞き流した。ぐずぐずしている暇はない。もう一刻も無駄にはできないと意を決し、シャーロットのそばに膝をついた。残念ながら、その程度の決意では感情を抑えきれなかった。ふるえをこらえて死体のほうに身を乗りだす。

サイモンがためらいを察したらしく、そばに来た。そのおかげなのか、自分の努力の賜物なのかもしれないけれど、ふるえは落ち着いた。侯爵にか弱い女性だとは思われたくない。

シャーロットの額の髪の生えぎわにはやはり深い傷があったが、どのような凶器でつけられたものなのかはわからない。「なにかで殴られたのかしら」アミリアは周囲に凶器らしきものはないかと探したものの、なにも見当たらなかった。「犯人が持ち帰ったのかも」

サイモンがシャーロットのむくんだ白い手を裏返した。アミリアはどうにか目をそらさずに見つめた。「そうともかぎらない」侯爵が言う。「この様子からして、溺死ではないかな。こうした状態は海で何度も目にした。白っぽい皺だらけの手。足もたぶん同じようになっているはずだ」

「この付近は溺れるほど深くないわ」

「深い必要はないんだ」サイモンが橋、池の水面、岸辺へと視線を走らせた。「岩に頭をぶつけたとしたら、泳げないし、立ってもいられない。ごく浅いところでもほんの数分で溺れてしまう」

アミリアは歩道橋を見据えた。「犯人は溺死に見せかけようとして後ろから押したのかしら。それなら凶器が見当たらないのも説明がつくわ」

「殺されたとすればだが」

「殺されたのよ」アミリアはシャーロットのドレスに目を戻し、自分もこの二年着つづけてきた黒い衣装だと気づいた。シャーロットが最近死んだ奥さまの侍女だったとすれば喪に服していたのだろう。それなら、その奥さまは誰なの？　それこそが解き明かさなければいけない問題で、そのためにはシャーロットのポケットを探ってみるしかない。

恐るおそる片手を伸ばす。アミリアは臆病な女性ではない。メルズのような田舎の村では人の死をいっさい見ずに暮らすようなことはできなかった。恐ろしいからと自分の愛読者を殺《あや》めた犯人捜しをあきらめるの？　あきらめはしない。アミリアは深呼吸をひとつして、シャーロットのドレスのポケットに手を入れた。

「なにをしているんだ？」サイモンが訊いた。

「この女性がどこのどなたなのかを調べないと」アミリアは死体のポケットからハンカチ、リボン、さらに名刺を取りだした。象牙色の四角い紙を見つめる。羽根ペンの飾り文字で〝フローラ・エドワーズ〟と書かれていた。最後の文字の上に色鮮やかなハチドリがとまっている。アミリアはその名前を声に出して読んだ。なんとなく聞き覚えがあるものの、思いだせない。

「エドワーズ？　ちょっと見せてくれ」サイモンが名刺を見つめた。

遠くで梟《ふくろう》が鳴き、夜が更けてきたことを告げている。夜闇は深まり、水面もさらに色濃くなってきた。アミリアは警察が通りかかってこの場を収めてくれたならと思った。それでも、犯人を捜しだすまでには時間がかかるだろう。シャーロットの死はあきらかに謎に包まれている。

「フローラ・エドワーズは最近亡くなられた」サイモンがアミリアの困惑顔を見て、言葉を継いだ。「ご一家を存じあげているので、あす弔問に伺う予定だったんだ。亡くなられたフローラは海軍の元提督ジェイムズ・エドワーズのご息女だ。ヘンリー・コスグローヴと婚約していた」

だから婚約の告知で名前を目にしていたのだとアミリアは納得がいった。ヘンリーは公爵なので、パーティでも引っぱりだこの紳士だ。

「うちの使用人によれば、痛ましい事故だったそうだ」サイモンが続ける。「フローラは夢遊病者だった。まえに提督から、彼女があらゆる場所で寝ているのを見つけるのだと聞いたことがある。子供の頃は、メイドに添い寝させていた。亡くなった日も、睡眠状態でバルコニーまで歩いていって転落した」

アミリアは立ちあがり、ズボンの汚れを払った。死者のすぐそばにいるのがもう耐えられなかった。「転落？　信じられない。残念ながら、その晩お嬢さまの身にほんとうに起こったことを目にしたのはシャーロットだけだったのに、彼女はもうわたしにそれを伝えることはできない」アミリアは息をつき、心のなかでシャーロットに詫びた。「それならフローラを殺した人物がシャーロットを殺したとしてもふしぎはない。犯人はどちらの女性も突き落として死に追いやった。同じ犯行手口で。卑怯な臆病者なんだわ」

サイモンが死体から目を上げた。濃く黒っぽい睫毛《まつげ》に目の表情は隠されていても、反論があることが感じとれた。「伯爵夫人、きみの推測に同意したいところだが、ひとつ疑問が残る」

「なにかしら？」

「争った形跡がない。すり傷も、痣《あざ》も、ドレスのほつれも見当たらない」

「だからどうだというの？」アミリアは問い返した。

「彼女はきみを待っていた」サイモンが言う。「警戒しながら。それなのに犯人から不意打ちをくらいはしないだろう。抗わずに転落したはずがないんだ」

「それはそうね」アミリアは認めた。「きっと最後まで抵抗したでしょうに」

サイモンが死体に目を戻す。「だがそれを裏づける形跡がない」

「額には深い切り傷があるけど」アミリアは指摘した。

「岩にぶつけたんだろうな」

「手紙もあるわ」アミリアは語気を強めた。「わたし宛ての」

「そのとおり」

それからしばし沈黙のせめぎ合いが続いた。これが犯罪なのは確かなのだから、サイモンが通報しないのなら、自分がするしかないとアミリアは決意した。正体が暴かれることになろうと。「警察にはあなたが通報してくださるの？　それともわたしがしましょうか？」

「きみが帰宅すると約束してくれるなら、ぼくが通報しよう」侯爵は首を振った。「きみはここにいるべきじゃない。いてはいけないんだ」

アミリアは侯爵に協力してもらいたかった。彼の手助けがどうしても必要だ。でも、なによりシャーロットのために犯人を見つけたい。その気持ちを侯爵にわかってほしい。「家に帰るわ。ただし、ひとつ条件があるの。わたしの調査を手伝うと約束して」アミリアは交換条件を提示した。「あなたはこの女性が仕えていた一家をご存じなのよね。そうおっしゃったでしょう。それなら、あなたが手伝ってくだされば、事件を解明しやすいはずだもの」

サイモンが立ちあがった。こんなにも長身で、逞しい体格の男性だったことをアミリアはうっかり忘れていた。すぐ鼻先に侯爵の顔がある。「レディ・エイムズベリー、きみはどうしてそう、ぼくをいらだたせたがるんだ」

この夜のように暗く濃厚な白檀《びゃくだん》の香りが侯爵からぷんと漂ってきた。アミリアは息を詰めた。女性が死んだ。自分が担当するお悩み相談欄の愛読者だ。意識を向けるべきなのはそちらのほうで、侯爵や彼のオーデコロンの匂いではない。それなのに、こうして同年代で機知でも気性でも張り合える男性のそばにいると、心が浮き立ってくる。胸がときめいているのも否定できない。とりあえずどうにか片手を差しだした。「交渉成立かしら？」

侯爵がその手をつかんだ。「交換条件は守ってくれ」

5

親愛なる　レディ・アガニ

運動について母と意見が対立しています。母は泳ぐとわたしの頬が赤らむと言うのです。淑女はか弱く青白い顔でなければいけないのだとしても、わたしは泳ぐのが好きです。不器量な老嬢にならないためには、水泳をやめるべきなのでしょうか？

かしこ

陸に上がった魚　より

親愛なる　陸に上がった魚　様

わたしはか弱く青白い顔のご婦人を目にすると、なにか苦しみをかかえているのではと気の毒に思えてしまいます。反対に頬に赤みが差した女性に会うと、健康で幸せなのだろうと感じます。ですから、親愛なる魚様、水に戻って、泳ぎつづけてください。心が、そして頬も、喜びで満ちることでしょう。

秘密の友人　レディ・アガニ

翌朝、アミリアは夜更かしのあとでも早起きをして階段を下りていった。朝食まえの早歩きの散歩を日課にしている。自分にとってはロンドンを楽しむのに最適な季節だ。霧雨のあとには陽射しが注ぎ、通りが人々で活気づいてくる。ふだんから考えごとをするのにちょうどよいひと時で、今朝は頭をめぐることは山ほどある。

霧雨が本降りになった場合に備えて、日傘を持って出た。シャーロットが死んで、これからサイモンとともに殺人犯を見つけなければいけない。それに、シャーロットが仕えていた女性を殺した人物も。昨夜のうちに警察がきっとなにか有力な手がかりを、もしかしたら目撃者を見つけたかもしれない。そう考えると励まされて、アミリアの足どりは速まった。くるぶしまである実用的なブーツの靴音を街の喧騒の拍子をとるように響かせつつ、仮説を思いめぐらせた。

シャーロットは誰かにつけられていて、こっそり書いて出したつもりの手紙をその人物に見られてしまった。そうなることを恐れていたので、あのような追伸を記したのだろう。とすれば、シャーロットの住まい、すなわちエドワーズ邸からすでに尾行されていたと考えるのがもっとも理に適っている。使用人も主人一家も手紙を書く時間帯はだいたい限られている。シャーロットも隠し通すのはむずかしかったに違いない。それでも細心の注意を払って手紙を書いたのに、出すまでにおそらくは気づかれてしまった。どこか不自然な振る舞いになっていたのかもしれない。せっぱ詰まっていたとすれば、人は赤子のおくるみ並みに目立ちやすい行動をとってしまうことをアミリアは経験から学んでいた。

脇をかすめるように馬が駆け抜けていき、アミリアは物思いからわれに返って、メイフェアへ引き返す道を歩きだした。なるべく早くまたサイモンと話したほうがいい。きょう訪問してくださるのかしら。ごく薄い霧雨で裾が湿ってしまった暗灰色の散歩用のドレスを見下ろすと、げんなりした。公園で別れるときには確かめなかったけれど、次の訪問まで少し時間をおくのが上流社会の礼儀作法だ。とはいえ、サイモンはそうした慣習にこだわるような男性とはアミリアには思えなかった。儀礼にとらわれず、意のままに行動しているような印象を受けた。

曇り空の下でも温かみのある大きな煉瓦造りの邸宅へ踏み段を上がりながら、いつだろうと侯爵が訪問してくれさえすればそれでいいとアミリアは思い定めた。こちらから訪問するのは不作法だし、不適切なのは言うまでもない。亡き夫の姪の母親代わりをしているとはいえ、ひとりで紳士を訪問するのはロンドンでは許されない。それでもできないわけではないと思いついて、アミリアは日傘を玄関広間の外套掛けに戻した。サイモン・ベインブリッジはエイムズベリー家が懇意にしている友人だ。だからといって婦人からの訪問が許されるわけではなくても、いざとなればその関係をうまく利用するしかない。

歩いたおかげでお腹が減ったので、朝食用の部屋の食器台にハム、卵料理、ポリッジ、果物、燻製《くんせい》ニシン、焼きたてのパンが並んでいるのを見てうれしくなった。皿にたっぷり盛りつけて、カップにコーヒーを注ぎ、大きすぎるテーブルにつく。アミリアは深々と息を吸いこんだ。ひんやりとした春の朝に漂う熱いコーヒーの香りほど芳しいものはない。

　穏やかなひと時は玄関広間からの騒々しい物音に打ち破られた。アミリアはどぎまぎして髪に触れた。額に噴きでた汗をナプキンで軽く押さえて拭きとる。まだ客人を迎えられる状態ではない。

「わたしひとりだもの。大騒ぎしないで」

　動揺はたちまち鎮まった。親友のキティ・ハムステッドが執事のジョーンズを諫《いさ》めている。その声ならどこにいてもアミリアは聞きわけられた。メイフェアで自分を初めて迎え入れてくれた声。通りをほんの二本隔てたところに住んでいるキティは、ハムステッド子爵の義理の娘にあたり、社交界でも人気のご婦人だ。キティの夫オリヴァー・ハムステッドは子爵の長男で学者でもある。アミリアが初めてこの夫妻に対面したときには、正反対のふたりに驚かされた。とにかく潑溂《はつらつ》としたキティに対し、オリヴァーは本の虫。それでも〝違うからこそ惹かれ合う〟という昔ながらの格言どおり、ふたりはスコーンとジャムのごとく完璧に調和している。「ハムステッド夫人がお見えです」ジョーンズが告げるなり、キティは朝食用の部屋に入ってきた。

「ありがとう、ジョーンズ」アミリアは椅子から立って友人の手をきゅっと握った。優美なピンク色の昼間用のドレスをまとったキティは、ロンドンでも抜きんでて装いの洗練された婦人で、その着こなしはきわだっていた。シルクの花が鏤められたバラ色の帽子は頭にちょこんとのせて、片方の眉の上すれすれに傾かせている。ほかのご婦人がたがどれほど努力しても真似しようのない絶妙な美的感覚の持ち主だ。現にアミリアがもしあのように奇抜なものをかぶったら、花嫁のブーケを頭にのせているのかと思われてしまうだろう。でもこの友人の場合にはとてもすてきに似合っている。ブロンドの巻き髪に、小ぶりで整った鼻、青い瞳のキティからすれば、美しく見えないようにするほうがむずかしいのだろう。

友人が食器台へ歩いていく。「勝手に取ってかまわないかしら」

「どうぞご自由に」アミリアは席に戻った。「興味深い手紙が届いて、あなたに聞いてほしいの」

「わたしが開く仮装舞踏会の話が終わるまでは待って」焼きたての菓子と果物を皿に盛りつけてキティがテーブルについた。「いいわね」

アミリアは息をついた。あとまわしにしてとは頼めなかった。キティはパーティが大好きで、今回開く仮装舞踏会まであと一週間もない。殺人事件といえども、その話題を阻むのは無理だ。「わかったわ」

キティがフォークを差し向けた。「まずはなにより重要なことから。それ、いは着てきてはだめ。花婿候補の殿方たちを蹴散らしてしまう」

「もちろん、これは着ていかないわ。夜会にはそぐわない生地だもの」アミリアは皮肉で応じた。キティが言いたいことはよくわかっている。自分が開くパーティに喪服で出席してほしくないということ。「心配しないで。ほかのみなさんと同じように仮装するつもりよ。必ずなにか手立てを考えるから」

「わたしが言いたいのはその色のほうよ。グレーなんて」キティがぐいと身を乗りだした。「好きになれない」

「わたしの身にもなって」アミリアは声をひそめた。「ほかにどうしようもないでしょう？タビサおばさまのご機嫌をそこねたくないの。目くじらを立てるほどのことでもないし」

キティが肩越しに後ろをちらりと確かめてから、言葉を継いだ。「あなたにいつまでグレーを着させているおつもりなのかしら？　あなたの髪がそのドレスと同じ色になるまで？言わせてもらうなら、そんなのばかげてる。エドガーが亡くなってから二年も経つのよ」

アミリアは微笑んだ。「先週でちょうど二年。それはさておき、話を先へ進めましょう。ほかに話したいことは？」キティにさっさと本来の用件を述べてもらわなければ、さらに急を要する問題に話を戻せない。シャーロットの殺人事件に。

キティは焼き菓子をひと口食べてから、応じた。「花よ。揃えられる種類が限られていて満足できないの。オリヴァーはこだわりすぎだと言うんだけど」首を振ると顔の周りの金色の巻き毛が揺れた。「春の晴れやかな催しにピンクのバラが欲しいだけで？　どこがこだわりすぎなんだか」

オリヴァーの言うとおりで、キティは細かなことに凝りすぎる。でも今回にかぎっては、アミリアもキティと同意見だった。六月にピンクのバラはけっしてめずらしいものではない。「タビサおばさまが懇意にしている花屋があるの。ウィニフレッドの演奏会で飾るために格別に美しい花を調達してもらったわ。あなたに連絡するように伝えておきましょうか？」アミリアは提案した。

キティが両手を打ち鳴らした。「そうしてもらえる、アミリア？」

「もちろんよ。まかせておいて」親友の力になれるのがアミリアにはうれしかった。パーティで自分にできることはほとんどないので、せめてもの手助けだ。それにキティがどれほど客人をもてなすのが好きなのかもわかっている。アミリアが手紙の読み書きをするのと同じように、キティはパーティの準備を楽しんでいた。書くのもパーティも想像力を発揮できる場であることに変わりはない。

「あなたは最高の友だわ」キティがナプキンで口もとをぬぐった。「さあ、どうぞ聞かせて。さっさと取りかかりましょう」

アミリアは平静を装った。「なにに？」

「手紙よ」キティがせかした。「なんて書いてあったの？」

アミリアは料理皿を脇に押しやった。自分の秘密の顔を知っているのは、グレイディ、さらにいまはサイモンを除けば、キティだけだ。それどころか、もう何度かふたりで危ない橋も渡っている。お悩み相談欄に寄せられた手紙に回答するため、救貧院を覗きに出かけたり、ドレスの仕立屋で盗み聞きをしたり、いくつもの冒険に挑んだ。でも、いわば自分の共謀者であるキティといえども、昨夜の出来事はにわかには信じてもらえないだろう。アミリアがどこから話を始めるべきか考えあぐねているうちに、またも呼び鈴が鳴った。玄関広間から深みのある声が響いて、アミリアにはすぐにサイモンだとわかった。

「いったいどなた?」キティが驚いて訊いた。

ジョーンズが息を切らして朝食用の部屋に飛びこんできた。立ちどまって、禿げかかった頭に薄い褐色の髪を撫でつけてから口を開く。「ベインブリッジ卿がお見えです。どうしてもと――」

執事の傍らからサイモンが現れた。「おはようございます、レディ・エイムズベリー。お食事中のご無礼をお許しください。今朝、歩いておられるのをお見かけしたので、すぐにお訪ねしてもよろしいかと思いまして」

一瞬、アミリアは言葉を失った。すぐさま気を取りなおした。「もちろんですわ。どうぞおかけください。こちらはハムステッド夫人です。ハムステッド夫人、ベインブリッジ卿です。エイムズベリー家のよき友人の」

「お目にかかれて光栄です」サイモンが挨拶した。食器台でみずからコーヒーを注いでから、続ける。「あなたのご主人のオリヴァーはイートン校時代から存じあげています。すばらしい男で、傑出した学者でもある。ちょうど十七世紀の海軍史についての御著書を読み終えたばかりです。大変面白く拝読しました」

「ありがとうございます」キティは誇らしげに笑みを湛《たた》えた。「夫は歴史について知らないことはないのではと思うくらいなんです。本を読んでいないときには書いてますわ」

「お邪魔でなければよいのですが」サイモンはコーヒーを手にテーブルについた。「こちらのお宅については船内並みに存じあげていまして。押しかけるつもりはなかったのですが」

「いらしてくださってうれしいわ。朝食は召しあがらなくてよろしいのかしら？」

「ええ、けっこうです」サイモンが言う。「すでにすませましたので。早起きなんです。日課を守らずにはいられない」

「来てくださらなければ、わたしがお伺いしなければと思っていました」アミリアは続けた。「話し合わなくてはいけないことがたくさんあるので」

キティがふたりを交互に見やった。「内密のお話があるのなら――」

「そうではなくて」アミリアは言葉を差し挟んだ。「あなたにもぜひ聞いてもらいたいの。手紙と関連することなのよ」それから手短に昨夜の出来事を伝えた。タビサやウィニフレッドがいつ顔を出さないともかぎらないので説明はすばやくすませておきたかった。

「つまり、手紙に殺人がほのめかされていたわけね？」キティが訊く。

「追伸として」アミリアはサイモンのほうを向いた。「わたしが公園を離れてから、あなたに警察へ通報していただいたのよね。なにか新たにわかったことをお聞きになってない？犯人の目星とか」

「警察は昨夜ぼくが言ったのと同じ理由から、事故の可能性が高いと見ている。争った形跡は見つからないからと」

「ばかげてるわ！」アミリアはぴしゃりとテーブルを叩いた。「事故なんてことはない。殺人を知らせる手紙を書いて、落ち合う約束をしていて、池に落ちるなんて」

「いいかい、警察が知っているのはそのうちのひとつの事実だけなんだ」サイモンはコーヒーをひと口飲んだ。「足を滑らせた可能性はある。きみも憶えているだろうが、昨夜は霧が出ていた。あるいは、みずから死を選んだのかもしれない」

「わたしはレディ・エイムズベリーと同意見だわ」キティが言う。「誰かがその女性を殺したのよ。早く犯人を捜しだしたほうがいいにきまってる」

「ありがとう」さすがはキティね！　アミリアはこれまで以上に親友に親しみを覚えた。瞬時に状況を的確に見抜いた。警察にもこれくらいの能力があればよかったのに。

サイモンがコーヒーカップを置いた。「あらゆる可能性を考慮するのが重要だとしても、ぼくもきみの意見に同意する。目に見えて争った証拠はないとはいえ、きみの読者は殺された可能性が高い。そうでなければ道理が通らない」

アミリアは安堵の息をついた。侯爵の説得に費やす時間などない。「その点について同意していただけたのなら、さっそく調査に取りかかりましょう」

「三人で取りかかるの？」キティが訊き返した。

「先ほどレディ・エイムズベリーが昨夜の一件をあなたに説明したときに、ぼくと取り交わしたことについては抜けていたようだ」サイモンがアミリアのほうに頭を傾けた。「あなたのよき友人は事件現場を去るまえに、この犯罪の調査をともに行なうことをぼくに約束させた」

キティがナプキンを口もとに上げて笑みを隠した。「彼女らしいわ。わたしもすばらしい考えだと思います。あなたが思ってらっしゃる以上に、わたしの友人は経験豊富ですわ」

「となると、第一段階はエドワーズ邸への訪問ね」アミリアは話を進めた。「きょうの午後にでも伺いたいわ」

「いまからではだめなのかい？」サイモンが尋ねた。

アミリアはキティの空《から》になった皿に目をくれた。「待つ理由はないわね。昨夜の記憶が鮮明なうちに伺うに越したことはないから」

「それはだめよ！」キティが声をあげた。「まだお昼まえですもの」

サイモンがその懸念を一蹴した。「提督は早起きなんだ。気になさらないだろう。それに、もともとぼくが訪問する予定になっていた」

キティがアミリアのほうに身を乗りだした。「そのドレス」ひそひそ声で言う。

アミリアは裾が湿った暗い色の冴えない自分のドレスを見下ろした。さらにはっと思い起こして、頭に触れた。手早く丸め上げたところから赤褐色の巻き毛がぱらぱらとほつれていた。かたや流行りの仕立ての黒い上着に小粋なベスト、皺ひとつないズボンですっきりと整った装いの侯爵と並んだら、ずいぶんとちぐはぐに見えるだろう。

エドガーが死んでから、アミリアはほとんど身なりを気にしなくなっていた。あまりに長く喪服に身を包んでいるうちに衣装への関心はすっかり薄れてしまった。とはいえ、このような姿で提督を訪ねるわけにもいかない。そもそも侯爵を迎えられる身なりでもなかったのだけれど、考える間すら与えられなかった。「ハムステッド夫人の言うとおり」アミリアは認めた。「身なりを整えないと。午後にあらためていらしてください。もうちょっと……見栄えよくしておきますので」

サイモンが席を立った。「仰せのとおりに。午後にまた出直してきます」軽く頭を垂れると、くるんとした黒い髪が額にかかった。「ではハムステッド夫人」

アミリアは部屋を出ていく侯爵を見つめた。こんなふうに望めばなんでもすんなり叶えられたらいいのに。

6

親愛なる　レディ・アガニ

演奏会が大流行していますが、今年の社交シーズンにすでに三回も出席したわたしに言わせれば、時間に、さらには才能によっても制限をもうけるべきだと思うのです。きのうはあるお宅で二時間にわたり三重奏が披露され、演奏した三人姉妹はいずれもまるで音楽の才に恵まれていませんでした。いまだ耳鳴りがするというのに、来週もまた演奏会に招待されているのです！　出席しなくてはいけないのでしょうか？

音楽はもうたくさん　より

かしこ

親愛なる　音楽はもうたくさん　様

たしかに邸宅での演奏会が大流行していますが、それも致し方のないことなのでしょう。母親にとって、娘がピアノを弾いたり弦楽器を掻き鳴らしたりする姿を眺めるのは至極の喜びなのですから。わたしはそんな母親たちの笑顔を見られるのならと、我慢して演奏会に出席しています。あなたも音楽ではなく、そちらに意識を振り向けてみてはいかがですか。きっとまたひとつ演奏会を乗り越えられるに違いありません。耳に綿布を詰めるのも、大きな助けになるはずです。

秘密の友人　レディ・アガニ

その日の午後、アミリアはまたべつの気がかりを抱いてモーツァルトのピアノ協奏曲第二十一番の第三楽章に耳を傾けていた。家庭教師が指摘したように、ウィニフレッドが最後のページを急いで弾いてしまうのではと気が気ではなかった。演奏会が来週に迫り、ウィニフレッドは緊張しているのかもしれない。今回が彼女にとって初めて自宅で催す正式な演奏会で、くつろいだ雰囲気づくりのためにアミリアは母親代わりとしてできることはすべてしているつもりでも、ウィニフレッドがその言葉とは裏腹に不安をつのらせているのは間違いなかった。家庭教師のウォルターズは技術的な問題と考えて、練習を繰り返すことで克服させようとしていた。アミリアはウィニフレッドの実の母親ではなくても、三人の姉妹がいるので、少女が緊張すればどのようになるのかもよくわかっている。ウィニフレッドを不安にさせているのは演奏する曲そのものではない。たぶん要因はなにかべつにある。

「まだだいぶ速く弾きすぎているわ」ミス・ウォルターズが指摘した。「最終小節まできちんと拍子を取りつづけなくては」

「そうしています」ウィニフレッドが強い調子で答えた。

「それなら拍子を取るのが速すぎるのよ」ミス・ウォルターズは楽譜を指し示した。「では、もう一度」

アミリアは言葉を差し挟んだ。「おっしゃるとおりですわ、ミス・ウォルターズ。最後は少し速く感じました。でも、わたしはそろそろ出かけなくてはいけないので、そのまえにウィニフレッドと少し話をしたいんです。お茶を飲んで待っていてくださいませんか。長くはかかりませんから」

「承知しました」ミス・ウォルターズは静かに部屋から出ていった。

家庭教師がいなくなると、アミリアは隣の椅子の座面をぽんと叩いた。「こちらに来て坐って、ウィニフレッド」

ウィニフレッドはドレスの青いリボン飾りをいじりながら、うつむき加減で椅子に近づいてきた。「ひどかったでしょう？　よけいに下手になってる」

「そんなことないわ」アミリアは返した。「わたしがあなたの半分でもうまく弾けたなら、女王陛下にお聴かせしたいくらいですもの」

ウィニフレッドがちらっと笑みを見せた。リンゴのようにふっくらした頬にえくぼができる。

「本気よ」アミリアは続けた。「あなたの演奏を聴いていると、とっても幸せな気分になれる。お客さまたちもきっと同じように感じるはず」ウィニフレッドのドレスに触れる。「でも、だからといって緊張を隠しきれるわけではないわよね。そうなるのは無理もないし、ごく自然なことだわ」

ウィニフレッドが膝に目を落とした。「緊張のせいじゃないの、アミリア。両親のせい」

緊張していないと本人が言うのだから、ほんとうなのだろう。「わけを話したい？」

「いいえ、でもそうしたほうがいいのよね」

アミリアはあえて求めなかった。少女がまた話しだすのを辛抱強く待つ。

少しおいて、ウィニフレッドが目を合わせた。「母はわたしがピアノを弾くのをとても喜んで聴いてくれた。でも、一曲終わる頃には、さっさとほかの用事でいなくなってしまうの。急いで弾けば、母が出かけるまでに間に合うかもといつも思ってた。もっと一緒にいられるかもしれないって」こぼれ落ちた涙が青いドレスに濃紺色の丸い染みをつけた。「ばかみたいだけど、そのときのことが忘れられない。それでいったん思いだすと頭から消えなくなってしまって」

「わかるわ」アミリアは慮《おもんぱか》った。かわいそうなウィニフレッド。祖父母も両親も叔父も亡くしている。ピアノを弾けば亡き家族を思いだしてしまうのは当然だ。音楽好きな一族だった。なにか力になれることができればいいのだけれど。自分になにができるのかわからないけれど、喪失感がどのようなものなのか、それに胸にぽっかり空いたその穴がいくら努力したところで完全には埋められないこともアミリアにはわかっていた。傷痕みたいに皮膚の一部になり、どうすることもできないもの。消し去りようがないし、そうすべきものなのかもわからない。強烈な記憶。それをウィニフレッドに頭から振り払うよう求めるのは間違っている気がする。

アミリアはしばしじっと坐ったまま考えた。「あなたのお母さまはすてきな方だった。ほかにもふたりきりで楽しめた時間があったのではないかしら」ふと思いついた。「まえに、読書について話してくれたわよね」

「母は朗読が好きだったの。毎晩本を読んで寝かしつけてくれた」ウィニフレッドの頬にえくぼが戻った。「わたしは『ガリバー旅行記』がまるで好きになれなかったけど、母のお気に入りだった」

アミリアは指で顎を打った。「どうかしら、これからピアノを弾くときには朗読している お母さまを想像してみたら。穏やかにのんびりと読みつづける声を。眠くならない程度に気をつけないとだけど、慌てないで弾けるのではないかしら」

ウィニフレッドが肩をすくめた。「とりあえず試してみる」

アミリアは立ちあがり、ウィニフレッドを軽く抱擁した。なぜかいつも漂ってくるストロベリーの柔らかな香りを吸いこむ。石鹸の匂いなのかもしれないけれど、アミリアには若さと希望に満ちた特有の香りに思えた。さらに一度ぎゅっと抱きしめてから離れた。「あなたの心の痛みを取り払ってあげられたらいいのに、ウィン。指をパチンと鳴らすだけでぱっと消せたら」

「ほんと」ウィニフレッドが言う。「あなたもエドガー叔父さまを亡くして同じ気持ちなのよね」

アミリアはウィニフレッドの両手を取ったままうなずいた。互いの過去を理解していて、隠したり変えたりしようとは思わない。互いにとっていちばん心地よい関係だ。

ジョーンズが部屋に入ってきた。「奥さま、ベインブリッジ卿がお見えです」

「ありがとう」アミリアは応じた。

「侯爵さま？」ウィニフレッドがひそひそ声で訊く。「ふたりでどこへ行くの？」

アミリアはちらりと背後を確かめた。「秘密にすると約束してくれる？」

ウィニフレッドが胸の前で十字を切った。

「わたしたちはいま……なんて言えばいいのかしら」アミリアはいわくありげに片方の眉を上げた。「調査をしてるの。ある出来事が起こって、その謎を解き明かそうというわけ」

「冒険みたいなもの？」

「ええ、言ってみれば冒険ね。でも、ちゃんと目的がある」

ウィニフレッドがにっこりした。「それなら、ぜひ楽しんできて。あなたはあまり楽しめていないでしょう……つまり……わたしとタビサ大おばさまのせいで」

アミリアは口もとをゆがめた。「まあ！　知ったような口を利いて。あなたの後見人でいるのはものすごく楽しいんだから。あなたがどんどん大人の女性になっていくのを見られるのよ。わたしは大変な幸せ者だと思ってる」

「それにしても、サイモン・ベインブリッジはほんとにすてきよね」ウィニフレッドが言い添えた。

「ええ、たしかに」アミリアは認めた。「わたしにはちょっとすてきすぎる気もするけど」

「なに言ってるの！」ウィニフレッドが声をあげた。「あなただってきれいだわ。あの方と──ほとんど同じくらいには」

アミリアは笑い声を立てて、ウィニフレッドをピアノのほうへ軽く押した。「練習に戻りなさい、生意気娘さん。帰宅したらまた最終楽章を弾いて聴かせてね。今度はゆっくりと」

ピアノ協奏曲第二十一番の最初の音が奏でられるのとともに、アミリアは客間をあとにした。サイモンが居間の窓辺に立ち、広い肩で明るい陽射しを遮っていた。こんなふうに紳士に目を奪われたのはどれくらいぶりだろう。その体格、匂い、笑顔。エドガーが死んでから、容姿端麗な男性とひとりも顔を合わせていなかったわけではないでしょう？　そんなはずはない。たぶん、彼の生来の活力がひしひしと伝わってくるせい。サイモンは生気、熱気、活気に満ちあふれている。そばにいると自分も生きているのを実感できる。

「ベインブリッジ卿」アミリアは挨拶をした。「出直してきてくださってありがとうございます」

サイモンが窓から向きなおった。「こんにちは、レディ・エイムズベリー」アミリアのドレスに目を留めた。「グレーの装いのままですね」

「まだ喪に服しているので」アミリアは説明した。

サイモンが片方の眉を上げた。「もう二年になる」

「月日の流れは承知しています」アミリアは返した。「タビサおばは三年が適切な期間だと考えているのです。おばの心情をむげにはできませんもの」

「三年？　長すぎやしませんか」侯爵は上着の袖口の内側を整えた。「結婚生活の期間を伺ってもよろしいですか？」

「二カ月です」

侯爵は袖を直そうとしたのを忘れてしまったかのように、一瞬呆気にとられたように顔をゆがませた。それから息を吸いこんで、ふだんの端整な顔に戻った。「タビサはきみがみずから申し出るのを待ってるんだ。間違いない」

アミリアは目をしばたたいた。「わたしたちは同じ人物について話しているのよね？」

「タビサは挑まれるのがなにより好きなのですから」とサイモン。

「そういったお役目はあなたにおまかせします」アミリアは玄関広間のほうへ身ぶりで促し、そこで侯爵の手を借りて上着をまとった。「そうすることで小言をいただく機会を減らせるのなら、これからずっと喪服で通してもわたしはまるでかまわないので」

「ほんとうに？」サイモンが日傘を手渡した。「あなたがそれほど譲歩のお得意な方だとは思わなかったな」

「まだ知り合ったばかりですもの」アミリアはジョーンズにうなずきで出かけることを告げて先へ進んだ。「あなたがわたしについて知らないことなら山ほどあるわ」

サイモンが従僕を手ぶりで退け、みずから手を貸してアミリアを馬車に上がらせた。「これからまたどんなことを知れるのか楽しみだな」

元海軍提督のジェイムズ・エドワーズは、高級住宅街の、アーチ形の窓と濃紺の鎧戸《よろいど》が前面に並ぶ豪壮な白い街屋敷に住んでいた。見ようによっては船のようでもあり、使用人にもそうした雰囲気が感じられた。執事のティベンスはアミリアがこれまでに出会ったほかののどの執事とも違っていた。なによりもまず日焼けした険しい顔立ちをしている。どこを取っても鋭い。それに、ぴっちりとした上着をまとっている。ほとんどの執事より若いだけでなく、まるで見せつけるかのように筋骨逞しい。多くの屋敷の執事たちのように背景にまぎれて立っていられるとはとうてい思えない。

ティベンスに案内されて客間へ歩きだすと、エドワーズ提督が廊下に姿を現した。「ベインブリッジ、やはりきみだったか！」白髪頭で指揮官らしい声音の恰幅のよい男性が通路をふさいだ。「きみの訪問を楽しみにしていた」

サイモンは握手をして提督の背中を軽く叩き、どちらもうれしそうに挨拶の言葉を交わした。

「こうして対面できる日がくるとは思わなかった」提督はまじまじとサイモンを眺めた。顔にだいぶ深い皺が刻まれているとはいえ、青い瞳には生気があふれている。「調子はどうだね？」

「おかげさまで元気にしています。ですが、このたびのことはお悔やみ申しあげます。葬儀に参列できればよかったのですが」

「ありがとう、ベインブリッジ。その気持ちだけでじゅうぶんだ」提督は頬髯《ほおひげ》を生やした顎を引いた。「フローラはきみが船を操る腕前に感心していた。船の扱いには長けた娘だったからな。きみも知ってのとおり」

サイモンがちらりと笑みを見せた。「お嬢さんは優秀な船乗りでした」

「そして可愛い娘だった。しかしわしとしたことが大変なご無礼を」エドワーズ提督がアミリアのほうを向いた。「どなたをお連れくださったのかな？」

「こちらはレディ・エイムズベリー」サイモンが紹介した。「亡きエドガーのご夫人です」

「そうでしたか」提督が言う。「失礼しました、伯爵夫人。ご婦人をお迎えするのはなにぶん久しぶりなので。いつも娘たちにまかせきりで」

「いえ、そんな」アミリアは提督が差しだした手を取った。「わたしからもお悔やみ申しあげます」

「ありがとう」エドワーズ提督が階段を上がるよう手ぶりで示した。「料理人にお茶とちょっとしたものを頼んである。いかがかな？」

客間は美しい壁紙に包まれ、海軍時代の記念の品々が飾られていた。壁ぎわの箱に大きな錨《いかり》が収められていて、提督は屋敷も船のように指揮しているのだろうとアミリアは見定めた。サイモンによれば提督は何年もまえに妻に先立たれたそうで、この部屋に女性の気配は感じられない。でも、柔らかい椅子や、明るいランプや、本や、とりわけたくさんの地図があり、居心地が悪いわけではない。

アミリアはテーブルのそばの椅子に腰かけた。提督が〝ちょっとしたもの〟と表現したケーキとサンドイッチが古めかしい銀盆に並べられていた。なにもかもに旧世界が感じられ、そこに醸しだされた趣にアミリアはうっとりとした。提督は船で世界各地をまわり、そうした至るところでの経験がこの部屋を形づくっている。アミリアも世界のあちこちをめぐってみたかった。ロンドンで暮らしていると、冒険への渇望が湧いてきて、もっとほかの場所へも旅に出ないかぎり満足できなくなりそうな気がしてくる。

お茶が注がれ、軽く世間話をしたあとで、本題への口火を切った。さりげなくフローラについて話を向け、公園で遭遇した出来事としてサイモンがシャーロットの死について持ちだした。「じつは、警察に通報したのはぼくなんです。こちらに仕えていた女性だったのですね」

「まさかシャーロット・ウッズが死ぬとは。今朝早くに連絡を受けた」提督はケーキをさらにひと口食べた。「シャーロットはフローラの侍女だったので、事故の責任を感じていた。わしとしてはやむをえまいとしか言いようがない。あの晩はもっとちゃんと娘を見ていてもらいたかった。そうするとわしに約束していたのに」

提督の口ぶりにはとげが感じとれた。シャーロットに復讐した可能性はないだろうかとアミリアは考えて、ティーカップを口もとに持ちあげ、ベルガモットの温かな香りを吸いこんだ。娘の死についてシャーロットに責任があると提督が思っているのだとすれば、その可能性はある。元海軍提督ならば、みずから裁きをくだそうとしたとしてもふしぎはない。娘をどれほど深く愛していたのかはあきらかだ。「事故が起こった晩になにがあったのですか？お伺いしてもよろしいでしょうか？」

提督がティーカップに手を伸ばした。「フローラとコスグローヴの婚約を祝して、わしがパーティを開いた。婚約者のコスグローヴは文句なしの好人物だ」カップに口をつけた。「彼も気の毒に。こんなことになって打ちひしがれてしまっている」ひと息つき、提督は頭を切り替えたように続けた。「ダンスもシャンパンも、どれを取ってもそれはもう完璧な晩だった。ところが晩餐のあと、フローラが体調を崩した。シャンパンで酔ったようなので休むと言って部屋へ上がっていった。娘の気質や夢遊病についてよく承知しているシャーロットが付き添った」

提督は椅子に背をもたせかけ、しばし沈黙した。「それから何時間も経って、わしは叫び声で目を覚ました。シャーロットが慌てて駆けつけたようだが、遅すぎた。フローラは中庭に倒れていた。バルコニーから転落したのだ」

アミリアは両手を組み合わせた。哀しみに暮れる父親の口から語られるのではなおのこと、あまりにつらい話だ。提督が気の毒でならない。

「それで、侍女のシャーロットは責任を感じていたんですね？」サイモンが尋ねた。

「そうとも」提督が断言した。「彼女は寝入ってしまったんだ。この屋敷の誰もが、彼女が務めを怠ったことを知っている。それで昨夜、みずから命を絶ったのだろう」エドワーズは声を落とした。「ほかの使用人によれば、様子がおかしかったそうだ。脅えていたと」提督は最後の言葉に力を込めた。

　脅えていたのにはそれなりの理由がある。アミリアはティーカップを置いた。「使用人の誰かが、お嬢さんを守れなかったシャーロットに復讐を企てた可能性はありませんか？　シャーロットを追いこむようなことをなにかしたとか」

　提督は驚いた顔で口をあけた。「わしは寛容な雇い主だが、レディ・エイムズベリー、それは少々考えすぎだろう。うちの使用人は誰もそのようなことはしない。それでは殺人ではないかね」

「たしかに。ですが、よろしければこちらの使用人と話をさせてもらってもかまわないでしょうか？」サイモンが訊いた。「レディ・エイムズベリーにはだいぶ気休めとなるでしょうから」

「かまわんとも」提督は思いやるようにアミリアのほうを向いた。「だがなぜなのか、伺ってもよろしいかな？　ミス・ウッズとはどのようなご関係で？」

　アミリアはできるかぎり正直に答えられる言葉を探した。提督は嘘を見破れる人物だ。

「彼女とは……知り合いでした。手紙をやりとりしていたんです」

　ふうっと息を吸って胸をふくらませた提督はオウムの縫いぐるみに少し似ていた。腕を伸ばして、アミリアの手に軽く触れた。「最初からどうしてそれを言ってくれなかったのかね？　ぞんぶんに話していってくれたまえ。あいにく、わしは同席できないが。波止場へ行かねばならんのだ。部下たちをいつまでも待たせておけんからな」

サイモンが応じた。「どうぞ出かけられてください。ぼくはお嬢さんがたにもぜひご挨拶しておきたいので。ご在宅ですか？」

提督が立ちあがった。「ヒヤシンスのほうは。きっと喜ぶだろう。下りてくるよう伝えておく」アミリアのほうに軽く頭を垂れた。「では、レディ・エイムズベリー」

「ありがとうございます、提督。お気をつけて」

エドワーズが去ると、アミリアはサイモンに向きなおった。「やっぱり彼女は殺されたんだわ」

「誰のことだろう？」サイモンが足を組んだ。「フローラ、それともシャーロットかい？」

アミリアは椅子から立ち、錨をじっくりと眺めた。本物の船に乗ったことはない。提督は世界じゅうをまわっていた。幸運な人。「どちらもだけど、いま話しているのはフローラのほうのこと」

「聞かせてくれ、どうしてそうだと言えるんだ？」

アミリアは侯爵の声から笑みを感じとり、肩越しに振り返った。「あなたはたくさんの場所を訪れたのよね？」

サイモンはやはり微笑んでいた。「ああ、何カ所かは」

「わたしはイングランドの外に出たことはないわ」侘《わび》しい考えは振り払い、アミリアは目下の問題に意識を戻した。「提督がおっしゃったことを聞いてなかったの？」

「フローラのことだろう？」

「彼女が転落したときのことよ」アミリアは説明した。「提督はフローラの叫び声で目が覚めたと言ったわ」

「それがどう繋がるのかわからない」

アミリアは椅子に腰を戻した。「わからない？　フローラが夢遊病で歩いていったのなら、叫びはしなかったはず」

サイモンはその論理を解して笑みを消した。「夢遊病で歩いていったのなら、そのまま声も出さずに転落したはずだと」

「そうでなかったとすれば、彼女は殺されたということよ」

7

親愛なる　レディ・アガニ

黒いちりめん織りのドレスほど最悪なものがあるのでしょうか？　母は祖母の死去から半年はそれを着ていなければいけないと言うのですが、わたしは祖母をほとんど知りません。何マイルも離れたところに暮らしていたからです。わたしは若いし、隣家の男性はとてもハンサムなのですから、例外を認めてもらえないのでしょうか？　あなたの助言に従うつもりです。あなたはいつも公正な回答を書かれているので。

かしこ

黒は好きになれません　より

親愛なる　黒は好きになれません　様

もちろん、黒いちりめん織りのドレスよりずっと最悪なものはあります。半年は長いように思えるかもしれませんが、人生をバケツの水に喩《たと》えるなら、一生のうちではほんの一滴程度にすぎません。隣家の紳士があなたの時間を費やすに値する方だとすれば、衣装についてもご理解いただけるでしょうし、愛の基盤はドレスの色などより、はるかに忘れがたいものによって築かれるのです。

秘密の友人　レディ・アガニ

ヒヤシンスはたっぷりとした喪服のドレスに包みこまれているかのように小柄な若い令嬢だった。アミリアも長く喪服を着ているものの、そのようなドレスは初めて目にした。黒いちりめん織りのドレスの袖口、襟ぐり、腰回りが金糸で縁どられ、肩に巻いたショールには房飾りがあしらわれている。アミリアがもっと衣装に気を遣う女性だったなら、どこで仕立てたものなのか尋ねていただろう。とはいえやはり少しばかり派手すぎるように思える。たしかにヒヤシンスくらい若い令嬢なら愛らしく見られたいはずなので、アミリアにも気持ちはわからないでもなかった。自分にはもう思い煩う必要のないことでもある。未亡人で、母親代わりで、物書き。ありがたいことに、そのどの役割にも洒落た装いは必要ない。

ヒヤシンスがとりすまして椅子に浅く腰かけた。くつろいだ雰囲気の部屋にそぐわない堅苦しい居ずまいだ。「レディ・エイムズベリー、父のおかしな趣味をどうかご容赦ください。父は海軍時代の思い出の品をとても大切にしているので。船に乗っていた頃がなつかしくて仕方がないのです」

「とんでもない」アミリアはヒヤシンスの落ち着かなげな理由に気づいて、さらりと返した。「すてきなお部屋ですわ」地図のほうを手ぶりで示す。「あなたのお父さまは世界を知ってらっしゃる。あこがれます」

　そのやりとりでヒヤシンスがほっと肩の力を抜いた。「そうなんです。わたしたちが子供の頃はほとんどいないようなものでした」

「大変だったとお察しします」サイモンが言う。「お母さまを早くに亡くされたのですよね、ぼくと同じで」

　その声は鎮めがたい哀しみを帯びていた。大きな喪失感を味わった誰もがかかえる哀しみ。アミリアは侯爵の気持ちを思いやった。

「わたしはまだ幼かったので、母を憶えていないんです」ヒヤシンスはドレスの襞飾りを撫でつけた。「フローラはわたしが母似だと言ってましたけど。わたしにとっては姉が母のようなものでした――わたしたちみんなにとって」

「お悔やみ申しあげます」サイモンがヒヤシンスをなぐさめようと手を伸ばす。「フローラが亡くなられて、みなさん、つらい思いをされていることでしょう」

「恐れ入ります」ヒヤシンスはつぶやくように言い、一瞬だけ侯爵の手を取った。「そうなんです」頭を傾けると、帽子の黒い羽根飾りが揺れた。「姉がいなくなったなんて、いまだに信じられません。とても幸せそうでした。あれほど幸福なときにこんなことが起こるものなのでしょうか？」

「あらためて心からお悔やみ申しあげます」姉妹を亡くした哀しみはアミリアにも想像しがたかった。自分にとって姉妹たちはとても近しい存在だ。「あなたのお父さまによれば、お姉さまは体調を崩されたと」

「吐き気をもよおしていました」ヒヤシンスが説明する。「気疲れしたのか、シャンパンのせいだったのかもしれません。ひどくなるといけないので、侍女が付き添っていたんです。それなのに寝入ってしまうなんて信じられます？　怠慢な人。あの侍女を殺してやりたいくらいだわ」ヒヤシンスは声に若気をみなぎらせて両手を握りしめた。

アミリアはサイモンと視線を交わした。

「不作法な物言いをお許しください。だけど務めを怠ったのは事実です」ヒヤシンスはさっと部屋を見渡した。「この一日、姿が見えないようだけど」

サイモンが膝の上で両手を組み合わせた。「心苦しいお知らせなのですが、昨夜、シャーロット・ウッズの遺体がセント・ジェームズ・パークで発見されました。池で溺死していたのです。すでにお父上からお聞きになっているものと思っていました」

ヒヤシンスがじっとしたまま、目をしばたたかせた。アミリアは気付け塩を持ってこさせたほうがいいのだろうかと考えた。ご婦人がたは卒倒しやすいと聞いてはいるけれど、サマセットではそのような光景は実際に見たことがなかった。田舎の女性たちは卒倒する暇もないくらい忙しかったからだ。

「水をお持ちしますか？」サイモンが訊く。

「いいえ、大丈夫です」ヒヤシンスはぎこちない笑い声を洩らした。「正直なところ、大丈夫どころではないわ。死んでくれてうれしいくらいですもの」

「お姉さんが亡くなられたのは彼女のせいだとお考えなのですね」アミリアは言った。問いかけたのではない。すでにわかっていることを明言しただけ。

「当然ですわ」ヒヤシンスが認めた。

ヒヤシンスの左目がぴくりと引き攣《つ》ったのにアミリアは気づいた。笑ったせいで自然と顔に現れた症状。神経にさわりやすい女性なのに違いない。

「誰もが、本人ですら、そう思ってましたもの」ヒヤシンスが続ける。「そうでなければ、公園の池に身を投げはしないでしょう？」

真っ先に自殺と断定してしまうとは興味深い。シャーロットが死んだ要因はいくらでも考えられるのに、ヒヤシンスはそうだときめてかかっている。

「彼女はたしかに寝入って務めを怠ったのかもしれない」サイモンは指で顎を打った。「だが、もしも、ひょっとしたら誰かに……そのように仕向けられたとも考えられるのでは？」

ヒヤシンスが鼻に皺を寄せた。「どういう意味ですか？　誰かが彼女にそうするように勧めたとでも？」

「誰かに池に突き落とされたのかも」アミリアは率直に言った。ヒヤシンスはシャーロットの死を喜んでいて、もう気付け塩は必要としていない。

サイモンがちらりとアミリアに目を向けた。

ヒヤシンスが考えこんだ。「その可能性もないとは言えないわ。姉が死んでから、使用人たちはシャーロットを信用していなかったので。そもそも、少しまえからそうだったけれど。

日記かなにかのリストのようなもののことで揉めごとがあったんです」ヒヤシンスは髪の毛がまとわりついたイヤリングをいじった。「詳しいことはわかりません。父は噂話をいやがりますし、わたしには聞かせないようにしています。浮ついた娘にならないかと心配しているんです。ご存じのように、父はものすごく真面目な人なので」

「存じています」サイモンが応じた。

「姉のフローラは浮ついた女性ではありませんでした」ヒヤシンスが笑みを浮かべた。「父に似て、とても勉強家だったんです。婚約者の公爵さまも姉の知性に敬服するとおっしゃってました」頭を傾けると、褐色の髪の房がイヤリングから解き放たれた。夢見るような目で続けた。「でも、あの公爵さまですら、わたしのドレスには見惚れてらしたわ。間違いなく」

「わかりますわ」アミリアは調子を合わせた。「そうせずにはいられないはずですもの」あまりうぬぼれさせてはいけないのかもしれないけれど、ヒヤシンスは若く、どうやら自意識過剰ぎみのきらいがある。だからこそ、人目を引きやすい装いを選びたがるのだろう。自分より賢い姉とともに成長するのはなかなかにつらい。アミリアにも美貌と才能を備えた姉たちがいるので、その気持ちはよくわかった。

エドガーに求婚されたとき、姉たちはうらやましがりはしなかった。とても喜んでくれた。両親に教えられてきたように、信じてさえいればよいことが起こると証明されたのだと。アミリアがエイムズベリー伯爵家の馬車でサマセットの村を去る日、姉たちは別れを哀しみながらも祝福の涙を流していた。宿屋を訪れる客や、商人や、耳を傾けてくれる人なら誰にでもロンドンについてさんざん尋ねた末に、妹がついにそこへ旅立つことを喜んでくれた。それもすばらしい花婿と一緒に。アミリアはいまでも、手を振りながら馬車を追って車道を駆けてきた姉たちの姿を思いだす。幸運を願って姉のサラが力いっぱい放ったサテンの靴が馬車の窓から飛びこんできた。

「公爵さまは帰らずにいればとご自分を責めていらした」ヒヤシンスの声でアミリアはわれに返った。「でも、あの方になにができたというんです？　たとえあの晩、公爵さまがお客さまたちとこちらに残られていたとしても、姉の転落を防ぐことはできなかった」目を細く狭める。「防げたのはシャーロットだけなのに、それをしなかった」空咳をした。「もう少しお茶をいかがかしら？」

「いや、けっこう」サイモンが腰を上げた。「だいぶお時間を取らせてしまいました。あなたとお話しするのはいつも楽しい。ずいぶん久しぶりでしたよね」

ヒヤシンスも立ちあがった。「こちらこそですわ。立ち寄ってくださってありがとうございます」

アミリアは共通の知人について語り合うふたりのあとから歩を進めた。サイモンは海軍時代から提督の一家と良好な関係を築いていたようだ。ヒヤシンスもサイモンとだけのほうがくつろいで話せている。伯爵夫人が同席していたのできちんと振る舞わなければと気負っていたのかもしれない。相手はなにしろこの自分なのだから、まるで的外れな気遣いなのにとアミリアは思った。でも、そうだったとすれば、ヒヤシンスがどうも落ち着かなげな態度だったのも説明がつく。

アミリアはティベンスから外套を受けとると、別れの挨拶を交わすサイモンとヒヤシンスの脇をさりげなくすり抜けて進んだ。玄関先の踏み段の下で従僕がサイモンの御者となにやら話している。シャーロットの名前が聞こえた気がして、急いでふたりのほうに近づいた。

「リナならなんでもやりかねない。記憶力がずば抜けているうえに、根に持つたちだから」

「リナ、そう言ったのよね？」アミリアは問いかけた。「どなたなの？」

「奥さま、大変失礼いたしました」従僕が慌てて馬車のそばに戻って扉を開こうとした。

「下りてこられていたとは気づきませんで」

「謝る必要はないわ」アミリアは手で振り払うように言った。「リナについて聞かせて。シャーロットと関係のある方？　ミス・ウッズとは知り合いだったから、亡くなられた事情が少しでもわかればと思って」

従僕が青と白のお仕着せ姿で誇らしげにくいと顎を上げた。「シャーロットは誠実でやさしい優秀なメイドでした。彼女が亡くなったのはとても残念です」

アミリアはうなずいた。「リナもエドワーズ家で働いている人なの？」

「働いていました。ヒヤシンスお嬢さまの侍女だったのですが、いまはそうではありません」従僕は一歩近づいた。「ヴァン＝アカー家で洗い場メイドをしています」

上流社会の序列にいまだ不慣れなアミリアでも、それがなにを意味しているかくらいは察しがついた。洗い場メイドはみずから好んで就く職業ではない。賃金がもっとも安い最下級の仕事。リナは降格させられたわけだ。でも、なぜ？　アミリアは憶測をめぐらせた。「ヒヤシンス嬢が日記がどうとかおっしゃってたけれど」

「リストです」従僕が訂正した。一台の馬車が通りすぎるのを待って、あらためて口を開く。「お屋敷の悪行リスト。リナ・クレインはエドワーズ家について耳にした悪い噂をすべて書き留めていたんです。シャーロットがそれを見つけて、すぐに提督に引き渡したので、リナは解雇されました。旦那さまは温情深い方なのですが、フローラお嬢さまが亡くなられてから慈悲をお忘れになっています。致し方のないことです。フローラお嬢さまは旦那さまのすべてでしたから」

サイモンがヒヤシンスに別れを告げている。アミリアは気をせかされ、先ほど踏み段を下りてきたときに耳にした言葉に話を戻した。「リナがシャーロットに復讐したとは考えられない？　悪行リストのことを提督に報告されたから」

従僕が声を落とした。「噂話はしたくないのですが、きのう、シャーロットが書簡を手にしているのを見ました。それについてぼくが尋ねると、シャーロットは書簡を隠して、友人からの手紙だと言いました。でもぼくはそのとき、リナに脅されているのかなと思ったんです。シャーロットがとてもおどおどしていたので」

それはリナからの脅迫状ではなく、レディ・アガニへの手紙に違いなかった。シャーロットは悪行リストを屋敷の主人に報告したのと同じように、セント・ジェームズ・パークで殺人犯の正体をレディ・アガニに明かそうとしたのだろうか。身の危険を感じながらも、正しいことをしようとしていた。

アミリアはシャーロットに畏敬の念が湧きあがり、胸がいっぱいになった。正直で、しかも勇敢な女性。彼女を殺した犯人に裁きを受けさせるために、できるかぎりのことをしなくてはいけない。

8

親愛なる　レディ・アガニ

母に馬車のなかでの会話は慎みなさいと言われます。馬車のなかは好きな人とふたりきりの時間を過ごすには最適な場所だとわたしは言い返しています。あなたはどう思われますか？

かしこ

馬車でのおしゃべりが好き　より

親愛なる　馬車でのおしゃべりが好き　様

あなたのお母さまのご指摘にも一理あります。悪くすれば、あなたは好きな方と大変な醜聞にさらされかねないのですから。とはいうものの、馬車はお相手を吟味するにはうってつけの場所でもあります――わたしがそう書いたことはお母さまには内緒にしてくださいね。

メイフェアに戻る道すがら、アミリアは従僕から耳にしたことをサイモンに話して聞かせた。ヴァン＝アカー家で働くリナ・クレインを訪ねてみるのは良案だとサイモンも賛成した。自分も個人的に付き合いのある一家ではないが、アミリアなら訪問の口実をなにか見つけられるはずだという。

「きみは想像力が豊かだ」サイモンは馬車の窓越しにスキップしながら歩く子供を見て微笑んだ。「なにか思いつけるだろう」

馬車はがくんと前へ進みだし、馬の蹄《ひづめ》が安定した小気味よい音を立てはじめた。

「そこがきみとエドガーとではだいぶ違っていたんじゃないか」サイモンが続けた。「もっと論理的に考える男で、想像力はからきしだった。結婚についてはぼくの助言どおりにしたようだし」

アミリアは腕組みをして、馬車のビロードのクッションに背をもたせかけた。いまの侯爵の発言が気にさわり、もう少し距離を取っておきたかった。「このまえもそのようなことをおっしゃってたわよね。どういうことなのか説明していただけるかしら」

サイモンがアミリアの姿勢の変化に気づいて、身を乗りだした。「家族を亡くしてから、エドガーはとても裕福でありながらも病を患っていた。社交界では彼が裕福だということしか知られていなかったから、母親たちが娘を嫁がせようと押し寄せていた」侯爵はその頃の出来事をなにか思い起こしたらしく、ひと息ついた。「ぼくは彼の人生をそんな人々の手にゆだねさせたくはなかった。なにしろウィニフレッドの将来もかかっている」遠くを見るような目をした。「彼にはもっとふさわしい人生があるはずだと思っていた」

「それなら、わたしの人生は？」アミリアは訊いた。「わたしにはどんな人生がふさわしいと？」

そう問われてサイモンはきょとんとした。エドガーへの自分の助言が花嫁にもたらす影響までは考えが至らなかったようだ。「二年も喪服をまとっているのがふさわしくないのは間違いない」

「冗談でお尋ねしたのではないのよ、侯爵さま」

「ぼくも笑ってはいない」

でも侯爵の目にきらめきをアミリアは見てとり、いらだちに駆られた。「わたしは若かったわ。どのようなところに足を踏み入れようとしているのか教えておいてほしかった」

「そうしたら、いまとはなにか違っていただろうか？」

アミリアはすぐに答えなかった。

「そんなことはなかっただろう。認めるんだ。きみが恋に落ちたのは相手の男にではなく、冒険になのだと」

侯爵のばかげた話を聞くのはもうじゅうぶん。どうしてこの人にこんなことを言われなければいけないのだろう？　きのう出会ったばかりなのに。「あなたはわたしのことを知らない。よくもそんなことが言えるわね」

「それくらいのことはわかるとも」サイモンは腕を伸ばし、アミリアの手に触れた。「ロンドンはきみにとって冒険の場だったんだ。いまでも」

アミリアは手を引き戻した。なんてずうずうしい人なの。自分にわからないことはないとでも思いこんでいるのだろう。もちろん、アミリアはロンドンが好きだった。街の活気に心が浮き立つ。この賑わいに。静かな田舎で二十三年間暮らしたあとでは、せわしない都会の往来が心地よく感じられた。だけど、エドガーと結婚したのはそれが理由ではない。夫を心から慕っていた。

「気を悪くしないでくれ」サイモンが言う。「ぼくもこの街が大好きだ。そうでもなければとうの昔に出ていただろう。現に、離れたが、またこうして戻ってきた」

「わたしはなんとも思ってないわよ」アミリアはきっぱりと言った。「あなたこそ、わたしを騙《だま》して後ろめたさを感じているのではないのかしら」

侯爵の頬骨が鋭さを増した。「ぼくはきみを騙してはいない」

「騙したのはエドガーなのよね」アミリアはつぶやいた。

サイモンが窓の向こうへ目をくれた。降りだした雨がパタパタと静かな音を響かせるなかで返答を考えている。「彼が正体を隠していたのは、ぼくに責任がある。エドガーに、彼の名前や爵位を知らない田舎娘を見つけて妻に娶《めと》れと勧めた。そんな女性なら姪と財産を安心して託せるからと」

「それなら、嘘をつくようにと他人に勧めるような男性をどうやってわたしに信用しろと？」アミリアは訊いた。

今度は即座にサイモンが答えた。「ぼくも騙されていたからな」

アミリアは首を振った。「それとこれとは違うわ」

「どんなふうに？」侯爵の緑色の瞳が薄暗い馬車のなかでエメラルドのごとくきらめいた。

問題はそういうところなのよとアミリアは内心で思いつつも沈黙した。

雨は馬車の屋根に叩きつけるような音を立てはじめ、御者が大きな声で荒ぶる馬をなだめている。馬車のなかでは、雨を逃れようと急ぐ買い物客たちのように午後の嵐を気にかける必要はない。けれど気詰まりな沈黙が続くうちに、馬車の車輪が道のくぼみに引っかかり、アミリアが座席から滑り落ちるのと同時にサイモンも前かがみに身を跳ねあげた。おかげでぎこちなく抱き合うような恰好になった。

アミリアはふいの接近に呆然となって固まった。あまりに近すぎて、サイモンの笑っているかのような温かい吐息を頬に感じた。鼓動が速まり、吐息を感じているのを気取られませんようにと祈った。

傾いてしまった婦人帽にサイモンが手を伸ばし、アミリアの首をかすめた。

アミリアはエドガーと二カ月の結婚生活を送ったものの、触れただけで痺れるように感じられたことはなかった。胸騒ぎも。自分がこんなふうになるとは思いも寄らなかった――いまこのときまで。

乗馬をしたり、酔っ払いのジンをこっそり水に取り替えたりするときみたいに、どきどきしている。たぶん、それ以上に。たまたま彼の手がかすめただけでこのようになるなら、ほかにはいったいどのような心地をもたらしてくれるのだろう。

馬車がエイムズベリー伯爵邸の前で停まり、アミリアは座席に軽く押し戻されて、たったいま起きたことを思い返した。サイモンの手が添えられていた腰がまだじんわりと温かい。瞬きで記憶を振り払おうとしても、無駄だった。彼のぬくもりは一月に暖炉にあたったときのように肌を焦がしていた。

「失礼」侯爵のかすれがかった声がした。「道の悪いところにぶち当たってしまったらしい」

アミリアにはその表現が的を射ているようには思えなかったけれど、答えようがないのでうなずいた。

馬車の扉が開き、アミリアは従僕の手を借りて降りた。ひんやりとして爽やかな空気が心地いい。おかげでぼんやりとしていた頭がすっきりと晴れた。いつの間にか、そもそもどうしてサイモンとこうして一緒にいるのかを忘れていた。シャーロットが殺された事件を解決するため。アミリアは深呼吸をした。思いがけず侯爵と密着したくらいで、ペチコートを皺くちゃにしたり、自分の担当欄の愛読者を殺めた犯人捜しを遅らせたりするわけにはいかない。咳ばらいをして、日傘を開く。「続きはまたあすということでよろしいかしら?」

「もちろんだとも」侯爵が応じた。

サイモンの目は、その返答がシャーロットの事件についてだけではないことを告げていた。

アミリアは唾を飲みこんで、あらためて念を押した。「リナ・クレインはヴァン＝アカー家で洗い場メイドをしているそうなの。お宅に伺ってみましょう」

「それで、訪問の理由はどうするんだ？」

アミリアは唇を噛み、考えながら話しだした。「あなたは侯爵さまよね。侯爵のご訪問はどなたにとっても喜ばしいはず」

サイモンが腕組みをすると、黒い布地の下の逞しい筋肉が隆起した。海軍時代に肉体が鍛えられたのは間違いない。「きみについても同じことが言える。伯爵未亡人だからな。まさか、お忘れかな？」

じつを言えばアミリアはそのことを忘れがちだった。それもしじゅう。いまでも自分はサマセット出身のミス・アミリアだと思っている。けれどサイモンに指摘されてみると、たしかにロンドンの上流社会の邸宅を訪ねるためにどうしても侯爵が必要なわけではないと気づいた。自分ひとりでもじゅうぶんだ。キティが開く舞踏会への招待状なら、ちょうどいい口実になる。

キティはとりわけ若い世代には格別な人気がある。誰もが、キティが夫とともに自宅で開くパーティへの招待状を待ち焦がれている。「ヴァン＝アカー家にお嬢さんがたはいらっしゃる？」サイモンなら知っているはずだ。代々ロンドンに邸宅を構えてきた一族なのだから。

「ひとり、あまり目立たないご令嬢がいる。どうして？」

「完璧ね。わたしからキティの仮装舞踏会にご招待するわ」アミリアはにっこり笑った。

「ヴァン＝アカー夫人に感謝してもらえるはずよ。誰もが出席したがっている催しだもの。お嬢さんの人気も一夜で倍増するってわけ」

サイモンが眉をひそめた。「ぼくはそのような招待状を目にした憶えがないんだが……」屋敷のどこかのごみ入れの底に落ちているか、見ても記憶にないのか、まったく目に留まらなかったのかもしれない。侯爵は長くこの街を離れていたし、聞いている話からすれば妹の社交界デビューのために急にきまった帰国だったようだ。ベインブリッジ侯爵が出席してくれるとなればキティはきっと大喜びする。みずから開くパーティと招待客名簿には誇りを持っている。どこで開かれるパーティでも侯爵さまならつねに大歓迎されるのだけれど。

「あなたもこれでご招待されたものとして、出席をぜひ検討なさって」

「それはどうも」サイモンが言う。「ご招待に感謝する。だが、ほんとうにきみの友人はそれでいいんだろうか？」

「冗談がお好きなようね」雨がさらに強まってきて、アミリアは玄関のほうへ踏みだした。「さっきも言ったように、みんな侯爵さまが大好きなんだから」

サイモンは日傘の下にひょいと身を入れた。傘がいっきにふたまわり小さくなったように感じられる。「レディ・エイムズベリー、きみはいつもそんなに率直に話すのかい？」

束の間、アミリアは考えた。率直に話しているつもりはなかった。正直に話しているだけで。とはいえ、ロンドンの上流社会の人々はそのような話し方はしない。みな本心をそのまま口にしない話し方が染みついている。「ええ、そうかもしれないわね」

侯爵は感心したような目を向けてから、頭をかがめて日傘の外へ出た。「それはなんとも頼もしい。ではよい一日を」

「そちらもよい一日を」アミリアは去っていく侯爵を見送ってから、滑りこむように屋敷に入り、暗い色の外套《パルトー》を脱いで、日傘を玄関広間の外套掛けに戻した。肌寒くても、笑みが浮かんでいた。きょうはいくつか進展があり、もちろんくぼみに嵌《は》まった馬車のなかでの出来事もそのひとつに含まれる。アミリアはくすりと笑みをこぼし、すぐにぴたりと唇を閉じた。

タビサおばが階段の下に立ち、とがった顎を突きだすようにしてこちらに目を向けていた。そういうことね。あのように顎を上げるとよけいに首が長く見える。タビサがつねに非難がましい顔つきを保てる理由がアミリアにもようやくわかった。「こんにちは、おばさま。大変な嵐ですわ！」

タビサは頭を動かさずに窓の外へ目をくれた。「大げさな。たかが土砂降りでしょう。六月にはよくあることだわ」

「それでも、気分転換になりました。心地よい雨にはすばらしい効き目があります」アミリアは図書室のほうへ歩きだした。「夕食まえにシェリー酒をご一緒にいかがです？」

「わたしたちのような女性はひとりで飲むのは避けなければ」非難がましく言いつつもタビサおばはすぐにあとを追ってきた。

「どのような女性ですって？」

「老嬢と、未亡人」タビサが答えた。

アミリアは笑って、自分の幸せそうな声に気がなごんだ。図書室のなかではすでに暖炉の火が燃え盛り、冷える午後の寒気を払いのけてくれた。これ以上は望めないほどの使用人たちに恵まれている。磨かれたリキュールグラスがあり、デカンタは満たされている。夕食まえにシェリー酒を楽しもうと思えば、タビサが不満を示そうが、ちゃんと飲めるように用意されている。「またべつの意見もありますわ、おばさま。そういった女性たちこそ、一日の終わりに飲むにふさわしいのだと」

「そんなことを言う人はいないわよ。ひとりも」

アミリアはシェリー酒を注いだグラスを手渡した。「あら、いますとも」

タビサがグラスを手にペイズリー柄の椅子に向かう。アミリアもべつの椅子についた。

「サイモン・ベインブリッジと帰ってきたのね」タビサが言う。「どこへ出かけていたの？」

アミリアは答えずにシェリー酒を飲んだ。こうくることは予想していたけれど、話すのはお酒を味わってからでも遅くはないでしょう？　グラスをテーブルに置く。タビサの顔つきからして、それは許してもらえないようだ。「エドワーズ家に伺ったんです。お知り合いですか？」

「エドワーズ提督？」タビサは驚いたそぶりで訊き返した。「もちろん、存じあげているわ。わたしたちの愛するエドガーとともに海軍でご奉仕してらしたのだもの。ごりっぱな方だけれど、不幸続きの人生よね。奥さまは若くして、おつむの軽い三人のお嬢さんを遺して亡くなられた。そのうちのひとりはバルコニーから飛び降りたそうだから、いまはふたりということになるけれど」タビサはシェリー酒を口にした。

「おばさま！」アミリアは大きな声でたしなめた。「なんてことをおっしゃるの？」

「だって事実でしょう」タビサは暖炉のほうへ脚を伸ばして温めた。「母親に続いて、お嬢さんまで。重力だけではないなにかが働いているとしか思えない」

アミリアはかぶりを振った。「誤解なさっているのではないかしら。フローラ・エドワーズはコスグローヴ公爵と婚約されていたんです。婚約パーティの日の出来事だったそうですわ」

「なにも誤解していないわよ。わたしにはそれなりの根拠がある」

「フローラは夢遊病だったんです」アミリアは説明した。「だから、亡くなられた晩も、メイドが同じ部屋で寝ていたそうです」

タビサは薄くなった眉を上げげた。「わたしは半世紀もここで暮らしてきたのよ。家族とここで暮らしはじめたのはまだフローラが生まれるまえのこと。いろいろなご一家の引っ越し、誕生した子供たちの成長、人々の死も目にしてきたわ。これはほんとうのことよ。エドワーズ家は呪われている」

最後のひと言が、銃から放たれた硝煙のように虚空に漂った。アミリアはシェリー酒を口に含んだ。母親、その娘、そして今度は侍女まで？　タビサおばの言うとおりなのかもしれない。あの一族はおそろしく不運だ。

9

親愛なる　レディ・アガニ

母にスープのおかわりをしてはいけないと言われます。でも、わたしはスープが好きなんです。どうして好きなものを食べてはいけないのですか？

かしこ

スープが大好き　より

親愛なる　スープが大好き　様

あなたのお母さまのおっしゃるとおりです。晩餐会であなたが二杯目のスープを飲み終わるまでお客さまをお待たせするのは不作法です。自宅でお客さまがいないときなら問題はありません。スープを召し上がれ。それ以外のときには、スープ好きさんも速やかに次のコース料理に移りましょう。同席者にも喜ばれることでしょう。

秘密の友人　レディ・アガニ

その晩、アミリアはキティの邸宅での晩餐に招かれた。友人はタビサに紹介された花飾りの業者のことや、ほかにも仮装舞踏会の準備について話したがっていた。アミリアは花飾りについて詳しく聞きたいわけではないものの、友人と夕食をともにするのは楽しみだった。キティの家での晩餐は大切な催しで、いつでも会話は盛りあがる。オリヴァーがけっして盛りあがりようのない話題を持ちださないかぎり。

オリヴァー・ハムステッドは学者で、作家で、とんでもなく博識だ。とりわけ歴史については知らないことがほとんどないくらいで、アミリアにはまったく頭に入ってこないようなあらゆる方面へ話が向かう。たとえば最近発掘されたミイラについてというように。そのミイラの脳がどうなっていたのかを十五分以上も説明してくれた。アミリアは身震いした。どうしてキティは耐えられるのだろう？　じつを言えば、その理由をアミリアは知っていた。キティとオリヴァーは心の底から愛し合っている。結婚して二年が経っても離れがたそうにしている。キティが頻繁に同行するレディ・アガニとの冒険のとき以外は。アミリアとキティはいまもこっそりとふたりでそのような冒険を楽しんでいる。オリヴァーに知れたら、やめさせられるにきまっている。でもけっして女性たちが自立心を持つことに反対しているわけではない。それどころか、男性にはめずらしくオリヴァーは女性たちも男性と同等の権利を与えられるべきだと唱えている。ただし妻を愛するあまり、いかなる危険な目にも遭わせたくはないというわけだ。

キティが巧みに描かれた白い雲のごとく客間にふわりと登場すると、アミリアにもオリヴァーの懸念が理解できた。博識であるのがオリヴァーの罪作りだとすれば、妻の美貌もまた然り。今夜のキティは軽やかなドレスに合わせて巻き髪に一輪の白い花を飾っていた。アミリアは自分のドレスを見下ろし、キティが雲なら、自分は雷雨だと思った。時どき、同じ歳だということを忘れそうになる。

「アミリア」キティが叱る口ぶりで言った。「ベインブリッジ侯爵と知り合いだとどうしてわたしに言ってくれなかったの？　きょう、あの方があなたの家の朝食のお部屋にいらしたときにはびっくりしちゃったじゃない。どうお話ししたらいいのかわからなくなってしまったくらい。わたしは昔からおしゃべりを得意としてきたのに」

「こんばんは、レディ・エイムズベリー」落ち着いた黒い服をまとったオリヴァーが妻の後ろから現れた。クラヴァットはつぶれているかのような結び方だが、努力を怠っているわけではない。妻のために最善を尽くしている。力を入れる方向がずれているだけで。

「こんばんは」アミリアはキティのほうに顔を戻した。「言う機会がなかったのよ。侯爵さまは最近ロンドンに戻られて、わたしも夕べ会ったばかりなの。エイムズベリー家の友人なんですって」

キティがオリヴァーのほうを見た。「考えられる？　ベインブリッジ卿とお会いして、親友に伝えないなんて。なんてこと。わたしだったら、真っ先に言ってたわ」

なにかがおかしいとアミリアは感じた。たしかにあの人は侯爵ではあるけれど、そもそもキティはいつもなら爵位をさほど気にかけるほうではない。上流社会で揺るぎない地位を確立している女性だ。それなのに今回はなぜ騒ぐのかアミリアはふしぎに思って尋ねた。

「騒ぐですって？」キティが青い瞳を大きく開いた。驚いたようにオリヴァーと顔を見合わせる。「知らないのかもしれないわね」

「なんのこと？」アミリアはふたりに問いかけた。

オリヴァーが坐るよう手ぶりで伝え、キティとともに花柄の長椅子に並んで腰かけた。アミリアは向かいの椅子に腰をおろした。

「ベインブリッジとは学校で一緒だった」オリヴァーが口を開いた。「なんとも興味深い経歴の持ち主なんだ」

そういうこと。それなら早く聞かせて。この講義が終わる頃には、サイモンの過去はもとより家族についてもひと通り学べているはずだ。

「この辺りでも彼はとりわけ裕福な貴族の侯爵のわけだが、そんなことは誰でも知っている。マリエールという妹がいる。彼女がスマイス家の舞踏会で社交界に登場《デビュー》することになっている。あまり知られていない事実としては、スマイス家がかつてスコットランドに土地を有し、すばらしい乗用馬を生育――」

「わたしにまかせて」キティが夫の膝をぽんと叩いた。「オリヴァーの言うとおり。ベインブリッジ卿には語るべきことがいろいろとある。でも、なにより興味深いのは、数年まえにあるスキャンダルに巻きこまれたということ。ベインブリッジ卿はフェリシティ・ファーンズワースと婚約していたんだけど、結婚予定日の一週間まえに突然、婚約が破棄された」キティは壁に耳ありとばかりに身を乗りだした。「彼は婚約者の女性が自分の親友といかがわしいことをしているところを目撃してしまったのだと言われてるわ」

「ひどすぎる」アミリアは声をあげた。

「しかもそれだけでは終わらなかったの」キティが言い添えた。

それ以上にどんなひどいことがあるのか、アミリアには想像もつかなかった。

「元婚約者から彼に手紙が届いて、そこには爵位目当てで結婚しようとしたのだと書かれていた。結婚して侯爵夫人の地位を手に入れても、秘密の恋人と関係を続けるつもりだったというのよ」

「それからまもなく、ベインブリッジはアメリカへ渡った」オリヴァーが付け加えた。「気の毒な男だ。そんな噂話にはもう、それに貪欲な母親たちにも耐えられなかったんだろう」

「婚約が破棄されて、多くの母親たちは娘を売りこむ絶好の機会に飛びついたわけだけど、誰も婚姻にはこぎつけられなかった」キティは美しいブロンドの眉を片方だけ上げた。「ベインブリッジ卿はアメリカへ発つまえから、社交界の催しにはいっさい出席しなくなっていたから。世捨て人になってしまったと言ってる人たちもいるわ。今シーズンも妹さんがデビューする舞踏会以外の夜会には出席しないだろうというのが大方の見方ね」

「あら」アミリアは肩をすくめた。「それは興味深い話ね。だって、あなたが来週開く仮装舞踏会に出席なさるとおっしゃってたもの」

キティが長椅子からさっと立ちあがった。「サイモン・ベインブリッジがここにいらっしゃるの？　信じられない」

「いらっしゃるわ」アミリアは請け合った。「その舞踏会について尋ねられたから、わたしがご招待したの。それであなたもかまわないだろうと思ったから」

「かまわないですって？」キティが訊き返した。「当然でしょう。だけど、まずはここに来て知らせてくれればよかったのに」

アミリアは目をしばたたいた。「ほんの数時間まえのことだもの」

「だって、そうでしょう？」キティはそそくさと部屋を出ていき、長い名簿を手に戻ってきた。「座席表を一から組み直さないと！」

アミリアはオリヴァーと視線を交わした。今夜の晩餐の始まりが遅れるのはまず間違いなさそうで、早く食べたくて仕方のないアミリアにはがっかりだった。ここまで歩いてくるあいだにすっかり空腹になっていた。執事が晩餐の始まりを告げても、キティは名簿を睨んで、頭を振り、つぶやいている。「これではとてもうまくいかないわ」

それでも、うまくいくのは間違いない。キティ本人の姿と同じように、舞踏会も綿密な計画のもとに整えられている。サイモン・ベインブリッジが晩餐に加わるといった小さな変更事項にもじゅうぶん対応できるはずだ。それどころか、たとえヴィクトリア女王が出席をご希望されたとしても。

アミリアは親友に歩み寄った。「キティ、あなたなら大丈夫。きっとうまくいくわ」

「簡単に言ってくれるわね」キティが口をとがらせた。「あなたとベインブリッジ卿とはお友達なんですもの。ほかのご婦人がたは彼の姿を目にしたら卒倒してしまうかも。どんな騒ぎになることやら」

「友人というほどでは……」アミリアは考えこんだ。たまたま膝が触れ合うほどに接近して、なにが起こったというわけでもない関係をどう表現すればいいのだろう？　そんなことを考えてしまうなんて、ただの寂しい未亡人だとアミリアは自分を戒めた。二十五歳でなければ、老未亡人と呼ばれていたところだ。

キティが手で払いのけて返した。「あら、親しそうだったじゃない。見つめ合っていたのを見たんだから」おそらくはオリヴァーとのなれそめを思い起こして、吐息をついた。「軽口を叩き合うのは駆け引きのひとつなのよね、オリヴァー？」

そうなのだとしても、アミリアには不得手なことで、エドガーともそんなやりとりはいっさいなかった。自分たちの関係はほとんどの夫妻とはだいぶ違っていたのだとだんだんわかってきた。エドガーは妻に思いやってもらえていると信じていたし、アミリアも最期の時までほんとうに夫を思いやっていた。けれど馬車のなかでサイモンに感じたのはそのような思いとは違う。気遣いでもない。好奇心と胸の高ぶり。こんなふうに誰かに気分を高揚させられることがあるとは考えてもみなかった。愛を綴った手紙がたいがい切望に満ちているのもわかるような気がした。アミリアもなにか起こらないかと少しだけじれったく感じられる。なにを待っているのかは自分でもよくわからない。それでも想像はふくらむ。

オリヴァーもそばに来て、キティの手を握った。「ああ、そうとも。それにぼくは食べたあとのほうがもっとずっとうまく駆け引きを楽しめる。そうじゃないか?」

キティがオリヴァーに諭されて笑みを返し、三人で食堂へ向かった。

仔羊のロースト料理を味わいながら、アミリアはサイモンについて新たに知ったことを思い返した。サイモンは本心から善意で、エドガーに彼を思いやってくれる自分のような嘘偽りのない女性を選ぶよう助言したのだろう。フェリシティに裏切られ、友人には自分と同じ轍《てつ》を踏ませたくなかったのに違いない。ご婦人がたはみなフェリシティと変わらないのだと本気で思いこんでしまったのだろうか。キティによれば、サイモンは婚約を破棄してから社交界の催しにいっさい顔を出さなくなり、いまだどの夜会にも出席する気はなさそうだという。これからキティが開く仮装舞踏会を除いて。アミリアは仔羊肉にフォークを刺した。なにかをきっかけに閉ざしていた殻を破れたわけだ。ひょっとして、わたしのせい? ゆっくりと口のなかの肉を噛み砕く。まさかよね。

こうしたあらゆる疑問を投げかけられる相手は、週刊誌の編集者となった幼なじみ、グレイディ・アームストロングしかいない。きっとフローラ・エドワーズだけでなく、サイモンについても情報を得ているだろう。それに、グレイディなら信用できる。自分の足でたどり着けるくらい成長したらすぐにでもサマセットを出ようと、同じ志を胸に育った仲間だ。男性のグレイディのほうが思いのままに生きられている。十六歳になるとロンドンに旅立ち、大衆誌の編集者にまで上りつめた。

アミリアも両親が経営する宿屋を手伝っていなかったなら、同じことができたのかもしれない。両親は、少なくとも求婚者が現れるまでは、アミリアの助けを必要としていた。それがもう不要だと言われたのは思いがけない事態の転換だった。両親はほかにも頼りになる娘たちがいるのだから、エドガーの申し出を受けるようにとアミリアの背中を押した。エドガーが病気を患っているのだと伝えたときにも、父は一笑に付した。医学は進歩していると誇らしげに娘を諭した。現代の医療を見くびるな。そう長患いにはなるまい。

アミリアはためらわず求婚を承諾したので、父の言葉を信じたし、いずれにしても信じようとした。エドガーを心から慕っていた。それにまだとても健康そうで、きっと治ると思えた。なにしろ伯爵で、莫大な資産があり、最良の医療を受けられる。残念ながら、その最良の医療でも、エドガーの変性疾患には太刀打ちできなかった。お互いに想像できなかったほど早く、最期の時へと進んだ。

「アミリア、聞いてる？」キティが問いかけた。

アミリアは夕食の席での会話に意識を戻した。親友はまだドレスの寸法合わせ《フイッテイング》の話をしている。それとも花《フラワー》の話？　ともかく「フ」で始まる話だ。「ええとなに？」

「フローラよ」キティが繰り返した。「フローラ・エドワーズ」

即座にアミリアの頭は働きだした。「フローラがどうしたの？」

「オリヴァーはエドワーズ家に詳しいのよ」キティがわけ知り顔でちらりと夫を見やった。「海上で輝かしい功績を上げてきた一族なんだ。ぼくの最新著書『海事史』第三巻でも記述している」オリヴァーがワインをひと口飲んだ。「実際、記録を遡《さかのぼ》れば、あの一族のことだけで一巻にわたるくらい……」

キティが軽く咳をしてそれとなく夫をたしなめた。

「いずれにしても、数々の不幸に見舞われてきた一族でもある。不幸と言えば、ヘンリー・コスグローヴも気の毒に。一週間まえ、倶楽部に現れた姿はすぐには彼だと気づけないくらいだった。ほんとうに貧民のようで。結婚直前にフローラを亡くすとは痛ましい。残念だ」

「哀しいことよね」キティも同調した。「気をつけないと、今度はあの方が噂話の餌食にされてしまう」

「そして貪欲な母親たちが押し寄せる」オリヴァーが言い添えた。

「公爵さまもあなたの舞踏会に出席なさるの？」アミリアは尋ねた。

「もちろん、お招きしたわ」キティが答えた。「でも、いらっしゃるかは誰にもわからない。今シーズンはすべてのご招待をお断わりなさってても無理はないわ。仕方のないことよね」

従僕が仔羊料理の皿をさげて、小皿のサラダを給仕した。さらに、デザート、チョコレート、ナッツ、コーヒーと続く。ごく親しい少人数での晩餐でも、キティは献立、それに食卓の設えにも手を抜かない。磨きあげられた枝付き燭台の温かな灯火に照らされて、テーブルは象牙と金色の食器で光り輝き、隅々まで配慮が行き届いている。高級なクリスタルの脚付きグラスから刺繍があしらわれたナプキンまで、メイフェアの優雅さが体現されたような晩餐。

従僕がさがると、アミリアはエドワーズ家についてオリヴァーに尋ねた。「先ほど不幸とおっしゃっていたけれど、タビサおばも、あの一族には災いが続いているような言い方をしていました。フローラがみずから死を選んだのではと匂わせるようなことまで」

オリヴァーが即答した。「とんでもない。フローラ・エドワーズは聡明で、健康で、婚約して幸せそうだった。しかも提督によく似ていた。そんなことをする理由がない」

「でもきっと知られていないことも……」アミリアは言いかけた。

「フローラは不幸な事故死だ」オリヴァーが声を落とした。「タビサは聡明なご婦人だが、だいぶ歳を重ねている。彼女の思い出話を鵜呑《うの》みにしないほうがいい」

「ほんと」キティがアミリアにそれとなくウインクした。

アミリアは親友の意図を汲みとった。これまでキティとふたりで無謀な探索を行ない、窮地に陥ったこともある。オリヴァーは妻に過保護な夫なので、アミリアの読者からの手紙に書かれていた不貞疑惑をひそかに調べている最中にキティが足首をくじいたときには大変な憤りようで、しかもあやしんでいた。以来、アミリアとキティはオリヴァーに話すことについては細心の注意を払っている。

「ぼくなら、そのような話は頭からきれいさっぱり払いのける」オリヴァーが言う。「それがなにより賢明だ」

アミリアはうなずいた。そうしておくのがなにより賢明だ。ただしあいにく、賢明に行動を慎むのは昔からまるで得意ではない。

10

親愛なる　レディ・アガニ

わたしがロンドンで社交シーズンを迎えられたのは、ここに来るまでの苦労を思えば、幸運な奇跡です。問題は、付添人《シャペロン》が五歳上の小喧《こやかま》しい従姉であること。彼女はわたしのドレスや髪型やダンスのお相手にまで口出しをするのです。このままでは、わたしに好意を寄せてくれる数少ない殿方すら、追い払われてしまうのではと心配です。わたしがどこへ行くにも従姉はついてきます。どうか助けてください。

かしこ

こぶつき娘　より

親愛なる　こぶつき娘　様

あなたの従姉のように、ふたつの理由により、なんともしがたい難物は多く見られます。ひとつには必要な存在であり、けれどもうひとつは邪魔者でもあるからです。不本意ながら、わたしも彼女の存在意義は認めざるをえないので、そうだとすれば考えなくてはいけないのは、せめてこの社交シーズンをなるべく邪魔されないためにはどうすればよいかです。

ひとつ、単純な解決策をご提案します。あなた以外に彼女が時間を費やせる相手を見つけるのです。彼女が小喧しい女性なら、容易ではないご提案であるのは承知しています。ですが、ちょっとした機転で道は開けます。あなたのひと押しで、ひょっとしたら彼女が、年配の殿方や、寂しい男やもめや、ご自身と同様に口やかましい男性に関心を持つかもしれません。正しい方向へひと押しすれば（ねえ、あの方があなたのほうを見ているわ、というように）計画はうまく回りだすはず。たまに「あの方がまたこちらに！」といった具合に後押しをして、あなたが自由を手に入れる目標に向かって事を進めていくのです。たゆまぬ努力により、きっとあなたはロンドンで有意義な時間を手に入れられることでしょう。このすばらしい街で少なくとも三カ月間は誰にでも幸せな時間を過ごす権利があるのです。

秘密の友人　レディ・アガニ

翌日は雨が落ち着き、新たな手紙がもたらされた。社交シーズン真っ盛りとなり、レディ・アガニの回答がますます求められている。不似合いなドレス、気に入らない縁談、いらだたしい親類――どれも、きょう束となって届けられた手紙に書かれていたお悩みだ。頭上のどこかからタビサが杖をつく音が響いた。いらだたしい親類に悩まされる気持ちはアミリアにもよくわかった。人生を左右されかねないほど猛威をふるう人々だ。

アミリアがお悩み相談の回答をちょうど書き終えたところで、ジョーンズから客間にサイモンを案内したことを知らされた。よかった。ヴァン＝アカー家を早く訪ねたくてうずうずしていた。その邸宅でシャーロットと敵対していたリナが洗い場メイドとして働いている。シャーロットを殺す動機のある人物を捜すとすれば、リナはその第一候補だ。

ジョーンズに小包を手渡す。「これをすぐにミスター・アームストロングへ届けて。お願いね」

ジョーンズが包みを受けとると、アミリアは客間へ向かった。サイモンはドアのほうを向いて立っていた。その視線が、真珠の粒のようなアメシストのネックレスをつけたアミリアの首にちらりと下りた。小粒で華やかなものではないけれど、オリーブ色の肌をじゅうぶんに引き立ててくれる。喪服で暮らしつづけるのは気がふさぐ。こうしてひとつでもきれいなものを身に着けられるのはやはりうれしい。

サイモンが顎をしゃくった。「すてきなネックレスだ」

アミリアは誉め言葉に微笑んだ。きれいなものだとわかっていても、言葉にしてもらえると気分が華やぐ。これを目にしたタビサからは喪服の作法についてしばし小言を拝聴した。二年経ってもあなたはまだ呑みこめていないのねとでも言うように。「ありがとう」アミリアは部屋のなかへ歩を進めた。「ちなみに、キティにヴァン＝アカー家のお嬢さんをご招待することを承諾してもらったわ。もちろん、あなたのご招待についても」

サイモンが真面目くさった顔で、胸に手をあてた。「出席を承諾していただけるのか、出席できないんだろうかと心配で、一睡もできなかったんだ」

アミリアは首をかしげた。「出席できないとすれば、ご自身の意思でよね。もうだいぶ舞踏会から足が遠のいていらっしゃるようだけれど。どうしてなのかしら？」

サイモンは腕組みをした。「同じことをきみにもお伺いしたい」

「ずるいわ」アミリアは言い返した。「わたしが華やかな場に出られない事情はよくご存じよね。それにいくつもの催しに顔を出しているわ。舞踏会では染みのように暗がりにまぎれているだけ。だいたい、わたしが話をすり替えられたことに気づかないはずがないでしょう。いまはあなたの話をしているの」

「きみが暗がりにまぎれてしまうとはとうてい信じがたいな」サイモンはアメシストが連なるアミリアの首もとに視線をめぐらせた。「ともかく、ダンスが得意ではないことは認めよう。ぼくは舞踏会とは相性が悪いんだ」

「ほかにも理由はありそうだけれど」

「つまり、噂話を耳にしたわけか」サイモンが受けて立つ構えで返した。「ぼくをきみの次の調査対象にしようとしているな」

「噂話なんて、わたしにはどうでもいい」アミリアは言った。「あなたの私生活を詮索する気はないわ。人のプライバシーを侵すようなことはしない」

サイモンが両眉を上げた。「いまのはぼくへの嫌みかな？」

アミリアはにっこりした。「嫌みなら、あなたにちゃんとわかるように言うわ」

「そう願いたい」

「では出かけましょうか？」アミリアはドアのほうを手ぶりで示し、侯爵も軽くうなずいた。

アミリアは日傘を手に玄関を出て、先に立って進んだ。

街なかに出られるのはうれしい。春の日の通りに馬や人が行き交う光景が好きだ。蹄や車輪の音、おしゃべりの声、買い物客たち。自分の買い物はあまりしないけれど、ほとんど街路の物売り目当てで、キティの買い物に付き合ってしじゅう出かけている。茶葉店、香辛料、ケーキに心誘われる。ロンドンはありとあらゆるものが集まる街で、暮らしはじめて二年が経っても、まるで飽きのこない多様性に富んでいる。

ヴァン＝アカー家の住まいはメイフェアから少し離れたところにあり、サイモンと話す時間はじゅうぶんにあるものの、きのうの二の舞は避けたいので、アミリアは馬車の窓から見える物事をひたすら目で追いつづけた。ボンド・ストリートでは乗合馬車とすれ違い、ピーナッツ売りのしゃがれた笑い声を耳にした。アミリアもつられて笑い、なにが可笑しいのかとサイモンが尋ねた。

「なんでもないの」アミリアは説明した。「物売りの声がしただけ」坐りなおす。「たくさんの人の声がする海で、彼の声が波に乗って馬車のなかまで届いた。詩的な情景よね」

「いかにも物書きらしい表現だな」サイモンが言う。「いつから雑誌で執筆しはじめたんだ？」

アミリアは日傘の柄を両手で握りしめた。「グレイディ・アームストロングに仕事を引き受けてもらえないかと頼まれたのがきっかけ。彼はわたしの友人で編集者なの」

「どういった経緯で？」

アミリアは前任の回答者が突然職を辞して、次々に届くお悩み相談の手紙にグレイディが対応しきれなかったことを説明した。お悩み相談は大衆誌の人気の連載欄なので、継続したくても人手が――より正確に言うなら女性の人手が――なかった。アミリアはエドガーの死去で気落ちしていた。そこで、レディ・アガニの筆名で回答者の役割を引き受けたのだ。

「グレイディ・アームストロングとはどのように知り合ったんだ？」サイモンが尋ねた。

その点に侯爵が関心を示すとはアミリアには意外だった。サイモンは座席のクッションから身を乗りだすようにして返答を待っている。「グレイディとはサマセットで近所に住んでいたの。子供のときは遊び友達で、一緒に新聞を読みふけっていたわ。メルズは小さな村で、うちの宿屋に新聞が届けられるの。そのうちに、グレイディはうちの厩で働くようになった。といっても、ロンドンで見習いの仕事を得られるまではあちこちで働いていた。ほんとうに勤勉な人よ。思慮深いし」

侯爵が座席の背にもたれた。「仕事仲間というだけではなかったわけか」

アミリアはくすりと笑った。「あたりまえでしょう。ほんの子供の頃からの付き合いだもの」侯爵が顎を上向かせた顔つきからして、いまの返答には満足していないらしい。アミリアは窓のほうへ目を戻した。男性は概してうぬぼれ屋だ。友情を築けるのは自分たちだけだとでも言わんばかり。

ヴァン＝アカー家はグロスター・ストリート沿いに瀟洒《しょうしゃ》な邸宅を構えていた。馬車がゆっくりと停まると同時にひとつの窓のカーテンが閉じたので、その裏にアミリアは人影を見てとった。馬車の大きさのみならず、ベインブリッジ侯爵家の紋章が訪問者を物語っている。この家の執事にも高貴な人物の訪問であるのは一目瞭然のはずなので、即座に出迎えが現れても驚きはしなかった。名刺を差しだすと、いとも速やかに屋敷のなかへ案内された。

客間に通されてヴァン＝アカー夫人を待つあいだ、アミリアは頭のなかで会話の予行演習を始めたものの、リナについて尋ねる言葉がいまだすんなり出てこなかった。

〈フェザード・ネスト〉では会話に頭を悩ませるようなことはなかったのに。天候から作物、最新の噂話まで、最低でも五分は次々としゃべりつづけられた。ロンドンならではの作法や慣習へのこだわりだけは好きになれない。いつも話に夢中になっているあいだに、なにか不文律を破ってしまっているのではと不安になる。

そんな懸念は振り払った。エドワーズ邸を訪ねたときと同じ説明を繰り返せばいい。シャーロットとは知人なのだと。嘘ではない。手紙をもらったのだから。

ヴァン＝アカー夫人が早足で部屋に入ってきた。紅潮した頬はハート形の顔を縁どる赤毛以上に明るく見える。菫《すみれ》色のドレスの裾をなびかせて、絨毯の上をすたすたと近づいてきた。

「ようこそお越しくださいました」やや息を切らしている。

「はじめまして、ヴァン＝アカー夫人」

「こんにちは」サイモンも続いた。

「おふたりにお目にかかれるとはうれしいですわ。お越しいただきまして光栄です」ヴァン＝アカー夫人はふたりに坐るよう身ぶりで勧めてから、使いこまれた張りぐるみの肘掛けがついた青緑色の椅子にそそくさと腰をおろした。スカートを直すしぐさに神経の高ぶりが滲みでている。襞飾りがきれいに整うと、深く息を吸って笑顔をこしらえた。「お茶をいかがです？」

「いや、けっこうです、ヴァン＝アカー夫人」サイモンが答えた。「このように突然お伺いしまして申しわけない」

アミリアはまずキティの舞踏会への招待について切りだした。夫人の気分をなごませるには最善の策だ。「友人のハムステッド夫人にこちらをお訪ねすると伝えましたら、今度の仮装舞踏会についてご案内してと頼まれまして」招待状を差しだす。「お嬢さんにご出席いただきたいとのことです」

ヴァン＝アカー夫人の小さな目が二倍にも広がった。階上《うえ》のどこからか甲高い歓声らしきものが聞こえた。夫人は天井をちらりと見上げてから答えた。「ありがたくお受けしますわ。娘も喜びます」

「よかったわ」アミリアは大げさに喜んでみせた。「うれしいお返事をいただけて」空咳をする。「じつはシャーロット・ウッズの件でこちらに伺いました」ヴァン＝アカー夫人の困惑顔を目にしつつ、言葉を継ぐ。「お聞き覚えのない女性だと思います。でも、わたしの知人なのです。残念ながら、二日まえに亡くなりました」

ヴァン＝アカー夫人がふっくらとした手を口もとにあてた。「それはお気の毒に」

「恐れ入ります」アミリアは低い声で返した。「お気持ちを寄せていただいて」

「こちらのメイドのリナ・クレインがかつてエドワーズ家でミス・ウッズとともに働いていたそうで」サイモンが話を継いだ。「ミス・クレインから、レディ・エイムズベリーの気なぐさめになる話をなにか伺えるのではと思いまして」

「そうでしたのね」ヴァン＝アカー夫人が応じた。「もちろん、伯爵夫人のお役に立てることがございましたら、うちの使用人もわたくしもなんでもいたします。ミス・クレインを呼んでこさせましょうか？」飾り物であふれた壁に掛かった時計を見やった。「この時間には階上にいるはずです」

「ありがとうございます」アミリアは微笑んだ。「ご親切に心から感謝します」

ヴァン＝アカー夫人が無言で姿を消した。数分後、夫人に連れられて現れたリナは想像していたよりもだいぶ小柄だった。お月さまのように明るい丸顔で、ちっとも意地悪そうには見えない。ブロンドの髪を頭の後ろできっちり束ね、ぱりっとした白いエプロンをつけている。微笑むと頬にえくぼが現れ、あどけなく見えるけれど、三十歳くらいなのだろう。

「ミス・クレインが喜んでお手伝いします」ヴァン＝アカー夫人がリナを軽く押しだした。

「彼女の元同僚のことでこちらに来られたことは説明してあります」

「大変助かります」サイモンが答えた。「またなにかお願いする際には呼び鈴を鳴らしますので」

アミリアは侯爵の口添えに感謝した。リナとだけ話したいことをさりげなく伝えてくれたからだ。

ヴァン＝アカー夫人は一歩さがった。「なにかございましたら、いつでもお知らせくださいね」

夫人が部屋を去ると、アミリアはリナに腰かけるよう勧めた。ほんのり赤く染まった頰からリナが興奮しているのが読みとれた。サイモンのほうをちらりと見て、さらに顔を赤らめた。あら。侯爵から話してもらうほうがいいのかもしれない。見惚れているとまでは言えないまでも、メイドはサイモンに気を取られている。侯爵もそれを察してくれていることをアミリアは願った。

「ミス・クレイン、ぼくたちに会ってくれてありがとう」サイモンがシルクのようになめらかな声で口火を切った。

メイドがなにか声を洩らした。くすりと笑ったのか、なにか言葉を発したのかはわからない。

「シャーロット・ウッズのことでこちらに伺ったんだ」サイモンが続ける。「彼女を知っているだろう？」

「はい、侯爵さま、知っています」リナが身を乗りだすようにして答えた。「ですが、人物照会でお越しになったのなら、わたしは保証いたしません。ここだけのお話ですが、彼女は声を大にして言いたいくらいの困り者なので」若々しい顔に似合わず、年齢と経験を感じさせる声だった。苦々しさと口惜しさが滲んでいる。

サイモンがいかにも驚いたような顔をしてみせた。侯爵家でシャーロットを雇いたくても雇えるはずもない。死んでしまったのだから。ただしここはいったん、サイモンもアミリアもその事実を胸に押し隠した。

「彼女はおしゃべりで、そう、まさに教会の鐘みたいなんですから」リナが続ける。「使用人たちや、お仕えする一族についても噂話をするんです。つまるところ、関わらないほうがいい嫌な人」睫毛をしばたたかせた。「ことに、あなたのように高貴な方なら」

「彼女とはエドワーズ家で知り合ったのよね？」アミリアは訊いた。

「わたしはヒヤシンスお嬢さまの侍女でした。お下がりの服やなんかもいろいろいただいていました」リナは誇らしげに小鼻をふくらませた。「五年も侍女を務めてきたのに、シャーロットがわたしについての嘘をご一家にあれこれ吹きこんだ。ずっとわたしに嫉妬していたんです。いただいた衣装のおかげで、きっととてもきれいに見えたんでしょう」

「それでご一家は彼女の話を信じたんだね？」サイモンが尋ねた。

リナがうなずく。「ご一家もそのうちに、彼女が腐ったリンゴだと気づくはずです。そうしたらきっとわたしは呼び戻されるでしょう。間違いないわ」

そのうちにとはつまりシャーロットが死んだならとも言い換えられる。リナがシャーロットを殺して、邪魔者があのご一家のもとから永遠にいなくなればと。

「お伝えしづらいことなんだが」サイモンが咳ばらいをした。「シャーロットはいなくなった」

「辞めたんですか？」リナが鼻息を吐いた。「びっくりだわ」

アミリアは首を横に振った。いまさら言葉を選ぶ必要はない。「いいえ、死んだの。セント・ジェームズ・パークで溺れて」

11

親愛なる　レディ・アガニ

礼儀と正直さのどちらのほうがより大切だと思いますか？　どんなにがんばっても、わたしには両立させられそうにありません。

かしこ

二枚舌の困り者　より

親愛なる　二枚舌の困り者　様

その答えは、明快なだけにまたむずかしい、正直さのほうです。

秘密の友人　レディ・アガニ

子供の頃からアミリアは本心を口にしていたし、口にするのはつねに本心だった。それがエイムズベリー伯爵夫人になって苦労している理由のひとつでもある。貴族はなんでもわざと気乗りしないようなふりをしたがる。感じたままの受け答えと、とっさのひと言のせいで、アミリアはしじゅう、タビサおばはもちろん、ロンドンのインテリたちから険しい目を向けられている。けれどサイモンは悪い知らせを率直に伝えたアミリアに満足げな笑みを向けた。

「でたらめよ！」リナが声を張りあげた。「ありえない」

「事実なの」アミリアは念のためリナを支えられるよう身を乗りだした。色白の顔がなおさら蒼ざめて、卒倒するか、かんしゃくを起こしかねないように見えたからだ。どちらにしても困ったことにヴァン＝アカー夫人が駆けつけるのは間違いない。「二日まえの晩に発見されたの。フローラ・エドワーズが亡くなったせいで滅入ってしまっていたともお聞きしたわ。責任を感じていたと」

リナがいぶかしげに目を狭めた。「どういうことです？　つまりみずから飛びこんだとでも？」

ともかく反応が得られたのはアミリアの狙いどおりだった。

「あなたはなにか誤解なさってますわ。シャーロットはたとえ教会の鐘みたいにおしゃべりでも、信仰心は篤かった。自分で命を絶ちはしない。なにせ気位が高いんですから」

「それともうひとつ教えてほしいんだが」サイモンが言葉を挟んだ。「リストについてだ」

リナの顔に残っていた赤みがいっきに引いた。「なんのリストです？」

「エドワーズ家について、あなたが作っていたものをシャーロットが見つけたと」アミリアはリナの目を見つめた。

「さっきも申しあげたように、それは嘘で――」

「お願い」アミリアは語気を強めた。「つくろいごとを聞いている時間はないの。ひとりの女性が死んで、その悪行リストが彼女を死に追いやったかもしれないのよ」

「まさか！　そう思ってるんですか？」リナが訊いた。

「どんなリストなのかわからなければ、なにも推測しようがない」サイモンは嵐を乗りきる経験豊富な船乗りのように辛抱強く穏やかな顔つきだ。

リナが視線を泳がせた。どこまで話してよいものかきめかねているのだろう。

アミリアはどうすれば正しい選択をしてもらえるのかを考えた。「それに誰かがシャーロットを平然と手にかけたとすれば、あなたの身にも危険が及ぶ可能性がある」

「そんな！」リナが声を発した。「でもたしかに」頬に赤みが戻り、リナはさっそく悪行リストの中身について語りだした。そのリストには提督がジンを愛飲していることからヒヤシンスのヒステリックな性質まで、エドワーズ家について事細かに記されていた。使用人たちについても。ティベンスが執事というより将官さながらの人物であろうと、屋敷内ではあらゆる悪さが横行していた。リナは誰が噂を流し、誰が嘘をついて、誰が飲酒し、誰が誰に横恋慕をしているかを書き留めていたという。

横恋慕のひと言にアミリアは興味を引かれた。「たとえばどなたのこと？」

「エドワーズ家のお嬢さまがたはみなお年頃ですから」リナが声をひそめた。「おのずと関心を寄せる殿方も重なってしまうんです」

「もう少し具体的に教えてもらえないだろうか？」サイモンがひと押しした。「誰が誰に関心を寄せていたのかな?」

「目に見えてあきらかなのは、ヒヤシンスお嬢さま。以前から公爵さまにご執心だったんです。フローラお嬢さまが亡くなられて、これからどうなることやら」リナは肩をすくめた。

「公爵さまがご姉妹のどちらかを選ばれるかもしれない。ヒヤシンスお嬢さまはそれを望んでいるはずです。なんといっても容姿端麗なうえに裕福な殿方ですもの」

「エドワーズ家はお金に困っているわけではないでしょう?」アミリアは尋ねた。

「お金はすべてのご一家の関心事ですわ。あなたがた……のようでもないかぎり」リナの声はしだいに消え入った。ふたりの身分について言葉を濁したのは間違いない。

「たしかに」サイモンは調子を合わせた。「どこも状況はきびしい」

「わたしの場合は特に」リナが不満げにつぶやいた。「最下段に転げ落ちてしまったようなものだもの」エプロンを下側からはたき上げる。「下っ端の洗い場メイドに」

「もっとひどいこともあるわ」アミリアは言葉を差し挟んだ。「哀れなシャーロットみたいに」

リナは聞き流し、やさしい言葉と笑みを向けてくれたサイモンのほうだけを見ていた。

「話を聞かせてくれてありがとう」サイモンが椅子から立って軽く頭をさげた。「とても助けになった」

リナが顔を赤らめた。「お安いご用ですわ、侯爵さま」

「ほんとうに、ありがとう」アミリアもサイモンと並んで立って礼を述べた。

リナは笑みを消して、部屋を出ていった。

リナと入れ替わりにヴァン＝アカー夫人が客間に戻り、ふたりを見送りに玄関へと歩きだした。あたふたと執事に外套を取ってくるよう指示し、気の毒に執事も女主人と同じくらいあたふたしながら客人たちの衣類を持ってきた。「どうかご招待くださったハムステッド夫人によろしくお伝えください。深く感謝申しあげます」

「お伝えします」アミリアは約束した。「あらためて、ありがとうございました」

サイモンも感謝を伝えてからアミリアを玄関先へ導いた。

メイフェアへ戻る馬車のなかで、サイモンが以前から耳にしていたエドワーズ家の資金難について教えてくれた。提督は老齢となり、海軍からさほどの収入が得られていたわけでもなかった。そもそも、だからこそ造船会社〈順風《フェア・ウインズ》〉を設立したのだ。その会社は海軍から仕事を請け負っていたが、受注数は減るばかり。三人の娘たちを嫁がせなければならず、助けてくれる妻もなく、手一杯の状態で、ヒヤシンスにいたっては父の減収も考えず、すべてにおいて最上のものを求める。彼女は社会的地位も不満と見えて、姉が手に入れるはずだったものを望んでいた。爵位ある紳士からの求婚だ。

「言わせてもらえば、愚かだわ」アミリアは考えこむようにしてつぶやいた。「大事なのは居心地のよい住まいと家族の健康。ヒヤシンスが父親の半分でも思いやりのある紳士を見つけられたら、幸運よね」

サイモンが白いシャツの袖口を直しながら言う。「思いやりなど消えいく美徳だ、レデイ・エイムズベリー。親切なだけでは若いお嬢さんには好かれない」

アミリアも世間知らずではないのだから、それくらいは承知していた。でもそれでいいとは思わない。「わたしならぜったいにお金持ちより親切な人を選ぶわ」

「伯爵未亡人から侯爵に言われてもな」

アミリアは笑みを浮かべた。「そうね」

サイモンが笑顔でアミリアと目を合わせた。

「わたしはお金持ちになろうとしたわけではないわ」アミリアは続けた。「たまたまだった」ひと呼吸おき、さらに話してよいものか考えた。たいがいそうであるように今回もまた話してはいけない理由はないわよねと結論づけた。「あなたは恋愛の妨げに感じたことはない？　裕福であることが。そのせいで一度ご苦労されたことがあったのはお聞きしてるけれど、ほかにもそのように感じたことがあったのではないかしら」

サイモンは顎を胸のほうに引いて、腕組みをした。「まったくきみは物怖じしないんだな？タビサがいまここにいたら、きみにとってはドレスの色などほんのささいな問題だと思い知るだろう」

「わたしにとってドレスの色なんてささいな問題であるのはもうご存じだわ」アミリアは言い返した。「来年は紙袋を着せられることになったとしても、かまいはしない。ロンドンの雨から守ってくれる頼もしい日傘さえあれば、あとはどうだろうとたいして違いはないもの」もう一度サイモンの緑色の目と視線を合わせようとした。「それはともかく、まだわたしの質問に答えてくれてないわよね。ご自身の経験から、エドガーに助言を与えたの？」

「そういうことになるのかな。友人に自分と同じ轍を踏んでほしくなかったから、去るまえに善かれと思ったことを伝えた。ロンドンがきみにとって心が解放される場だとすれば、ぼくにとっては海がそうだと言える。結婚やお金のことを気にせずにいられる唯一の場所だ」

アミリアはその言葉の意味を考えた。「それなら、あなたはほとんどの女性たちからお金目当てで望まれていると思ってるのね」

サイモンが目を合わせた。「望まれているというのは大げさだな」

「だったら……追いかけられているとでも言えばいいのかしら。つまり、あなたの愛国心や知性や容姿よりも、お金目当てで」

「容姿がいいと思ってくれているわけか」

アミリアは目をしばたたいた。「濃い髪に、鮮やかな色の瞳に、逞しい体つき。どう見たって魅力的よね」

「きみも美貌の持ち主だと思うが」

「ありがたいお言葉だけれど、わたしはごくふつう。赤褐色の髪、鳶《とび》色の瞳、グレーのドレス」アミリアは地味な色のスカートをちょこっと持ちあげた。「これといった魅力はないわ」

「とんでもない」サイモンが言う。「ぼくがこれまで出会った人々のなかでもとりわけ興味深いご婦人だ」

アミリアは自分のドレスから目を上げた。「あなたがこんなに褒め上手な方だったなんて」

「いろいろな呼ばれ方をしてきたが、褒め上手だと言われたのは初めてだな」サイモンが挑むような目を向けた。

アミリアはなにを挑まれているのかわからなくても、怯《ひる》みはしなかった。もう子供ではない。ひとりの少女の母親代わりを務める未亡人で、いまは侯爵が考えていることを知りたくてたまらない。きのうからずっと好奇心が掻き立てられていて、こんなにも待ち遠しい二十四時間を過ごしたことはこれまでなかった。

「エドガーからも毎日きみはいかに興味深い女性なのかと言われていたんじゃないか」サイモンはアミリアの顔の輪郭を視線でたどるようにして続けた。「それにいかに美しいかと」

アミリアはくすりと笑った。

「違うのかい？」

「エドガーは重病だったのよ」アミリアはわけを話した。「あなたもご存じだったはず。夫がわたしに求めていたのは知性や美貌じゃない」

「だが、きみたちは結婚していた」サイモンはただ事実を述べた。

「名目上は、と言えばいいのかしら」アミリアは肩をすくめた。「便宜上の理由で結婚した夫婦はロンドンでわたしたちが初めてではないはずよね」侯爵の片足を軽く突いた。「この街に長く住んできたあなたならおわかりでしょう。わたしは夫の伴侶だった。それだけのこと」

サイモンが束の間目を閉じた。また開いた目には怒りが表れていた。アミリアに対するものなのか、自己嫌悪なのかはわからない。「きみに謝らなくてはいけない」咳ばらいをする。「エドガーについて――すべてのことについて。ほんとうに申しわけない」

「お気持ちは理解できるから」

「そんなことはないだろう」サイモンは説明を続けた。「エドガーにあんなことを言うべきではなかったんだ。身勝手なことをした。きみは若かった。いま以上に」

アミリアは空気をなごませようとした。「それなら、償いの機会を与えてあげる」

「あいにく、それは無理だ」サイモンが即座に撥《は》ねつけた。

なにを拒まれたのか、自分がなにを求めたのかもアミリアにはよくわからなかった。

「また失望させてしまうだろう。きみはもうじゅうぶんに希望をくじかれたのに」

それでアミリアは納得した。侯爵は償いとして自分自身が求められているものと受けとったのだ。誤解はきちんと晴らしておかないと。

アミリアは日傘の柄を握り、力を込められるものがあることに感謝した。いざとなれば、これを侯爵の頭の片側に打ちつけて倒せる。「まず、わたしが理解できているかいないかをきめつけないで。自分がしたいことや必要としていることはちゃんとわかってる。わたしがあなたに求めているのは、わたしの愛読者を殺めた犯人捜しのお手伝いなの。ただし、どうしても必要というわけではないわ。ひとりでもちゃんとやれるから。もう二年もひとりでやってきたんですもの」

「アミリア――」

「レディ・エイムズベリーです」アミリアは窓のほうを向いた。「あなたは交際してもいないご婦人に馴れなれしすぎるのではないかしら」

12

親愛なる　レディ・アガニ

犯罪小説は読まないほうがいいと友人から言われます。道徳心が穢《けが》れてしまうからだそうです。でも、新聞でそうした事件が毎日報道されていても、反発する人は誰もいません。わたしと友人のどちらが正しいのでしょうか？

読む権利を　より

かしこ

親愛なる　読む権利を　様

悪人が登場する本を読むのは、自宅に悪人を招き入れるようなものだと言う人も大勢いることでしょう。そのようなことはないとわたしは思います。自分たちのような人々しか出てこないものばかり読まなければいけないとしたら、どれほど退屈なことか。わたしには良質な犯罪小説はなくてはならないものです。曇り空の午後を過ごすのに、これほどふさわしいものはありません。

アミリアは図書室でボルドー産の赤ワインをグラスにたっぷり注いだ。うぬぼれやすさは男性たちの難点だ。せっかくの楽しいひと時ですら、すべてを台無しにする。サイモンに撥ねつけられたのが胸にこたえて、アミリアは赤紫色の液体を口に含み、記憶を払いのけてくれる味わいを楽しんだ。完全にとはいかなかったけれど。あの会話を思い返さずにいるのはむずかしい。サイモンが自分を撥ねつけたのはなんと騎士道精神からだと信じるのはなおさらに。手紙の束を入れた机の抽斗にちらりと目をやった。恋に破れた女性たちにはぜひともほかの趣味を——部屋のなかを見まわす——たとえば読書を楽しむようにと助言したい。男性との交際よりもはるかに快く、しかも心満たされるはずなのだから。

ドア口にタビサが現れた。「足を踏み鳴らして、せせら笑いたいのなら、お願いだからドアを閉めてからにしてちょうだい、アミリア。何度言ったらわかるのかしら、使用人たちの噂話の種になりますよ」

アミリアは胸の前で腕を組んだ。「おばさまのほうこそ足を踏み鳴らして、せせら笑ってらっしゃるのに」

「ええ、ただし、わたしは老婦人だもの。そうでもしなければやっていられないのよ」タビサは杖でワインのデカンタを指し示し、アミリアにグラスに注がせた。「ベインブリッジ卿とどちらへ出かけていたの？」

「サイモンとヴァン＝アカー家へ伺いました。キティから舞踏会にお嬢さんをご招待するよう頼まれたんです」

「サイモンですって？」タビサが腰をおろし、杖の上で両手を組み合わせ、ワインが差しだされるのを待っている。法廷の判事のようだ。「もう洗礼名で呼び合える仲というわけ？」

アミリアはグラスをテーブルに置き、おばの隣の椅子に腰かけた。「いまはおばさまとわたししかいませんから。敬称は省いてもかまわないと思ったんです」お説教されそうな気配を察し、すぐさま続けた。「ちょっとお伺いしてもいいでしょうか？」

「言ってごらんなさい」

それならばとアミリアは切りだした。「サイモンは婚約していたことがあるとキティから聞きました。昔からのご友人のおばさまなら、詳しくご存じなのではと」

「キティのことだから要領を得た説明をしたでしょう」タビサは杖をワイングラスに持ち替えた。「メイフェアで起こったことはなんでも知っているご婦人だもの。とすれば、あなたがほんとうに知りたがっているのは、その出来事がサイモンにどのような影響を与えたのかね」

アミリアはワインをひと口飲んで、その言葉を反芻《はんすう》した。「ええ」

「いまだ立ち直れてはいないでしょう」タビサはさらりと言った。「フェリシティ・ファーンズワースにすっかり惚れこんでいたのに、心を引き裂かれてしまった。お母さまのこともあったし、乗り越えられないわよね」グラスを口もとに運ぶ。「誰もあの方を責められないわ」

アミリアは身を乗りだした。「あの方のお母さまになにがあったんです?」

タビサがはっと口をあけて驚きをあらわにした――後悔も。「キティもそこまでは知らなかったようね。知っている人はたしかに限られている。話していいものかしら」

アミリアは続きを聞くために沈黙を守った。もう午後もだいぶ遅い時間で、回答を書かなければいけない手紙がまだある。それに、ピアノの演奏についてウィニフレッドと、さらに家庭教師のウォルターズとも話しておきたい。演奏会の日まで練習できる時間は残り少なくなってきた。

「これから話すことは他言してはだめよ。エイムズベリー家とベインブリッジ家にはとても長いお付き合いの歴史がある。その信頼を裏切ることは許されない」

「けっして他言しません」アミリアは誓った。

「サイモンがまだ十代のときに、お母さまが列車の事故で亡くなられたの」タビサはテーブルにグラスを置いた。「事故そのものは当時としてはめずらしいことではなかった。鉄道は発展途上だったんだもの。大きな事故もよく起こっていたわ。問題は、彼女がともに旅をしていたのが夫ではなく、ほかの男性だったということ。ご家族にとっては大変な衝撃だった」

「サイモンがかわいそう」アミリアはつぶやいた。

「ほんとうに、サイモンは気の毒なのよ」タビサが鼻息を吐いた。「お父さまはフェリシティの不貞を知って、サイモンと殴り合いになりかけたの。自分と同じように妻に裏切られた男に成り下がるのかと息子を責めて。二度と自分の許可を得ずに縁談を進めてはならないと約束させた。エドガーはそれを聞いてサイモンのせいではないと憤っていたわ。それでサイモンは生涯、独り身をとおすと誓った。だから老いた父親からせかされながらも、いまに至るというわけ」

アミリアは房飾りのついた椅子に背を戻した。「納得ね」

タビサが首を振る。「納得している場合ではないでしょう。そんなばかげた話は聞いたことがないわ。サイモンは結婚しなくてはいけないのに、父親との諍《いさか》いのせいで、未婚のままだなんて」

けれどいまアミリアの頭をめぐっていたのは父と息子の揉めごとについてではなかった。馬車のなかでサイモンが口にした言葉だ。なんてこと。どう考えれば友人関係がいっきに求婚へと結びつけられたのだろう？　サイモンは忘れていたのかもしれないけれど、アミリアのほうも望んでいたような結婚ができたわけではなかった。また結婚に人生をゆだねることだけはしたくない。ありがたいお申し出でも、もうけっこう。運命を紡ぐ三姉妹、クロト、ラケシス、アトロポスのご寵愛はすでにたっぷり賜った。気まぐれな女神たちにはそろそろどこかへお引き取り願いたい。

アミリアはおばとの会話に意識を戻した。「あの方は結婚しなくてはいけないんでしょうか？」

「もちろんだわ」当然とばかりにタビサは声に力を込めた。「一人息子さんなのよ。ベインブリッジ家の未来がかかっている」

部屋にメイドが入ってきて、暖炉に薪を加えた。立ち去るのを待って、アミリアは話を再開した。「サイモンはふさわしい女性をいずれ見つけます。よいことは待つ者に訪れる」

「わたしのように？」タビサが立ちあがった。「いいえ、いいわね、よいことはみずから探しにいく者に訪れるのよ。よく憶えておきなさい」

タビサが立ち去ってからも、アミリアはしばらくその言葉について考えつづけた。おばの言葉は真理を突いている。自分は昔から行動する女性だった。待つのは得意ではないし、タビサおばもその点についてはきっと同じはず。でもだからといって、サイモンは花嫁を見つけなければいけないわけではない。それに自分もどうしても花婿を探さなくてはいけない理由はない。エドガーが遺してくれた財産のおかげでさしあたって、いいえ望むなら生涯、結婚する必要はない。自分にはウィニフレッドと手紙をくれる愛読者がいる。解決しなくてはいけない殺人事件もある。新たな恋を始めるまでもないくらい充実した暮らしを送れている。

それなのに、愛読者たちの手紙に回答を書きはじめてからも、サイモンと話したことに考えがめぐった。集中しようとしても、いつしかまた後戻りしている。机の上に散乱した恋のお悩み相談の手紙のせいだと思おうとした。サイモンから撥ねつけられた言葉を呼び起こしてペン先のごとく胸を突かれ、うまい具合にまた手紙に回答をしたためる気力が湧いた。最後の一通に回答を書き終えると、ジョーンズに封書の束を手渡して、子供部屋で遊んでいるウィニフレッドのもとへ急いだ。

ウィニフレッドの亜麻色の髪は陽射しで金色に輝き、もう遊ぶという表現は似つかわしくない年齢だとアミリアは気づかされた。以前とは違う。たいがい毎日、勉強したり、絵を描いたり、歌ったり、読書をしたりして過ごしている。時は着実に過ぎて、ウィニフレッドは成長している。とはいえまだアミリアに抱きつくのを控えるほど大人でもない。ドア口に立つアミリアに気づくと、本を置いて、駆け寄ってきた。

抱きとめてから、アミリアは尋ねた。「練習の調子はどう?」

「よくなってる」ウィニフレッドが言う。

「よかったわ」アミリアは机の前の小さな椅子に腰かけた。「夕食後に聴かせてもらえるかしら」

「ぜひ」ウィニフレッドは応じた。「侯爵さまとの……お出かけはどうだった?」

「お出かけではないわ」アミリアは訂正した。ウィニフレッドがいかにもエイムズベリー一族らしく片方の眉を上げたので、アミリアは少女の頬を軽くつねった。「違うんだから!」

「念のため、わたしは交際に反対しないから」ウィニフレッドが真剣に大人ぶって落ち着いた声で言った。「それどころか、ちょっとわくわくしてるの」背筋を伸ばして坐りなおした。

「母親や父親の再婚をいやがる子もいるけど、わたしはまったくそんなふうに思わない。楽しみなくらいよ」

アミリアはどきりとした。ウィニフレッドとはこれ以上にないくらい仲良く暮らしてきたけれど、母と呼ばれたことはなかったし、そのように思ってくれているそぶりは見られなかった。喜びがこみあげて、アミリアは瞬きで目にあふれる涙をこらえた。ウィニフレッドに笑いかけた。こんなにも愛情を注げる存在はいない。応えてもらおうと望むのは贅沢すぎると思えるくらいに。

「万が一わたしがそのような道を選んでも、あなたに応援してもらえるのは心強いわ」アミリアはウインクした。「侯爵さまと言えば、あなたの演奏会に来てくださるそうよ。ご親切な方よね」

「すばらしくご親切だわ」ウィニフレッドが応じた。「わたしにというより、あなたになのかもしれないけど」

「あの方もピアノを弾いてらしたのは知ってた？」

ウィニフレッドが顔をくしゃりとしかめた。

「ほんとうなのよ」アミリアは肩をすくめた。「お母さまがすばらしい演奏家だったんですって。それでピアノをこよなく愛していると」

「いまも弾いてらっしゃるの？」ウィニフレッドが訊く。

「わからないけど、次にいらしたときに尋ねてみましょう」

ウィニフレッドがえくぼをこしらえた。

「どうしたの？」アミリアは訊いた。

「きっと次があると思ってた」

アミリアは机の上にある本をひっくり返してみた。「ミス・ウォルターズがあなたにこっそり恋愛小説を読ませてるの？　ジェイン・オースティンの本をどこかに隠してない？　あやしいわ」

ウィニフレッドがぐるりと瞳をまわしてみせた。「ミス・ウォルターズはわたしを赤ちゃんだと思ってる。恋愛小説なんてぜったいに読ませてくれないわ」

「安心したわ。あなたはほんとうにどんどん成長してるから」アミリアは椅子を机の下に戻した。「ではまた夕食の席でね。着替えないと」

ウィニフレッドが手を振って見送った。

アミリアが自分の部屋に戻ると、レティーが宝石類を揃えていた。忙しく部屋を歩きまわっていたせいでふっくらとした頰に赤みが差している。

「アメシストをつけられていたので、ほかにもいくつかご用意してみました」レティーは美しいイヤリングを差しだした。「いかがです？」

「すてき」アミリアはその輝きに見惚れて吐息をついた。「今夜はこれをつけるわ」

「ハムステッド夫人の舞踏会にお召しになる衣裳はなにか考えてらっしゃいますか？」

アミリアはイヤリングを耳にあててみた。「もちろん、考えてはいるんだけど、ここのところ忙しくて」

「ベインブリッジ卿とのお出かけで」レティーが笑顔で言い添えた。

つまりはすでに屋敷内で噂になっているということだ。「ふたりで……ある計画を協力して進めているのよ」アミリアは曖昧に答えた。レティーは侍女だが友人でもある。嘘はつきたくないものの、なにもかも真実を話すわけにもいかない——いずれにしてもいまはまだ。「ひとつ訊いてもいい？　悪行リストについて聞いたことはない？」

「悪行リストでございますか？」レティーがネックレスのチェーンの絡まりをほどきながら言う。「もちろん知ってます。念のため申しあげると、このお屋敷にはありませんけど」

「使用人はそういったものをなぜ作るの？　保険をかけるようなもの？」

「そうとも言えません」レティーが説明した。「どちらかと言うと使用人たちの紳士録みたいなものでしょうか。雇用主が使用人の身元照会をするように、雇われる側にも知っておきたいことがあるというわけです」

「なるほど」アミリアはレティーから得られた知識を咀嚼《そしゃく》した。「エドワーズ提督のお屋敷での不満をなにか耳にしたことはない？」

レティーはアミリアの晩餐用のドレスをベッドに広げた。その脇に腰をおろし、床に届かない足をぶらつかせた。衣装にもまして噂話が好きなだけに意気揚々と語りだした。「知り合いがそちらのお宅で働いていました。彼女によれば、提督のお嬢さんがたにお仕えするのはとても大変で、執事もふだんから横暴だったとか。ティベンスという男です。あるメイドと揉めたあと、家政婦に彼女をクビにさせたそうですよ。そのメイドはいま洗い場メイドをしています」

「彼女が悪行リストをこしらえていたからだと聞いたけど」

「そうかもしれませんが、そもそもそういったものをこしらえるからにはそれなりの理由があるはずだとは思いませんか」レティーはアミリアのドレスの薄い襞飾りを撫でた。「エドワーズ家に対する保険だったのか、それとも執事に対抗するためだったのかも。そのような男が執事ならふしぎはありません」

その答えはアミリアにもわからないものの、早急に確かめるべき問いだと胸に留めた。

13

親愛なる　レディ・アガニ

あなたの助言がほしいのではなく、ほかのご婦人がたにわたしのような失敗を繰り返してほしくないので全文を掲載してくださるよう祈って、この手紙を書いています。つい先日、わたしはきれいになれるものと期待して化粧品店を訪れ、木炭色の眉になってしまいました。まえより一センチ以上も太くなり、毛先も丸まっています。自宅でレモン汁を使って直そうとしたのですが、髪は燃えるような赤毛のままですし、肌もひりひりしています。顔がもとの状態に戻るまで、ベールをかぶっていなければなりません。化粧品店に心そそられている方々に申しあげます。生来の眉こそ、あなたにふさわしい。たとえ女王陛下や国家や、ましてや化粧品店になにを言われようと変えてはいけません。

かしこ

やっと気づけた娘　より

親愛なる　やっと気づけた娘　様
実体験をお知らせくださり、ありがとうございます。あなたのようなお手紙をくださる方々も毎日大勢おられて、その場合には謹んで全文を掲載させていただいています。あなたは眉をそこなわれてしまったとしても、おかげで泣かずにすんだ女性が少なくとも一人はいることをお忘れなきよう。筆者より感謝申しあげます。
秘密の友人　レディ・アガニ

翌日の手紙は郵便配達人の定期便で届けられたのではなく、発送者がみずから持参した。爽やかに吹きこむ風のように、グレイディ・アームストロングは大きな包みを手にアミリアの家の玄関先に現れた。縁なし帽の下の金髪は乱れ、上着の前は開いて飾り気のないベストが覗いている。腹部に皺がついているのはたぶん今朝も仕事場の机に前かがみになっていたせいだろう。手の指先もいつものように乾いたインクの染みがついている。それを見るとアミリアは実家の宿屋〈フェザード・ネスト〉の大広間でグレイディと新聞をむさぼるように読んでいた午後を思い起こした。なつかしさで笑みがこぼれた。

「申しわけございません、レディ・エイムズベリー」ジョーンズがグレイディの身なりのせいで自分までむずがゆくなったとでもいうように上着の裾をぴんと伸ばした。「ミスター・アームストロングに客間でお待ちくださるよう、お願いしたのですが」

「かまわないわ。声でもうわかっていたから」

立ち去った。「ちょっと気難し屋なんだよな」

「それじゃ、よい一日を」グレイディがジョーンズに頭を傾ける。執事は鼻息を吐いて返し、立ち去った。声の届かないところまでジョーンズが遠ざかると、グレイディはひそひそ声で言った。「ちょっと気難し屋なんだよな」

アミリアは幼なじみを図書室へと案内した。「几帳面なだけよ。きちんとしているのが好きな人なの」

「これを」グレイディが何通もの封書が詰まった大きな包みを差しだした。「先日の回答には大変な反響があった」

「どれのこと？」

「きみが有閑夫人に、言い寄る男には引っこんでろと言ってしまえと勧めたやつだ」

アミリアは笑った。「そんなことは勧めてないわ」

「いや、あれはそう書いたもおんなじだ」グレイディは椅子に腰を落とした。「誌上で大論争になっている。きみが正しいのか否か。で、こうして手紙が殺到している。男からも、ご婦人がたからも。まさに紙の大嵐に見舞われている」

「あの男性は間違いなく彼女のお金目当ての詐欺師よ」くだんの手紙を思い返すとアミリアは怒りがぶり返した。「わたしの称号を賭けてもいいわ」

グレイディはその言葉を手で払いのけた。「きみはなんにでも称号を賭けたがるからな。でも、その見立てにはぼくも同感だ。とはいえ、上流社会の人々は金銭や婚姻について語りたがらない。神経をとがらせずにはいられない」

アミリアはグレイディと向き合って坐った。「わたしに言わせれば、ちゃんと議論すべき問題だわ。そのほうが幸せな結婚をできる人が増える」

「逆かもしれないぞ」グレイディは大きすぎる上着に包まれた肩をすくめてみせた。関心を寄せているのは身なりよりも言葉のほうで、洗練された人々ばかりのロンドンに来てもうだいぶ経つというのに、相変わらず田舎の名士のような装いだ。「いずれにしても、論争は恰好の噂話の種となる」

「たしかに」アミリアはうなずいた。「それはそうと、来てくれてよかったわ。すでに受けとった手紙のことであなたと話したかったの」

「なんなりと伺おう」

アミリアは例の手紙と追伸、さらに殺人事件について話しだした。グレイディはほとんど言葉を挟まずに呆気にとられたように聞いていた。アミリアがひと息つくと、グレイディは身ぶりで先をせかした。昔からせっかちで話し終えるまでじっと待ってはいられないたちだった。アミリアが読んでいる新聞を待ちきれずに奪いとってしまうこともあった。アミリアは早口で話しつづけ、セント・ジェームズ・パークでの出来事を説明し、さらにサイモン・ベインブリッジの助けを借りていくつかの手がかりを追っていることを伝えた。

「本物の捜査みたいじゃないか」グレイディは両手を擦り合わせた。「それにしても、サイモン・ベインブリッジだって？　生粋の貴族じゃないか。どういうわけで手伝ってくれることになったんだ？」

「話せば長くなるんだけど、エイムズベリー家とは長いお付き合いのある方で、わたしが遺体を発見した現場に居合わせたの。その部分は話し忘れてたかしら」アミリアは声をひそめた。「晩餐のあとでわたしを追ってきたのよ。それで――」周りを確かめる。「――筆名を明かさざるをえなかった」

グレイディが金色の眉をきゅっと吊り上げた。「興味深いな。ベインブリッジは恋人に振られてこの二年ロンドンを離れていた。その間まったく姿を見せなかった。そこまで関わっているのはきみの身の安全を考えてのことだろう。海軍にいた男だ。責務のように思っているのかな」

「あらすてき」アミリアは皮肉たっぷりに言った。「そうせざるをえない理由があったというわけね」

「まさか、その男に惚れてしまったわけじゃないよな？」

「グレイディ！」アミリアはすばやく戒めた。「静かにしてよ」

「だって顔が赤くなってるぞ。半ズボンで〈フェザード・ネスト〉を駆けまわってたときだって、そんなに顔は赤くなかった」

たしかに、半ズボンで宿屋のなかを駆けまわってはいたけれど、まだ七歳で、グレイディも追いかけて走っていたのに。「場をわきまえて」アミリアは幼なじみを叱った。「タビサおばは部屋にいるし、ウィニフレッドもピアノの練習をしてるのよ」

グレイディは笑いながら降伏のしるしに両手を上げた。「でも気をつけろよ。きみが考えているようにシャーロットが殺されたのなら、犯人はきみのあともつけるかもしれない」

「わかってる」

さらに声を落としてグレイディが続けた。「それとベインブリッジにも気をつけるんだ」

アミリアはとまどった。「どうして?」

グレイディは口ごもり、指先を打ち合わせた。「ただの勘かな。きみは……格別についているってわけじゃないし、もう傷つくのは見たくない。エドガーのあとでまただなんて」

グレイディはアミリアにとっていちばん自分を長く知っていて、キティの次に親しい友人だ。ともに成長してきた。互いのあいだに隠しごとはなく、グレイディはエドガーの病気についても、余命いくばくもない夫と過ごしたアミリアの苦しみも理解していた。死期の近づく夫のそばでアミリアは無力さを痛感させられた。ともかく不毛な恋愛にのめり込むことだけはしたくないから。そうグレイディに言い返した。

「そうだよな。でも、彼の見栄えや感じのよさには用心しないとだぞ」グレイディはウインクした。「ぼくにそうしてるみたいに」

アミリアがくすっと笑うと、グレイディも笑い声を立てた。この数日は重苦しい気分になりがちだったので、笑い合えてほっとした。

「奥さま、ベインブリッジ卿がお見え――」ジョーンズが報告しようとした。

「おかまいなく」サイモンが遮ってドア口に現れた。きょうは濃い黒のダブルの上着に紺青色のクラヴァットを合わせているせいなのか、瞳が濃紺色にもエメラルド色にも見える。

「笑い声につられて、ここまで来てしまった」

アミリアは目を瞬いた。自分の図書室にサイモン・ベインブリッジが立っている。いいえ、ひょっとして幻想？　ちょうど噂話をしていたところに、その本人がいきなり現れるなんて。やはり実物だ。いまの会話を聞かれていないことを祈るしかない。

「ご友人を紹介していただけないかな？」サイモンがせかした。

グレイディが立ちあがる。「グレイディ・アームストロングです。お目にかかれて光栄です」

アミリアはすぐさま気を取りなおした。「ミスター・アームストロングは例の雑誌社の編集者です。ミスター・アームストロング、こちらはサイモン・ベインブリッジ侯爵さまよ」

「なるほど」サイモンは握手をした。「人目を忍ぶレディ・アガニの共謀者ですね。お会いできてよかった」

アミリアはグレイディに口添えした。「説明せざるをえなかったの」

「わかってる」とグレイディ。

「心配ご無用。秘密は守る」サイモンはアミリアと並んでソファに腰をおろした。「それでなにか新たな情報でも？」

アミリアは侯爵と膝が触れ合いそうなほど近づいているのに気づいた。できることならソファを半分に切り分けてしまいたい。馬車のなかでの失敗を思い返すと、もう二度と接近したくない。とりあえず気づいていないふりをした。とはいえ、侯爵の膝は逞しい。アミリアは端のほうにじりじりと動いた。「なにも。また投稿が届いているだけ。シャーロットからの手紙の追伸と、これまでの調査について説明していたの」

サイモンがグレイディのほうにうなずいた。「シャーロット・ウッズ、それにフローラ・エドワーズの死を望んでいた可能性のある人物に心当たりはないだろうか？」

「よい質問ですね」グレイディは帽子を脱いで髪を撫でつけ、上向けてかぶり直した。「ミス・フローラについてはなにも耳にしていません。彼女の死に不審な点があるとすれば、というに情報が入っていてもいいはずです。もう何日も経っている。ですが、今後も気をつけておきます。情報を提供してくれる検視官も知ってますし。噂話が集まりやすい職場ですから」

「噂話と言えば、わたしの侍女からエドワーズ家の執事のティベンスがふだんから横暴な人なのだと聞いたわ」アミリアは好奇心を掻き立てられるとほかのことはなにもかも忘れやすくなるたちで、サイモンと密着していることもすでに気にならなくなっていた。密談の小さな輪に身を乗りだす。「誰も彼にあえて逆らおうとはしない。リナの悪行リストは執事に対抗するための保険のようなものだったのかも。シャーロットにはそのような身を守る手立てがなかったとも考えられるわ」

「当然ながら、使用人たちのなかにも序列がある」サイモンが思案げに続ける。「その執事がシャーロットを邪魔者と見なして排除したとも考えられるが、そうだとしたら、フローラについてはどうなる？　自分が仕える屋敷の女主人を殺しはしないだろう。それをどう考えればいいんだ？」

「それはあくまでフローラとシャーロットを殺した犯人が同一人物だと仮定した場合の話ですよね？」グレイディが訊く。

「ああ」サイモンが応じた。「フローラがほんとうに殺されたのだと仮定して」

「殺されたのにきまってるわ！」その点はすでに了解事項だとアミリアは思っていた。「シャーロットが嘘をつくはずがない」

「誰でも嘘くらいつく。それにきみはシャーロットを知っていたわけではないだろう」サイモンが指摘した。「どうしてそこまで信じられるんだ？」

「わたしの愛読者だもの」その点についてはテムズ川で安全に泳げるようになる日が来るまでも語りつづけられる。それくらいアミリアは投稿者たちを揺るぎなく信じていた。「わたしに助けを求めて手紙を書いてくれる人たちなのよ。嘘をつくのは道理に合わない」

「同感だ」グレイディの温かな褐色の瞳はいつもながら冷静で落ち着いている。「読者のことを誰よりわかっているのはアミリアだ。彼女がシャーロットは嘘をついていないと言うのなら、そうなんだろう」

「ありがとう」アミリアはグレイディに軽くうなずいて感謝を伝えた。

「そうだとすれば次はどうするんだ？」サイモンが語気鋭く割りこんだ。ふたりの合意にいらだっているようにも見える。アミリアはいまやサイモンのほうが椅子から乗りだしているのに気づいて愉快に思った。

笑顔を向ける。「訊いてくださってよかった。もう一度エドワーズ邸へ伺って、執事にいくつか質問してみるのはどうかしら。きっとなにかわかるはずよ」

サイモンが片方の眉を吊り上げた。「何度も伺って、ご一家にあやしまれないだろうか」

「あなたはエドワーズ家のご友人なのよね」アミリアはさりげなくけしかけた。新たに得た情報についてどうしても確かめておく必要がある。

「そうだが、毎日会っているような仲ではない」

「おっしゃりたいことはわかります」グレイディが薄茶がかった金色の髯が生えた顎をさする。「なにかほかにいい口実はないかな?」

三人とも考えこんで、図書室は静まり返った。窓の外から、走りすぎる馬の蹄が立てる軽快な響きと、馬車の車輪の軋《きし》る音が聞こえてくる。アミリアは通りすぎる一頭立ての二輪馬車を目にした。自分がここでじっとしているときでも、この街はつねに動いている。自分もエドワーズ邸を訪問する手立てを見つけて、すぐにも動きださないと。

グレイディがぱちんと指を鳴らした。「エドワーズ家が新聞に侍女の求人広告を出していた。きょうの午後二時から六時のあいだに応募者を受けつけると。〈フェザード・ネスト〉でやっていたようにうまく変装すれば、応募者としてもぐり込めるんじゃないか。そうすれば直接使用人と話せる」

エイムズベリー家も含めて多くの屋敷が、上流社会の人々同士の紹介で使用人を雇っている。街の紹介所に依頼する屋敷もある。提督の場合には新聞に広告を掲載して直接雇う手段を選んだのだろう。アミリアは胸のうちでその選択を称えた。「名案だわ！」

「いや、ちょっと待ってくれ――」サイモンが口を開いた。

「衣裳なら階上《うえ》の部屋の鞄《トランク》に入ってる」アミリアはグレイディだけがすでに知っていることをサイモンに伝えた。「わたしの両親が宿屋でお芝居を上演していたの。わたしも姉妹と演じていたし、グレイディも何度か出てくれたわよね。わたしには目をつぶってたってできそうなくらいのことなのよ。まかせておいて」

サイモンが腕組みをした。「いい考えとは思えない」

アミリアはグレイディのほうを見た。やはり幼なじみも侯爵の反応にやや困惑しているらしい。こんなにすばらしい思いつきはない。アミリアは宿屋でお芝居を演じるだけでなく実際に働いてもいた。侍女の応募者のふりをするのは使用人と話すためにはうってつけの策だ。スティベンスは執事なのだから面接を取り仕切るのだろう。「どうして？」

「誰かに見破られたらどうするんだ？　言い逃れられる手があるとは思えない」

アミリアは頭を掻いた。的を射ている。ただでさえ秘密の顔がばれないか心配しているというのに、スキャンダルに巻きこまれてエイムズベリー家の名に泥を塗るのではないかと思うとなおさら恐ろしい。でもほかに誰がシャーロットの無念を晴らせるというの？　自分しかいない。

「アミリアは変装の達人なんです」グレイディが目配せをした。「誰にも本人とはわからない。ぼくが保証します」

「エイムズベリー伯爵夫人の話をしているんだよな」サイモンが正した。「つまりその立場もおわかりだろうか」

「あなたが心配する気持ちはよくわかるわ」アミリアは言葉を挟んだ。「だけどわたしはこれまでにも身分を隠して出かけている。キティも。レディ・アガニは、たまにちょっとした調べものもしなくてはいけないのよ。もちろん、読者を助けるために」

「もちろん、か」サイモンが繰り返した。「どうやら説得する余地はないようだな」立ちあがる。「それでどこから始めるんだ？　顔か？　髪？　その見事な髪をどうやって隠せるのか皆目見当もつかない」

アミリアも立ちあがった。「ちょうどぴったりの黒髪のかつらがあるわ。別人になれる」

「『ヴェニスの商人』でネリッサを演じたときのやつか？」グレイディが訊く。

「それよ」アミリアはドアのほうへ歩きだした。サイモンがついてくるのに気づいて足をとめた。「あなたはどちらへ？　わたしの寝室？」侯爵が見るからに顔を赤らめたので、アミリアは笑い声を立てた。「ここで待っていて。すぐに戻るから」

アミリアは堅苦しいグレーのドレスの裾を脛《すね》まで持ちあげて階段を一段飛ばしで上がった。たとえ三十分でもこのドレスを脱ぎ捨てられるのはうれしい。ともかくまずは寝室で書簡をしたためているはずのタビサおばに見つからないように通り抜けなければ……

自分の寝室に入ると、嫁入り衣裳の収納箱を勢いよく開き、長い黒髪のかつらを探した。絹地で仕立てた緑色のドレスの下にあった。「完璧ね！」

いつでも要望どおりに喜んで身支度を手伝ってくれるレティーを呼んだ。レティーは時どきアミリアが奇妙な装いを望む理由は知らないものの、なにか心躍る企ての手伝いだと察していた。アミリアとはほとんど歳が変わらないので、楽しむことの大切さを知っていて、いつも喜びを見つけられるようにと背中を押してくれる。

「わたしのドレスをお召しになりたいのですか？」レティーがぎょっとしたように、なめらかな顔に皺をこしらえた。「大きすぎると思いますけど」

「その点は大丈夫」アミリアは侍女の懸念を手で振り払った。「ともかく持ってきて、急いで、お願い」

レティーの言うとおりだった。腰回りがぶかぶかだ。それでもエプロンをきっちりと後ろで締めておけば、じゅうぶんに事足りた。かつらをつけて、レティーにピンで留めてもらい、慎重に白いメイド帽をのせる。首と顔には白粉《おしろい》をまぶして温かみのある肌の色を隠した。鏡に映った自分の姿に満足してうなずき、階段へ向かった。

タビサの部屋の前にくると爪先歩きになり、静かないびきを耳にしてほっと息をついた。ああ、助かったわ。タビサはめったにうたた寝しないが、たっぷりと朝食をとってから朝刊を読んだときはまたべつだ。

アミリアの変わりようにサイモンは驚いて目を瞠《みは》った。グレイディはさほどでもない。サイモンが次の獲物を見定めるサメのようにアミリアの周りをめぐるあいだ、グレイディは愉快そうに笑っていた。

グレイディがアミリアを称えた。「きみならやれると思っていた」

「なるほど」サイモンはメイドの衣裳を眺めまわした。「見事なものだ。でもやはり、顔は同じだな」サイドテーブルのほうへ歩いていき、タビサの読書用眼鏡を手にした。「どうだろう、これをつけてみては」

アミリアはその丸眼鏡を鼻の上に軽くかけてみた。

「おっと！」グレイディが愉快そうに言う。「いかにもよくいる女教師みたいだ」

「そのほうがいい」サイモンが満足そうにうなずいた。

アミリアは窓に映る自分の姿を確かめた。眼鏡をかけるとあきらかに老けて見えるけれど、自分らしくないほうがいいのだからそれでかまわない。このドレスにちょっとした飾りをあしらえば、ふだんの衣装としても着られそうだ。窮屈な下着から逃れられるのはありがたい――たとえこの午後だけでも。「家族に気づかれないうちにさっそく出かけるわ」

グレイディがこれまでも何度もそうしてきたように腕を差しだした。ただし今回は故郷の村メルズではなく、イングランドの最大都市でたったひとりでの大芝居だ。アミリアは緊張を隠せず、深呼吸をひとつした。大丈夫。

「そうだ、ぼくと辻馬車に同乗していくか」グレイディが勧めた。

サイモンが帽子を手にした。「ぼくが喜んでお供いたしましょう」

アミリアはグレイディと顔を見合わせて笑った。

「なにがそんなに可笑しいんだ？」サイモンが訊いた。

「べつに。ただ、あなたは辻馬車にお乗りになるような方ではないでしょう」

「それならきみたちは？」侯爵が切り返した。

アミリアは自分の衣裳を手ぶりで示した。「この姿ですもの」

「心配ご無用ですよ、侯爵どの」グレイディがうなずいた。「レディ・エイムズベリーとは長い付き合いですから。ぼくがちゃんと送り届けます」

三人ともすぐさま図書室を出ようと歩きだしたとき、アミリアはサイモンのつぶやきを耳にした。「だからこそ心配なんだ」

14

親愛なる　レディ・アガニ

わたしは日中を学校で過ごし、夜にはお芝居の脚本を書いています。演劇に心を奪われているのですが、両親から将来についてしっかり考えるようにと言われます。両親はわたしに家庭教師になってほしいと望んでいるのですが、ああ、わたしの心は叫んでいます。べつの道へ進みたいのだと。どうしたらよいのでしょう？

心は劇作家　より

かしこ

親愛なる　心は劇作家　様

シェイクスピアは『お気に召すまま』でこう書いています。「世界とはひとつの舞台のようなもの。そこでは男たちも女たちも一役者にすぎない。舞台を出入りしながら、それぞれに割り当てられた役割を演じている」（第二幕第七場）ここで偉大な詩人が書き忘れたのは、それぞれが同じ舞台でいくつもの役割を演じる場合もあるということ。つまりあなたは家庭教師にも劇作家にもなれるのです。答えは必ずしもどちらかひとつとはかぎりません。両方でもよいのです。可能性を狭めてはいけません。
秘密の友人　レディ・アガニ

〈フェザード・ネスト〉で芝居を演じていたとはいえ、今回はアミリアにとってきわめてむずかしい役回りだった。別人のふりで屋敷にもぐり込むなんて。演技力を試されることになる。それでも気持ちよく挑めそうだった。この装いは子供時代とさほど変わらない着心地で、街なかを走る混雑した辻馬車のなかでも楽に呼吸ができた。

エイムズベリー伯爵未亡人でいるときより心地よいくらいだ。伯爵未亡人となって、ロンドンにやってきたときには想像もしていなかった責任が課せられた。エドガーが生きていれば、アミリアの役割は明快だった。家名を担うことなど誰に求められるはずもない。でも夫がこの世を去り、アミリアの振る舞いは夕ビサおばのみならず人々から観察されるようになった。どこへ出かけても視線を感じる。でもいまは？　いまは人目を引かずにいられて、とても気が楽だ。

気が楽どころではない。

このうえなく快適。

目的地でグレイディに別れを告げて辻馬車を降り、エドワーズ邸の玄関先の踏み段をすたすたとのぼって建物を見上げた。二日まえに来たときよりもそこは堂々として高くそびえているように感じられた。緊張のせいなのかもしれない。怯んではいけないとアミリアは心にきめて、大きく息を吸いこんで、玄関扉をノックした。

執事のティベンスが最初の、そしてもっとも手強い関門だ。あらゆる意味でティベンスは屋敷の窓口であり、提督の代理のような役割を務めている。用件を尋ねる声がして、ティベンスが行進のような足どりで現れた。この男性さえくぐり抜けられれば、もう恐れる相手はいない。

大木のような体軀の執事は一瞥《いちべつ》でアミリアを見定めた。すでにわかっていたことだけれど、典型的な青白い顔の執事ではない。若くて、いかつい。肩幅の広さからして、造船所で働いていて提督にここに抜擢されたのだとしても驚きはしない。

「名前は?」

「ペネロピ・ピンカートンです」子供の頃に気に入っていた役名のひとつなので、すらすらと答えられた。ペネロピは、アミリアの母が創作した寸劇に登場するピンカートン家の好奇心あふれる少女だ。あのまま成長して仕事を探す姿をアミリアは思い描いた。きっと有能な侍女になるだろう。彼女ならどんな仕事に就いても、本気で取り組みさえすれば、りっぱにやり遂げられそうだけれど。聡明で思いきりのいい登場人物だった。

「紹介状を」ティベンスが大きな手を差しだした。

うっかりしてた！　機転を利かせてサイモンに紹介状を書いておいてもらえばよかったのだけれど、慌ただしくきめた計画なのでまったく思い浮かばなかった。アミリアはできるかぎり純情そうな口ぶりで答えた。「ロンドンに来たばかりなんです。すみません、紹介状は持っていません」

ティベンスは辟易《へきえき》したように息を吐いた。「提督が採用するのは経験者のみだ。きょうの面接にも同席なさる」

たいがい執事が家政婦とともに男女の応募者をそれぞれ面接するものなので興味深いひと言だった。でも、驚くほどでもない。提督はなんでもみずから事に当たらなければ気がすまないたちなのだろう。ティベンスについての噂を耳にしていたなら、娘の世話役を選ぶような仕事はとてもまかせられないだろうし。ヒヤシンスの侍女となる女性はさぞ忙しくなるだろう。けれどきょうは提督と顔を合わせるまえに立ち去らなくてはいけない。正体を見咎《みとが》められる危険はおかせない。「経験はあります」アミリアは断言した。「わたしは働き者なんです」

ティベンスは微動だにしなかった。鉄壁の門番だ。玄関広間を通してもらえるのか、まったくまだ予想がつかない。「どこで?」

アミリアは事実を少しだけ言い換えて説明した。「田舎の人気の宿屋でお客さまの身の周りのお世話をしていました。ご要望をお伺いし、規律を守ることは身についています」

ティベンスが肩の力を抜いた。「どなたかに侍女として仕えた経験は?」強い調子で訊く。

嘘をつくのは控えたほうがいい相手だ。「ありません」アミリアは声を落とした。「ですが、なにより大切なのは思慮深さだと承知しています。お嬢さまが三人もいらっしゃるお屋敷ではなおのこと。失礼しました、おふたりですね」

「提督は思慮深さ、それに誠実さに重きをおかれている。私もだ」ティベンスが歩きだし、アミリアはそのあとに続いた。待合席らしきところにたどり着くと、ひとりの女性がきちんと両手を組み合わせて坐っていた。「ここで待て」執事が指示した。「面接を受けられるかどうかはまだわからないが」

アミリアは女性の隣に腰をおろして微笑みかけた。自分より二、三歳くらい下だろうか。

「応募者の方ですね？」

女性が顔を振り向けた。明るく大らかそうな顔で、勢いこんで話しだした。「ええ、そうです。ヒヤシンスお嬢さまにぜひお仕えしたくて。とても人気のある方ですもの。お姉さまは公爵さまと婚約されていましたし」

「彼はどうなんでしょう？」アミリアは歩き去っていった執事のほうに頭を傾けた。

「ティベンス？」女性がくすりと笑った。「恐ろしい人だという噂だけど、男前なのよね。若い女性たちはみんなそう思ってるわ」

骨太な男性のなかでは容姿端麗なのだろう。思わず目を奪われる女性たちもいるに違いない。シャーロット、それにフローラがそのうちのひとりだったとしたら？　それについてはまたあとで検討しようといったん胸に収めた。いまはそこまで考えている時間はない。「前任者の女性はこのお屋敷でなにか面倒を起こしたと聞いたわ。いまはほかで洗い場メイドをしているとか」

「その話なら、わたしも聞いてる」女性は声をひそめた。「でも、彼女はそうなっても仕方のないことをしたそうよ。ティベンスには逆らわないのがいちばん。やり直しの機会なんて与えてくれない人なんだわ」

ティベンスが戻ってきて、その女性を呼び寄せた。女性がはずむような足どりで部屋に入っていく。面接の成功を祈ってあげるべきなのかアミリアには判断がつかなかったけれど、どのみち祈る間もなかった。玄関扉をノックする音がして、執事が出迎えたのはフローラの元婚約者のヘンリー・コスグローヴだった。ティベンスが面接中であることを説明して詫びると、ヘンリーは心配無用だと応じた。まったく意に介するそぶりもない。

「提督に少しお時間をいただきたいだけだ。ここで待たせてもらっていいかな」公爵が尋ねた。

「もちろんでございます」ティベンスはさっと頭を垂れた。

「ありがとう」ヘンリーは玄関広間にとどまり、壁ぎわに飾られた海軍時代の記念の品々を眺めている。向きを変えるなり、アミリアの視線に気づいた。

アミリアは視線を落とした。公爵とは正式に紹介を受けたことはなかったので、できるだけ特徴を覚えておこうと、つい見つめていた。髪は褐色で、目は小さく、ほっそりとした輪郭で痩《や》せ形だ。それほどあからさまに見ていたつもりはなかったのだけれど。

「こんにちは」ヘンリーが声をかけてきた。

アミリアはうつむき加減で答えた。「こんにちは」

「きょうは暖かいですね」公爵の口ぶりは気さくで親しみやすい。

「もう夏がすぐそこまで来ていますもの」

　さいわいにも提督が玄関広間に姿を現して、会話は打ち切られた。公爵と提督は軽い握手をして挨拶を交わし、べつの部屋へ入っていく。ふたりの会話がいまにも聞こえてきそうだった——もうちょっとで。もうちょっとだけ近づきさえすれば。アミリアはちらっと玄関先の踏み段のほうを見やった。周りに誰もいないのを確かめて、椅子から立ち、伸びあがる。それでもまだなにも変化がないので、ふたりが入った部屋のほうへじりじりと歩を進めた。どうやらヘンリーがフローラを追悼する庭園を造りたがっているらしい会話が聞こえてきた。

「ありがたいお気遣いだ。心から感謝する」提督が話している。「誰よりもわがフローラにふさわしい栄誉だ。だが、華美ではないかな、コスグローヴ。わしにはどうもこそばゆい。仰々しいのでは」

「お気持ちはわかります」ヘンリーの声が少しかすれた。咳ばらいをした。「もし費用の問題でしたら——」

「そうではない」提督がややむきになったような口ぶりできっぱり否定した。

　少しおいて、ヘンリーがさらに続けた。「なにかしなくてはと思ってしまうんです。なにかせずにはいられない」

「うむ、そうすべきだ」提督が同調した。「自分の人生を歩きだすんだ。つらいかもしれんが、そうしなくてはいけない。わしも若くして妻を亡くした。哀しい別れを経験している」

　ドアの外でアミリアは顔をゆがめた。提督の言うとおりだけれど、いまはたぶん、まだ日が浅いことを考えればなおさら、受け入れるのは少しむずかしい助言だろう。アミリアの経験からすれば、人生をまた歩きだすまでには二、三週間ではとても足りなかった。

「どうしてそんなふうに言えるんですか？」ヘンリーがいぶかしげに詰問した。「彼女はあなたの長女で、この家のまさに支柱だった。なんとも感じておられないのですか？」

「もちろん感じているとも。だが、わしになにができるというのだ？　どれだけ喪に服して、花や庭園を捧げようとも、娘は戻ってこない。時はどんどん過ぎていく。われわれも同じように進まなければ」

静まり返った。上階から軋る音が響いた。椅子に戻ったほうがいい？　そのままなにも起こらずに何秒かが過ぎた。

「あなたが承諾してくださらなくとも、庭園造りの計画は進めます」ヘンリーが言葉を継いだ。「正しいことですから。なにもしないのでは控えめに言っても思いやりに欠けるし、はっきり言わせてもらえば冷淡ではないですか」

提督は苦々しげな笑いを洩らした。「そういう問題なのだろうか？　きみはそうすれば、わしの死んだ娘に対して気がすむとでもいうのか？」

ヘンリーがぼそりと悪態をつき、アミリアは手で口を覆った。死は人のもっともよいところを引きだしもするけれど、残念ながらいちばん悪いところもあらわにする。エドガーが死んだときには何度唇を噛みしめたことか。人はとんでもなく愚かな言葉を口にする。そして、とりわけ心を痛めている人々同士が神経を削り合う。これもそういったささいな口喧嘩なのに違いない。でも、それだけではないなにかがあるのかもしれないという憶測もアミリアの頭をよぎった。どちらなのか、それともそのどちらでもあるのか。

「どういうつもりなんだ」

ティベンスに力強く肩をつかまれ、アミリアは身をこわばらせた。「わたしは……その……そろそろわたしの番なのか家政婦さんにお聞きしようと思って」

ティベンスに向き合わされ、青く鋭い瞳で突き刺すように見つめられた。「部屋が違う。なにを聞いたのか言うんだ」

アミリアはぐいと身を引いてティベンスの手から逃れた。「なにも。なにひとつ聞いていません」

ティベンスがアミリアの手首をつかんだ。「もしひと言でも噂を流せば、おまえをつかまえにいく」

「それでどうするんです?」アミリアはつんと顎を上げた。いまは別人を演じているとはいえ、ペネロピとして憤っていた。どうしてペネロピは——ほかの女性たちも——仕事を得るためにこのような目に遭わなければいけないの? 不公平だし、間違っている。シャーロットにしても、いったいどのような試練を乗り越えてきたのだろう?

ティベンスがアミリアを玄関扉のほうへ押しやった。「ひと言でも洩らしたら、思い知らせてやるからな」

アミリアはエプロンをぴんと伸ばして整え、頼りない足どりで踏み段を下りた。いまは辻馬車に乗ることだけは避けたい。頭をすっきりさせてから家に戻らないと。ウィニフレッドが待っているだろうから、このように動揺した状態のまま会うわけにはいかない。

通りの賑わいと人々の往来に心がなだめられた。ショーウィンドーを覗き、路上の物売りと挨拶を交わし、ハイド・パークをのんびり進む乳母と赤ん坊を眺める。三十分後には肩の力が抜けていた。こんなふうにいつも街に助けられている。街の脈動と生気がアミリアに元の自分を取り戻させてくれた。

メイフェアに帰り着いたときには気分が回復し、新たな情報を得られた喜びが湧いていた。玄関扉ではなく、使用人用の勝手口へひそやかに回りこむ。メイドならこちらを使うのが当然だ。けれどアミリアは自宅なのに客人として入るような居心地の悪さを覚えた。

使用人たちには、いかにみなが大切な存在で、ここが彼らの家でもあることをちゃんと伝えておかなければとアミリアは胸に留めた。〈フェザード・ネスト〉のように家族経営の宿屋の場合にはそこがほんとうに家で、雇い主は家族なのだから、同じように働くといっても、ここで使用人として仕えるのとは違う。こうしてメイド姿で勝手口への踏み段をのぼるまで、自分がどれほど助けられているのかをちゃんと理解できていなかった。いまならわかる。

屋敷に入り、かつらを脱いで脇にかかえ、暑苦しいものを取り払えてほっとした。さらにエプロンもはずそうとしたとき、耳慣れた声を聞き、ぴたりとそこに固まった。

「アミリア・エイムズベリー！　ああ、まったくあなたはいったいなにをしているの？」

振り返って、タビサおばのお叱りを受ける以外に選択肢はなかった。

15

親愛なる　レディ・アガニ

わたしと姉の意見の相違に御裁定を。姉は、嘘はすべて悪だと言います。わたしは時には嘘も必要だと思うのです。あなたはどう思われますか？

かしこ

嘘も方便　より

親愛なる　嘘も方便　様

友人のドレスの襞飾りや、お母さまの歌声について、褒めれば嘘になることもあります。かたや、店主に消えた紙幣についてとぼけるのも、結婚する日を自分の心のなかできめてしまうのも、嘘です。つまり、あなたの言うとおり、嘘も方便なのです。ただし、嘘を口に出す際には慎重に。

秘密の友人　レディ・アガニ

アミリアはこれまでにもタビサおばの不興をかっていたが、慣れて気が楽になるわけではなかった。年老いたおばをがっかりさせるのは心苦しい。好ましくない行動を取るたび、彼女に叱られるのではと考えずにはいられない。言い間違い、不作法、たまに飲むブランデー――これ以上叱られる余地はないくらいに。いままではせめても自分なりに正当な理由があった。それは深く関心を寄せる人や物事が誰かに脅かされたとき。でも自分がレティーの仕事着で勝手口に立っている言いわけはひとつも思いつけなかった。だから、堂々としらばくれることにした。

「こんにちは、タビサおばさま」アミリアはエプロンをはずしてたたみ、脇の下にかつらを隠すように挟んだ。「お散歩に出かけてきました」

タビサは襟ぐりと袖に地味な襞飾りがあしらわれた暗紫色のドレスをまとっている。そのせいで顔は雪花石膏のようになおさら白く見える。青というよりグレーっぽく見える目を狭めてアミリアを見つめた。「メイドの服を着ているのね」

問いかけではないので、アミリアも否定しようがなかった。どうしてメイドの服を身に着けているのか。思いつけた理由はただひとつ、しかもこれなら説得力がある。「キティの舞踏会に備えて衣裳の試し着をしているんです。ご存じのように明後日に迫っているのに、まだ衣裳がきまらなくて。このドレスなら仮装になりますでしょう。それに黒なのも好都合ですわ」

タビサは宝石が鏤められた杖を握りしめた。あれで頭を殴られでもしたらさぞ痛いだろうとアミリアはいつも思う。「そんなもので舞踏会に出席してはいけません」

「どうしてです？　この色ならご異存はないはずなのに」

タビサは不満げに咳ばらいをした。「なにか隠してるわね？」

「話の続きは、着替えてからでよろしいでしょうか」アミリアは笑いかけた。「すぐに戻りますので」

「上階《うえ》で会いましょう」タビサが指定した。「お茶が飲みたいし、ウィニフレッドがピアノを弾いてくれるでしょうから」

アミリアは寝室へ戻り、ベッドにどさりと腰を落として、ため息をついた。「アミリア・エイムズベリー、どうしてこんなことになっちゃうの？」それから何分も、装飾の凝った重厚なベッドの支柱に彫りこまれた鳥たちをただ眺めた。そもそも答えようのないことなのだから、鳥たちが答えを与えてくれるはずもない。答えられるのは自分だけ。〈フェザード・ネスト〉から飛びだしてこられたとしても、その故郷で育った自分を消し去ることはできない。心のどこかではいつも田舎にいたときのように、とんでもないことをしたがっている。

アミリアはレティーのメイド服を脱いで、自分のグレーのドレスに着替えた。ほつれ毛を撫でつけて、赤褐色の髪を整える。それから急ぎ足で待ち合わせの部屋に入っていくと、タビサが花柄の椅子にぴんと背筋を伸ばして坐っていた。アミリアは長椅子に腰をおろし、メイドがお茶の支度を整えるのを待って、口を開いた。「あら！　わたしの大好きなレモンケーキだわ」

タビサが物言いたげに視線を落とした。

ケーキに手を伸ばせばタビサに杖で指をはじかれかねないのでアミリアは我慢した。長椅子に深く坐りなおし、叔母から向けられている硬い眼差しに比べてなんて柔らかな坐り心地なのだろうと感じ入った。「タビサおばさま、お詫びします。それ以外にどう言えばいいのかわかりません。わたしはいつもおばさまをがっかりさせてしまってばかりで」

タビサは驚いたような顔をした。「がっかりなんてしていないわよ。そんなことは一度も言った憶えがないし」

「おっしゃらなくてもわかります」

タビサはしばしその言葉を咀嚼した。「わたしには務めがあるの。エイムズベリーの家名をとても大切に思っているわ。けっして穢させたくはない。それだけのこと」

「そのようなことはいたしません」アミリアは誓った。本心だ。「それがウィニフレッドにとっていかに重要なことなのかは承知しています。わたしはエドガーから彼女を託されました。その点についてはおわかりいただけるのでは」

「ええ。もちろんですとも」タビサは銀盆からケーキをひと切れ取り、手についた粉砂糖を払い落とした。「だけど、あなたが変わった気がするから。ネックレスやイヤリングのことだけではなくて。心配しているのよ」

アミリアもレモンケーキに手を伸ばした。「エイムズベリー家を愛する気持ちに変わりはありません。その点は安心なさってください」

どちらも黙って焼き菓子を味わった。数分おいて、タビサがまた口を開いた。「キティの舞踏会で身につける衣裳が必要なことはわかっているわ。あなたはもう二年も喪に服してきた。今度の夜会はグレーでなくてもよいのではと考えていたところよ」

アミリアは菓子を嚙むのをやめた。

「とはいえ」すぐさまタビサが続けた。「衣裳は慎重に選ばなくては。あなたの立場にふさわしいものを身に着けるべきだし、念のため言っておくと、もう着飾ってもいいというわけでもないわ」

タビサが立ちあがり、長椅子の後ろのテーブルへ歩いていく。そこにあったはずのランプがないことにアミリアは気づいた。代わりに大きな箱がある。その箱をタビサが杖で指し示した。「たとえば、シェイクスピアの『夏の夜の夢』のティターニアなら、まあ、ふさわしいでしょう」箱の蓋を上げると、美しい妖精の衣裳が現れた。

アミリアはすぐに近寄って見つめた。白く柔らかな薄い生地のドレスで、スカートには淡い色の花々がぐるりとあしらわれ、花びらのように繊細な翼がついている。それに金色の輪に彩りの花々がすばらしく調和した花冠。

「言葉が見つかりません。ありがとうございます、おばさま！」アミリアはうれしさで舞いあがり、タビサに抱きついた。老齢のおばがびくりと身をこわばらせた。

「あらあら、お礼を言うべき相手はわたしではないわ」タビサがアミリアの背中を軽く叩いた。「ベインブリッジ卿に言いなさい」

アミリアは身を引いた。「なんですって？」

タビサが差しだした花冠が陽光を受けてきらめいた。「彼が使者にこれを届けさせたのよ」

「サイモン・ベインブリッジが？」アミリアはかぶりを振った。「どうしてあの人がわたしの寸法を知っているの？」

タビサがその問いかけをさらりと手で払いのけた。「それくらいはたやすいことだわ。侯爵さまだもの、ロンドンでも最高級の仕立屋をお使いのはず。同業者のドレスの仕立屋と連絡を取り合ってもらうくらいわけないことでしょう」

サイモンはほんとうにこのグレーのドレスを好ましく思っていなかったわけだ。

もう喪服を脱いでもいい頃合いだとタビサをひと押ししてくれるようアミリアが侯爵にやんわり頼んだのは冗談のつもりだった。それをサイモンは真に受けてしまったのだろうか。

アミリアはサテンの夜会靴を手に取った。雪のように白く、シルクのように柔らかく、これほどすてきな靴はいままで見たことも履いたこともない。エドガーを亡くして、アミリアの衣装はまるで代わり映えのしないものばかりとなってしまった。あれからずっと黒いドレスと飾り気のない靴で通してきた。厳密に言うなら、それよりもまえから。夫の具合が悪いのに、着飾るのはばかばかしく、不要に思えたし、そもそも流行を追いかけるたちでもない。幼い頃から、それに十代になっても、動きまわるほうが好きで、装いにかまってはいられなかった。

タビサがエドガーの髪の毛を入れた黒い小さなロケットを手渡した。亡きエドガーを呼び起こさせる形見。「これをネックレスかピンにつけておいたらいいわ」

「名案ですわ」アミリアは応じた。「いつもつけておくようにします」

ウィニフレッドとミス・ウォルターズが客間に入ってきた。ウィニフレッドがドレスを見つけ、はしゃいだ声をあげてそこへ駆け寄っていく。ミス・ウォルターズはピアノの脇に立ち、じっと待った。

「あなたの？」ウィニフレッドが興奮と好奇心に満ちた声で訊く。

アミリアはうなずいた。「ハムステッド夫人の舞踏会に着る衣裳よ」

「手に取って見てもいい？」ウィニフレッドは箱の上に手を浮かせている。

「もちろん」アミリアはドレスの翼を少女の背中に合わせた。「これで空を飛べるわね」

「すてき！」ウィニフレッドがくすくす笑う。「舞踏会が終わったら、わたしも着てみていい？」

「気をつけてくれるなら、貸してあげる。高価なものだから、一度着るだけではもったいないもの」

ウィニフレッドがうなずいた。「気をつけるわ。約束する」

「タビサおばさまから、あなたが演奏を聴かせてくれると聞いたわ」アミリアはピアノのほうを身ぶりで示した。「ぜひ聴かせて」

ウィニフレッドがもう一度ドレスを名残惜しそうに見てから、ピアノのほうへ歩いていく。

家庭教師のウォルターズがピアノの椅子を引きだし、アミリアとタビサもそれぞれ椅子に腰をおろした。ウィニフレッドが肩越しにふたりをちらりと振り返った。

アミリアは励ますように微笑みかけた。

ウィニフレッドがピアノを弾きはじめると、アミリアはサマセットへと思いを馳せた。歌って、踊って、奏でて、生まれ育った家では音楽を心から愛していた。音楽は家を活気づかせる。だからこそアミリアはウィニフレッドのピアノ演奏会を心待ちにしていた。ただの発表会ではなく、晴れの舞台になる。そう考えてふと、ウィニフレッドが招く友人たちのために特別に注文してある菓子について菓子職人と打ち合わせをしなくてはいけないことを思い起こした。飲み物のパンチの用意も料理人に頼んでおかないと。ウィニフレッドはチェリーが大好きだけれど、赤いものは同じ年頃の娘を持つ母親たちにあまり好まれない。代わりになるものをなにか探さなければいけない。

アミリアはいまいる部屋に意識を戻した。旋律がだんだん速くなっている。鍵盤の上を忙しく動くウィニフレッドの手を見ていると、アミリアの鼓動も速まってきた。ウィニフレッドはいまだ弾く速度を緩められていない。タビサおばにびくついているのだろうか。アミリアはちらりと横を見やった。タビサの前で弾くのは緊張するだろうけれど、演奏会には同じような年配の女性が大勢訪れる。演奏家になりたいのなら、聴衆の前で弾く恐怖を克服しなくてはいけない。

ウィニフレッドがいくつかの音を弾き飛ばした。さらに同じ過ちを繰り返し、手をとめた。泣き顔でこちらを振り返った。「ごめんなさい！」

アミリアはピアノのそばに歩いていき、少女の金色の髪をそっと撫でた。ウィニフレッドがただ懸命に涙をこらえている姿が痛ましい。「謝る必要はまったくないのよ。焦らないで。わたしはどこにも行かないし、おばさまだってそう」

ウィニフレッドが首を振った。「無理なの。演奏会は中止してもらわなきゃ」

「なにを言ってるの、ウィニフレッド」タビサおばがたしなめた。「うまくいくわ」

「演奏会は中止できません」いつもは無表情な家庭教師の顔が赤らんでいた。困惑しているせいなのか、いらだっているのかは見分けられない。

ウィニフレッドは不安そうにじっとこちらを見上げている。

アミリアはピアノの椅子に並んで腰かけて視線の高さを合わせた。「どんなことだって中止できるわ。わたしはあなたが準備できていないのに無理強いするなんてことはしない。きめるのはわたしだもの」

ミス・ウォルターズが大きく息を吸いこむ音と、タビサおばの空咳が聞こえた。

どちらについてもアミリアはそしらぬふりをした。ウィニフレッドの手を握る。「大切なのは、あなたが準備を終えること。わたしはあなたの演奏を聴いてきた。あなたは間違いなく音楽家になれる人よ。それがきょうでも、あしたでも、来年でも、わたしはかまわない」

「一年も！」ウィニフレッドが声をあげた。「そんなに長くは待てないわ。それまでには、いま弾いているのはどれもとても簡単になっちゃう」

「たしかに」アミリアはうなずいた。「だけど、簡単になるのはいいことだわ。あなたが目指しているのはそういうことではないかしら」ウィニフレッドが目指しているのはそんなものではないことはあきらかだった。完璧に弾けるようになってしまった曲はもうほとんど弾こうとしないからだ。その心とピアノとのあいだで起きていることは本人にしかわからない。

ウィニフレッドが姿勢を正した。「もう一度弾かせて」

「もちろんだわ」アミリアは椅子を離れた。「向こうでタビサおばさまとお茶を飲みながら新聞を読んでるわ。わたしたちのことは気にしないで」

アミリアは朝刊を手にして椅子のほうへ戻っていった。腰をおろし、わざと音を立てて紙面をめくる。

ウィニフレッドが一小節目からピアノを弾きはじめ、最初は自信のないそぶりだったのがしだいに力強くなっていった。アミリアは新聞をめくりながらもウィニフレッドが奏でる音にしっかりと耳を傾けていた。誰もがそうだった。ウィニフレッドがピアノを奏でれば、耳を傾けずにはいられない。音楽の才に恵まれていて、天使がその音を降り注ぐように奏でる。ほかの人々にも聴いてもらうべきもので、ぜひそうしたいけれど、それは本人の準備ができてから。アミリアはそのときを見きわめようとしていた。

16

親愛なる　レディ・アガニ

今シーズンでとりわけ待ち望まれている舞踏会のひとつに招待され、ぴったりのドレスを用意しなくてはなりません。なじみの仕立屋にお願いしようとしたら、わたしが望んでいるほどたくさんの襞飾りは舞踏会の日までに用意できないと言うのです。どうしたらいいのでしょう？　用意できると確約してくれるほかの仕立屋を探して頼むべきでしょうか？　それとも出来栄えには多少目をつぶっても、うちのお針子に間に合うようにドレスをこしらえさせたほうがいいのでしょうか？

かしこ

窮地の踊り子　より

親愛なる　窮地の踊り子　様

いずれの策を取るにしても、あなたにはドレスの出来栄え以上に心配しなくてはいけないものがあります。若いお針子の健康です。彼女が睡眠も食事もおろそかにして傷だらけの手で縫いあげたドレスをあなたは気分よく着られるのでしょうか？　そんなことはないと信じたい。それに、よけいな襞飾りはダンスをするときには煩わしいだけです。そんなものは慎んで、手に入れられるものだけでもじゅうぶんではないでしょうか。それではやはり納得できないというのなら、どうかもうわたし宛てにお手紙を寄せるのはお控えください。見栄っ張りな愚か者にはお答えしかねますので。

秘密の友人　レディ・アガニ

キティが舞踏会を催す日、アミリアの衣裳に侍女のレティーも着用する本人に負けないくらい喜び勇んでいた。まさに妖精のごとくひらひらと部屋のなかを歩きまわり、下着やストッキングやピンを揃えていく。その顔はコルセットを締めあげるアディントン夫人そっくりだった。意気込みが強く、世話焼きで、ちょっぴり口うるさく、まさしくあの母にしてこの娘あり。アミリアも薄葉紙を使ってスカートを整えるのを手伝おうとしたが、レティーに自分がやりますからと撥ねのけられてしまった。

レティーがアミリアからドレスを取りあげた。「まかせてください、奥さま。このドレスは白いんですよ。あなたはずっと黒を着ておられたから、汚してしまいそうですもの」

アミリアは笑い声を立てた。「それを着るのがわたしなのはわかってるわよね？」

「存じています」レティーがぼやくように言う。「ですから、慎重にしていただかなくては。一歩間違えれば、パンチをこぼしてしまいますからね」

「そこまで粗忽者《そこつ》ではないわ。要領はわかってるもの」アミリアは言い返した。

「ですが、ずいぶん久しぶりですよね。もうお忘れなのでは？」レティーが気が気ではないというように訊く。

「忘れるってなにを？　パンチのボウルを避けて歩く方法？」

「いいえ。ダンスの踊り方です」

アミリアはぎくりと胸を突かれた。ダンス。ダンスをしなくてはいけないの？　ほんの数年まえなら、なんの問題もなかったことだ。もちろん、ダンスはたしなんでいた。〈フェザード・ネスト〉では夕食の提供を終えると一家総出で座席を端に寄せ、姉のサラが（四人姉妹のなかでいちばんピアノを上手に弾ける）使いこんだ鍵盤の前に腰をおろし、父がヴァイオリンを手にして、ひと晩じゅう歌ったり踊ったりしていた。いまでもアミリアの耳には、末っ子のマーガレットが『埴生の宿《ホーム・スイート・ホーム》』に合わせて風船みたいに軽やかにそれは楽しそうに回りながら笑う声が聴こえてくる。なんて楽しいひと時だったのだろう。

でもいまとなっては。

アミリアはベッドの端に腰を落とした。ダンスは好きで得意だったけれど、レティーの言うとおりだ。もう長らく踊っていない。ダンスも含めて、あらゆることが以前とは状況が違う。なんだか急に二十五歳よりもずっと老いてしまったような気分になった。

「心配いりません」レティーが励ました。「練習にお付き合いします。わたしは教えるのがうまいんですよ。女友達はみんなそう言ってくれます」

「ありがとう、レティー。でも、大丈夫」アミリアはブーツの紐をほどいた。「出席できるだけでじゅうぶん。たぶん、ダンスは踊らないでしょう。母親代わりを務める未亡人なのよ。ほかの既婚婦人たちとお天気や、スープや、ともかくなにかしらについておしゃべりしていればいいんだもの」片方のブーツが床に落ちた。「なんとかなるわ」

レティーが片方のブーツを脇によけた。「よろしいですか、レディ・エイムズベリー。あなたはその方々とは違います。お天気の話題では満足できないでしょう。それに、わたしよりほんのいくつかお若いくらいですのに」

「立場というものが……」アミリアは言いかけた。

「ばかばかしい」レティーがストッキングを引きおろす。「そんなものを気にする必要はありません。なにも気負うことはないんです。まあでも、奥さままでも怖気づくのは仕方のないことですけれど。わたしだってきっとそうなります」

「怖気づいてなどいないわ」アミリアは断言した。ありえないことだからだ。とはいえ、そう口に出してみると自分の耳にも嘘臭く聞こえた。レティーの言うとおり。喪服をまとっていたときには考える必要もなかったことなので、ダンスをするかもしれないと思うだけで不安がよぎる。これまでは誰にもダンスを申しこまれずにすんでいた。

認めなさい。ウィニフレッドには恐れないでとたやすく言えても、自分が脅えているのを認めるのはむずかしい。〈フェザード・ネスト〉でダンスをしていたときの、石造りの暖炉で揺らめく炎、使いこまれたピアノ、父ののびやかな歌声といった雑多な記憶はすっかり遠のいた。あれから自分は妻になり、夫を看病して見送り、いまは少女の母親代わりを務める未亡人だ。それでもまだ若いと呼べるの？

わからないし、どうでもいいことだ。このところ身近にいる紳士と言えばサイモンだけで、馬車のなかでのやりとりからすれば、自分と親しい関係になりたがっているとは思えない。サイモンもまた何年もダンスは踊っていないはず。それどころか社交界にはいっさい姿を現すつもりもなかったのだろう。舞踏会にとりわけ出たがるのは若く初々しい人々で、アミリアとサイモンにはどちらもそのような形容詞は似つかわしくない。ふたりとも、人々に会いたくて、あるいは人々から見られたくて出席するのではない。それでもアミリアはキティとだけは会うのが待ちきれなかった。親友がこの衣裳を目にしたらものすごく驚くはずだから。

レティーがもう片方のブーツを脱がしにかかった。「気が変わったら、いつでもわたしをお呼びくださいね。人気のダンスはぜんぶ知ってますから」

アミリアは笑みを浮かべた。「レティー、あなたはよき友人だわ。お気遣いありがとう」

レティーはうなずいて返した。「友人かどうかはともかく、もしこの衣裳を汚すようなことがあれば、わたしの母に叱ってもらいますからね。覚悟しておいてください」

「なにもこぼさないと誓うわ」

着替えを終えると、レティーはアミリアの髪を整えはじめた。赤褐色の髪を妖精の花冠の内側で高く結い上げ、巻き毛を少しだけ自然な感じで顔の周りに垂らす。アミリアはちらりと鏡を見て、出来栄えに驚かされた。妖精が実在するとしたら、このような姿以外には想像できない。ドレスの布地も、花々も、夢みたいな雰囲気も。ひと晩このままでいられたなら、レティーの努力の賜物で、それにサイモンのおかげでもある。アミリアはドレスを受けとってすぐに侯爵へお礼の書付を届けさせたものの、早く直接会って感謝を伝えたくてたまらなかった。サイモンが配慮してくれなければ、グレーのドレスか、レティーの黒いメイド服で舞踏会に出席していただろう。

ほどなく階段の下からサイモンとタビサの話し声が聞こえてきたので、さほど待たずにすんだ。侯爵の声はすぐにわかった。深みのある声音と気さくな含み笑い。サイモンは舞踏会に出席するアミリアとタビサを迎えに来たのだろうが、シャーロットについて新たな情報を得ているかもしれない。アミリアはレティーをさっと抱擁してから、急いでふたりのもとへ下りていった。羽根と花冠つきでは急ぐといっても思うようにはいかなかったけれど。

「こんばんは、侯爵さま。タビサおばさま」

サイモンはアミリアを目にして息を呑んだ。すぐに平静を取り戻し、軽く会釈した。「見違えたな、伯爵未亡人」

「こんなにすばらしいドレスはないわ」アミリアは返した。「なんてお礼を申しあげたらいいのか」

「よく似合ってるわ」タビサおばが言い添えた。「お針子によろしくお伝えくださいね」

「承りました」サイモンは英国海軍の礼装をしている。紺碧《こんぺき》色の上着は広い肩幅にぴったりと合っていて、真鍮《しんちゅう》のボタンが真新しい輝きを放っている。威厳のある軍服に海賊っぽさはきれいに掻き消され、いかにも侯爵さまらしい。いたずらっぽい緑色の瞳だけはべつにして。おそらくは陽射しに目を細めるうちに皺が刻まれた目もとが、甲板で部下たちと、それにラム酒もお供に過ごしていた日々を物語っている。

「あなたの軍服姿もすてきだわ」アミリアは褒めた。女王蜂の仮装らしき装いのタビサにじろりと見られ、アミリアは言葉の選択がまずかったことに気づいた。「つまり勇ましいというか、ごりっぱだと言いたかったんです。それと、タビサおばさま、それ以上のご衣裳は思い浮かびません。お似合いですわ」

「そうでしょうとも」きょうのタビサは細い金色の横縞が入った黒っぽいドレスを見せつけるかのように、先端が剣先を模した黒い杖を脇についていた。髪には二本の触角がピンで留めてある。蜂らしくて愛らしいけれど、もし自分やエイムズベリー家に危険が及べば一刺しするのは間違いない。

サイモンが腕を差しだした。「まいりましょうか?」

アミリアはサイモンの逞しく温かな腕に手をかけ、ふたりのすぐ後ろにタビサが続いた。後ろに貼りつくように。馬車に乗りこむと、タビサはアミリアの真横に坐り、向かいのサイモンとのあいだに目に見えない境界線を引くように杖を身体の前に据えた。アミリアは結婚まえの娘のような気分になって、笑いをこらえた。

気をまぎらわせようと窓の向こうの街を眺めた。社交の礼儀作法となると、タビサはとんでもなく古臭い主張を口にする。そもそも多くの未亡人が早々に再婚している。亡き夫の財産はたいがいほかの男性親族が相続するので、再婚せざるをえないのだ。さいわいにもエドガーはその理不尽さをじゅうぶんに理解していたので、アミリアがすべてを相続できるよう遺言書に明記してくれていた。いずれにしても、タビサがどれほど厳格に慣習を守ろうとしたところで、アミリアにとって楽しい晩になるのは間違いなかった。二年以上ぶりにほんとうの自分に戻れたようで、すばらしい気分だ。降って湧いたような夢のひと時は消えてしまうまえにつかまないと。

キティの家に飾られた花々と同じで、あっという間に消えてしまいかねない。タビサが紹介した花卉《かき》業者はキティの屋敷ですばらしい仕事を成し遂げていた。すべての部屋がピンクのバラで彩られ、階段の手摺り、バルコニー、舞踏場の入口には花綱が飾りつけられている。ひと目でエリザベス女王の仮装とわかるキティはもちろん、すべてが愛らしい。オリヴァーも傾いた王冠から察するに国王の扮装をしているようだ。正直なところ、ボタンがいつもより輝いているだけで、ふだんとほとんど変わらないように見えるけれど。

サイモンが三人ぶんの外套を従僕に手渡し、タビサが断わりを入れて立ち去った。化粧部屋で蜂の婦人帽をピンで留め直さなければいけなかったからだ。

「すてきな衣裳！」キティはアミリアの両手をきゅっと握った。「わたしが皺をつけさせちゃったらだめよね」アミリアの周りをひとめぐりした。「完璧だわ」タビサが去っていったほうへちらりと目をくれてから、言葉を継ぐ。「どうやって白いドレスを納得させたの？」

「わたしではないわ」アミリアはささやいた。「ベインブリッジ卿。あの方が届けさせてくださったの。タビサおばは承諾せざるをえなかったたってわけ」

「さすがね」キティが称賛した。

オリヴァーがサイモンと握手をしている。「ベインブリッジ。また会えてうれしいよ。来てくれてありがとう」

「こちらこそだ」サイモンが答えた。「ところで、きみの新しい海軍史の著書を拝読した。とても詳しく調べられていて為になった。すばらしい本だ」

「楽しんでもらえてよかった」オリヴァーは舞踏場の入口付近でおしゃべりをしている若いご婦人がたのほうへ顎をしゃくった。「きみの出席は評判を呼んでいるらしい。おかげで、この催しは今シーズンにわたって語り継がれるだろう。わが妻も大喜びだ」

サイモンがおおやけの場に現れたなら社交界が騒然となるのはアミリアにもわかっていた。侯爵が結婚市場に再登場すれば、母親たちも娘たちもその機を逃すはずがない。気の毒なサイモン。ダンスを避けようとする気持ちもよくわかる。このような催しが未婚の紳士たちにとってどれほど気の重いものとなりうるのか、アミリアはいままで考えたことがなかった。

「話題の的はぼくじゃない」サイモンが否定した。「レディ・エイムズベリーだ。彼女が黒以外のものを身に着けられるとは誰も想像もしなかっただろう」

「もっともだ」オリヴァーも同調した。「言わせてもらえば、ずいぶん長くあのような色に押しこめられていたものだ」

「いずれにしても、あなたに装いについての助言を求める方はいないでしょうけど」キティが夫に笑いかけ、夫妻は腕を組んで舞踏場のなかへと歩きだした。サイモンとアミリアもあとに続いた。

「このなかは暑いな」サイモンが額をぬぐった。「なにか飲み物でもいかがかな？」

「パンチを」アミリアは頼んだ。「いえ、待って、やっぱりシャンパンをお願い」

「いい選択だ」とサイモン。

「この衣裳に染みをつけたら、侍女に許してもらえないもの」

「わたしにもシャンパンを」キティがオリヴァーに言い、男性たちは飲み物を取りに向かった。ふたりになるなりキティが向きなおった。「タビサにわたしが感謝していたと伝えておいてくれる？　彼女がいなければ、こんなふうにお花を飾れなかったわ。ご紹介くださってすぐに、魔法の杖が振られたみたいに続々とお花がやってきた」キティは軽食のテーブルのそばに飾られたバラの花束のほうへ手を向けた。

「伝えておくわ」

「それと侯爵さまにも感謝しないと」キティが付け加える。「あの方のご配慮がなければ、あなたはずっと喪服で通すことになっていたでしょう——まだとうぶんは」キティが睫毛をしばたたかせる。「どうしてまた、ご配慮くださったのかしら？」

アミリアは軽く笑い飛ばした。「憐れんでくださったのよ。それだけのこと」

「あら、それだけではないでしょう」キティが男性たちのほうへ視線を移した。「このまえオリヴァーがわたしにドレスを買ってくれたのは……うん、一度もないわ。まあべつにかまわないんだけど」空咳で喉につかえた笑いを払う。「装いには目が利かない人だから」

恋すれば、あばたもえくぼとは言うけれど、オリヴァーについてはなんでも許せるキティの恋心はいっこうに変わる様子がない。キティは装いにとことん気を遣う。高価な衣装が大好きで、しかもまたすばらしく上手に着こなす。ジェームスロック&カンパニー・ハッターズで青色と青紫色の婦人帽のどちらにするかで二時間も迷ったこともあった。かたやオリヴァーは——その足どりをアミリアは目で追った——少々だらしない。キティがいくら気をつけていても、オリヴァーはしじゅう靴の紐がほどけていたり、シャツの襟がよれていたりする。学者はそこまで気を向けていられないのだろう。それでもキティは夫の装いへの無頓着さをまったく意に介していない。

サイモンがシャンパンを手に戻ってきた。「ぼくが見た人物を聞いたら驚くぞ」

「どなた？」アミリアは尋ねた。

「ヘンリー・コスグローヴだ」サイモンが軽食のテーブルのほうに顎をしゃくった。鮮やかな赤い上着に派手な金糸の縁どり、青い懸章から察するに、コスグローヴ公爵はルイ十五世の扮装をしているらしい。

「お気の毒だわ」キティがオリヴァーからシャンパンを受けとった。「婚約者の喪に服して二週間で、もう母親たちに追いかけられているなんて。すでにふたりのお嬢さんを紹介されて軽く受け流しておられたもの」シャンパンを少し口に含んだ。「ご婦人がたも恥を知るべきよ」

「ぼくの疑問は、ではなぜ出席したかだ」オリヴァーが訊く。

「たしかに」サイモンも同意した。

キティがオリヴァーの腕をぱしりと叩いた。「念のために言っておくと、わたしが開くパーティは大変な人気なんだから。しかも今シーズンの仮装舞踏会はきょうだけ」

キティの言うとおりだった。仮装舞踏会はこのところあまり開かれなくなり、だからこそよけいにキティの舞踏会は貴重で人気が高まっていた。上流社会の人々ならなおさら、お気に入りの王や女王や王族を気どれる機会を逃しはしない。アミリアはすでに三人のマリー・アントワネットにふたりのエリザベス女王、ヴィクトリア女王もひとり見かけていた。

「さしずめ、コスグローヴは母親に引っぱりだされたんだろう」オリヴァーは人混みのなかのヘンリーを目で追った。「母親はあのような不幸があっても今シーズンを無駄にさせまいと意気込んでいると聞いている。夫を若くして亡くしているだけに、孫の誕生をひとしお待ち望んでいるんだろう」

「さもありなんだな」サイモンが言う。「親はみずからの苦難と期待をもとに子に託す」

アミリアはさりげなくサイモンの顔を見やった。硬くこわばった顎つきがその思いを物語っていた。同じ長男としてヘンリーの苦難が理解できるのだろう。死は悲劇だけれど、生は引き継がれるもので、裕福な家の子息たちはその責務を負う。自分の思いや望みは脇において、なんとしても義務を果たさなくてはいけない。

キティはにっこり笑って、椅子に並んで坐っている一団のほうへ頭を傾けた。「おばさまがたもよね」

アミリアはキティが示したほうへ目を向けた。タビサおばが杖を力強くついて道を空けさせ、まっすぐこちらに向かっていた。アミリアはため息をついた。あそこに連れ去られて望んでいないおしゃべりに付き合わされるのも、もう時間の問題だ。もてなし上手ではないし、刺繍は嫌いで、なにより料理の腕前については考える気にもなれない。ほかの既婚婦人たちとなにを話せるというのだろう？　なにかしら見つけださないと。

サイモンがシャンパンのグラスを置いて、片手を差しだした。「いまこそ、ダンスをするには絶好の機会ではないかな。レディ・エイムズベリー、お相手していただけませんか？」

アミリアは目をしばたたいた。「もう何年も踊ってないわ」

「それなら、ぼくも同じだから、うってつけの組み合わせだ」

「おばさまがこっちに来る……」キティがささやいた。

アミリアは返答に詰まった。ダンスをしたいのは山々だけれど、調子に乗りすぎのような気もする。こんなドレスをまとって、今度はダンスまで？　タビサおばから未亡人がしてよいことと、してはならないことについて延々とお説教を聞かされるだろう。ダンスがしてはいけない項目のほうに入っているのは間違いない。

サイモンが濃い眉を片方だけ吊り上げた。「侯爵を撥ねのけようというわけではないよな？　タビサおばがなんだっていうんだ？」

アミリアはシャンパンをひと口飲んで、グラスをキティにあずけた。「そこまでおっしゃるなら仕方がないわね、侯爵さま。どうか爪先には用心なさって」

17

親愛なる　レディ・アガニ

どうしても知りたいことがあります。ダンスをするときにはお相手の方とおしゃべりをしたほうがいいのか、それともしないほうがいいのでしょうか？　いろいろなご意見を耳にしますが、あなたのご見解を信頼しております。教えていただけませんか？

かしこ

才気あふれる話好き　より

親愛なる　才気あふれる話好き　様

ご署名からしてあなたはおしゃべりが好きな方のようですので、そうした方はたいがいひっきりなしに話しつづけてしまうことを考えると、お答えしづらいご質問です。通常ならダンスのお相手に倣うのが得策ですが、あなたには慎重にとご助言申しあげておきます。しゃべりすぎると、次のダンスのお相手を逃し、舞踏場の外側に取り残されてしまいかねませんので。


　サイモンはダンスを踊るのは久しぶりなのかもしれないけれど、舞踏場でアミリアを導いてくれるそぶりからはそんなふうには感じられなかった。歩くのと同じくらい自然に動けている。力強い確かな手つきで回転する方向を示唆してくれるので、アミリアはいつの間にか肩の力が抜け、足どりが軽くなり、侯爵の爪先を踏まないようにという不安も消えていた。それどころか、とりわけ豪華なバラの花飾りの下を通るときには芳しい香りに酔いしれ、明るく陽気に響きわたる楽団の音色を楽しんだ。音楽に包まれていればほかの踊り手たちのさざめきを聞き流すのはたやすい。それでも舞踏場の人混みを縫って進む合間には、ちらほら言葉が耳に届いた。当然ながら予想できたことだった。なにしろサイモンはほんとうに久しぶりに舞踏会に姿を見せた、ベインブリッジ侯爵だ。アミリアのほうも催しには時折出席していたとはいえ、ロンドンの舞踏場にこれまで足を踏み入れたことは……一度もなかった。エドガーは病気が重く、催しには出席できなかったので、きょうのパーティの出席者たちはあまりよく知らないエイムズベリー伯爵未亡人が動いている姿を興味津々に見ている。

「話してもかまわないだろうか」サイモンがアミリアをくるりと回らせた。「踊るのと会話を同時にするのがむずかしそうなら、そう言ってくれ」

　アミリアは隅のほうに導かれながら、サイモンの愉快そうな緑色の瞳を目にした。妖精が魔法を使えるとしたら、アミリアはその威力を感じはじめていた。「なんとかなりそう」

「きみの登場は、この界隈の人々にちょっとした騒動を引き起こしている」サイモンがささやくように言った。

「わたし？」アミリアは首を振り、妖精の花冠をつけているのを思いだして、すぐさま頭の動きをとめた。「あの方々がささやき合っているのはあなたについてよ。あなたはご婦人がたに大人気の殿方ですもの」

「大人気なのはぼくの爵位だ」サイモンが正した。「とすればまた意味が違う」

「たしかにそんなにも人々を引きつけるものだとは、わたしはよくわかっていなかった」アミリアは認めた。「裕福なほうが生きやすいのは間違いない。それはそうよね。でも、だからといって幸せになれるとはかぎらない。正反対の結果になることもあるわ。なにもかもが台無しになってしまうことだってある」

サイモンが一瞬黙りこみ、はっきり言いすぎたのかもしれないとアミリアは不安を覚えた。率直すぎたのかもしれない。ただし訂正しようとは思わない。みな正直に話し合えたほうがいいはずなのだから。真意は見えみえだというのに、どうしてそれを言葉にしてはいけないの？

アミリアはサイモンにほんのかすかに抱き寄せられ、その手のぬくもりを腰に感じた。

「きみは見事に踊れている――ほかの既婚婦人たちと片隅でひっそりパンチを飲んでいるのはもったいない。機会があればいつでも踊るべきだ」

サイモンの声の調子を聞き、しかも話題が変わったことにアミリアはほっとした。「これまでさほど踊る機会はなかったわ。喪中に参加すべきものではないし」

サイモンが口もとをこわばらせ、いまの言葉が気にさわったのかとアミリアは憂慮した。エドガーに無垢な娘と結婚するよう助言したことにまだ後ろめたさを抱いているのだろうか。アミリアは侯爵にそんなふうには思ってほしくなかった。エドガーとの結婚は自分で決断したことだ。断わってもいいと言われたとしてもきっとそうしなかった。夫のエドガーは病を患っていたので愛情に満ちた結婚生活は送れなかった。でもだからこそ自分は成長できたのだし、ウィニフレッドの母親代わりにもなれた。そのどちらについても思いがけない贈り物で、いまでは心から感謝している。

「今夜は踊る機会には事欠かない」サイモンが目を細く狭めて、すれ違った紳士を見やった。「あのならず者め、ワルツのあいだじゅう、きみのほうばかり見ていた」

アミリアは肩越しにちらりと眼鏡をかけた若い紳士を振り返った。「あの方のこと？」笑い声を立てた。「ならず者にはとても見えないわ。そもそも、キティがならず者を自分の家の舞踏場にぜったいに入れるわけがない。わたしを信じて」

「ならず者は、あらゆる姿や体格や肩書で現れるものなんだ」

「それで眼鏡もかけるわけ？」アミリアはくすりと笑った。「あの方はまだ学生さんでもおかしくないわ」

「欲望に満ちた学生さんだな」サイモンが付け加えた。「ぼくの忠告をお忘れなく」

「あらあら」ふたりで踊りながら向きを変えるなり、アミリアはまたべつの男性に目が留まった。謎の人物がヘンリー・コスグローヴに話しかけている。まさにキティの目を盗んで入ってきたならず者というべき風貌だ。海賊の扮装をして、オークの木のような体格で、たぶん見た目どおりに強靭《きょうじん》なのだろう。ぴっちりとしたズボンと破れたシャツから筋骨の逞しさが見てとれる。口論をしているわけではないものの、不穏な空気が漂っている。「あの海賊の仮装をしている方はどなた?」

サイモンがそちらを見やった。「ヤコーブス・スティーヴンズだが、面と向かってその名で呼んではいけない。顎を砕かれたくなければ、ジャックと呼ぶのが最善だ。長年、提督に仕えていた。彼のお兄さんは何年かまえに英国海軍の大佐に昇進した。多くの息子たちに恵まれた良家だ。彼が末っ子ではなかったかな」

人々の群れに差し掛かるとサイモンはアミリアをまた抱き寄せて、危険から連れだしたのか引き入れたのかは見方によるとはいえ、巧みに導いた。行き着いたのは人けのないアルコーブで、踊り手たちは暖かな地面に舞い落ちてとけた雪片のごとくそこで消えていた。

アミリアは足がもつれ、しばし言葉を失った。侯爵の逞しい胸板と潮の香りに束の間呆然とした。どうしてなのかサイモンから漂ってくる海の匂いが胸をざわつかせる。こんなふうに男性と近づいてダンスを踊ったのはいつ以来だろうと考えて、ここまで接近したことはなかったと思い返した。侯爵の手は炎のよう。触れられると自分のなかにあるとは思ってもみなかったもの、たぶん眠っていた感情が呼び起こされて燃え立った。

ふたりの目が合い、アミリアはすぐに後悔した。うっとりとしてしまった感情が自分の目に表れているに違いないからだ。若さゆえの好奇心。自分がこんなふうに感じるのはただでさえ間違っているのに、それもロンドンでの舞踏会の最中ならとんでもないことだ。同じ過ちを繰り返してはいけないと、アミリアは侯爵の肩の向こうに視線をさげて、舞踏場をあらためてじっくりと眺めた。

ヘンリーとジャックがバルコニーのほうへ歩いていく。ふたりの会話の行く末を確かめておきたい。「暑くなってきたわ。新鮮な空気を吸いに行きましょう」

サイモンはアミリアを気遣ってすぐさま舞踏場の外へと導いたが、ヘンリーとジャックの姿を目にするなり、ちょっぴりがっかりしたような表情を浮かべた。「そうか。なるほど。ジャックと公爵の話を盗み聞きしようというわけだな」

「しいっ」アミリアは口を慎むよう身ぶりで叱った。「大きな声を出さないで」

夜空は冴えわたり、あちこちに星々の太いリボンが鏤められている。色とりどりの庭園から漂うスイカズラの濃厚な香りに誘われて階段を下りてきた招待客たちが、手入れの行き届いた芝地の散策を楽しんでいた。ただ歩いているカップルもいれば、生垣の陰へ消えてしまう人たちもいる。何年かまえなら、自分もあんなふうにしてみたいとあこがれたのだろうとアミリアは思った。自分に嘘をついてどうするの？　ほんとうはいまもあんなふうにしてみたいくせに。それはさておき、ヘンリーとジャックはどこにいるのだろう？　まだそれほど遠くへは行っていないはず。

「気分はよくなったかな？」サイモンがいかにも愉快そうに尋ねた。

アミリアはからかわれているのは承知のうえでうなずいた。ひんやりとした夜気のおかげで心地よく背筋が伸びて、本来の自分を取り戻せたような気がする。ともかく頭は冴えてきた。

ジャックかヘンリーの声が聞こえないかとアミリアは耳を澄まして辺りに目を走らせた。

サイモンによれば、ジャックは提督の部下だったというし、ヘンリーは提督の亡き娘と婚約していた。そのふたりにどのような繋がりがあるのだろう？「さっき、ふたりはエドワーズ家のことでなにか揉めていたのかしら？」

「それはどうかかな」サイモンの声は意外そうな響きを含んでいた。「ジャックはもともと気性が荒い。尾羽を振り立てた雄鶏みたいなものだからな」

「でも、ふたりとも提督の知り合いだわ」

「関係性には違いがあるが、たしかに」サイモンが同意した。

「それなら、提督について話しているのかも」

「ジャック・スティーヴンズはもともと海軍の軍人だ。ヘンリー・コスグローヴはそうじゃない。どんな用件があるというんだ？」

アミリアは石造りの冷たいバルコニーの手摺りの上で両手を組み合わせた。「ただの勘よ。エドワーズ家の面接にもぐり込んだとき、提督とコスグローヴがフローラの名を冠した記念庭園を造ることについて話していたの。提督は公爵の提案を聞き入れず、頑として反対していた」

サイモンが手摺りに寄りかかった。「言わせてもらえば、提督の態度はしごく当然じゃないかな。きみの直感はお悩み相談の手紙にとっておくのがいちばんだ」

アミリアは内心でその言葉にかちんときた。「なにを根拠におっしゃってるのかしら?」

「提督は」サイモンが説明した。「プライバシーを大事にする男だからだ。記念庭園や仰々しい式典は暮らしを侵害する。コスグローヴの気持ちもよくわかる。ただし、海軍の男たちの考え方とは相容れない」

「ええほんと、海軍の男たちの考え方とは相容れない。わたしはどうしてそこに気づけなかったのかしら?」アミリアは困惑したふりで顎を指で打った。「わたしのそうした直感が事をややこしくしているのかも」ぐるりと瞳をまわし、踏み段のほうへ歩きだした。

サイモンもすぐさまついてきた。

アミリアは地面に下りると同時に動きをとめた。ジャックとヘンリーがそこにいた。生垣のそばでなにやら揉めている。アミリアとサイモンはすばやく身をかがめて暗がりに逃れた。

「スティーヴンズ、きみがなにを知りたがっているのかわからない」ヘンリーが言った。

「私が知っていることはすべて話した」

「そんなことはないだろう」ジャックがまくしたてた。「グラス一杯のシャンパンを飲んだくらいで具合が悪くなるわけがない」

「だったら、提督に直接訊いたらいい」ヘンリーが声量をあげて言い返した。「きみも出席していたんだろう。これ以上、なにを言えばいいというんだ」

「なにか見たんじゃないのか。フローラが体調を崩した理由だ」

沈黙が銃弾のごとく空気を貫き、サイモンとアミリアは了解の視線を交わした。いよいよ会話が佳境に入った。

「いまなんと言った？」ヘンリーが訊いた。

「彼女が体調を崩した理由だ」ジャックが繰り返した。

「違う」そのひと言がハンマーのように穏やかな夜を叩き割った。「フローラと言ったよな」

「それがどうしたっていうんだ？」ジャックは礼儀作法に無頓着だった。声にはみじんも変化がない。「彼女のことは昔からずっと知ってる。子供のときから提督に連れられて船着き場に来ていた。失礼しました、公爵閣下、敬称を失念しておりまして」

「なんてやつだ」ヘンリーが吐き捨てた。「彼女のことを愛していたんだな？」

一拍の間が真実をあらわにした。

「おまえを殺してやりたいくらいだ」ヘンリーが声を絞りだすように言った。「彼女は私の婚約者だったんだ。私のものだった」

ジャックが怒気のこもった陰気な笑い声を立てた。「決闘の時と場所を指定してくれ。あんたは銃に触れるより先に死んじまうだろう。わかってるだろうに」

アミリアがちらりと見ると、サイモンがうなずいて返した。つまりはジャックの言うとおりということだ。

「彼女の友達だったことに免じて、今回だけは大目に見てやる。だが、今度私のそばに来て、彼女の名前を口にでもしたら、あらゆる手でおまえを追いつめてやる」ヘンリーは警告した。「わかったな？　おまえに彼女との思い出を穢させはしない」

ジャックは唸り声を洩らし、足を引きずるようにして歩きだした。

と同時にアミリアはサイモンにさらに暗がりへ引きこまれ、息がつかえた。暗がりで男性とこんなふうに近づいたのはもうしばらく、いいえ、これまで一度もなかった。ほんの一瞬だけ、アミリアはいま耳にした口論をいっさい忘れ、状況が違えば、これから自分たちはどうなっていただろうと思いめぐらせた。お悩み相談欄に寄せられる手紙は想像力を豊かにしてくれる。

目の前をヘンリーが通りすぎて、アミリアはわれに返った。ジャックは反対側の庭園のほうに遠ざかっていったので、今夜はもう帰るつもりなのだろう。

ふたりがいなくなると、アミリアはとめていた息を吐いた。「謝ってもらってもよさそうね」

サイモンがいぶかしげに眉根を寄せた。

「わたしの勘は当たってた」アミリアは理由を明かした。「あのふたりのあいだにはなにかある。認めなさい」

サイモンは小さくうなずいた。「その点は認めよう。もう二度とご婦人の直感を侮るようなまねはいたしません」

アミリアは肩越しにちらりと笑みを投げかけてから踏み段をさっさとのぼりだした。「賢明なご判断ね」

18

親愛なる　レディ・アガニ

わたしは母から結婚するまでは男性とキスをしてはいけないと言われています。そんなことをすればまともな結婚をする機会を逸《いっ》してしまうのだそうです。でも、わたしがキスをしたいと思う男性がその結婚相手だとしたらどうでしょう。結婚まえでもキスをしてもかまわないのではないでしょうか？　あなたは現代的な女性です。ご意見を伺えませんか？

かしこ

キスを切望する娘　より

親愛なる　キスを切望する娘　様

わたしはこれまでキスをした方、キスをしそうな方、キスを望む方へいくつもの回答をさしあげてきました。わたしに言わせれば、さほど迷うようなことではありません。ふたりの人間が唇を触れ合わせる行為は、未婚女性たちに喜びよりも破滅をもたらします。そんな危険をおかせるでしょうか？　結婚式まで、その男性とはキスをなさらぬように。これがわたしからの助言です。それまで彼が約束を守れなければ、あなたは唇を濡らすだけのことです。

秘密の友人　レディ・アガニ

舞踏場に戻るなり、アミリアはキティに呼びかけられた。友人は人々の群れを縫ってこちらに向かってくる。サイモンはアミリアに別れを告げ、うれしそうに声をかけてきた友人に向きなおって背中を軽く叩いて返した。それでふたりの冒険は終わり、アミリアはふだんどおりに戻ったものの、物事の見方は大きく変化した。フローラの人柄やジャックとの関係を知っただけでなく、お悩み相談欄の多くの愛読者たちがどうしてあれほど舞踏場やバルコニーや魅惑的な庭園に関心を寄せているのかがようやく理解できた。

それにしてもなぜジャック・スティーヴンズはヘンリー・コスグローヴにあのように詰め寄っていたのだろう？　婚約パーティの晩に、フローラはどうして体調を崩して死ぬことになったのか。どちらの男性もフローラを大切に思っていた。ふたりの会話からそれはあきらかに感じとれた。けれど、ジャックはずいぶんと思い入れがあったようだ。洗礼名で呼んでいたのはそれだけ親しかったからで、だからこそヘンリーの気にさわったのだろう。ジャックがフローラについてどこまで深く知っていたのかを確かめる必要がある。でも、いまはだめ。キティがしかめ面で歩み寄ってきて、アミリアはひと目でそのわけを察した。親友の後ろからタビサおばが紅海を分かつモーセのごとく杖で人混みを切り裂いていた。

「来たわよ」キティがささやいた。「覚悟して。あなたは用を足しに行ったと伝えておいたんだけど」

「あら、わたしはもう大人の女性よ」アミリアは毅然と姿勢を正した。「子供みたいに面倒を見てもらう必要なんてないんだから」とはいえ当のおばが目の前に現れると、意気込みはしぼんだ。タビサの不屈の精神は顔じゅうに刻まれた皺が物語っている。「まあ、おばさま。化粧室にいたんです」

タビサが首を振った。「そんなことはどうでもいいの。ちょっと一緒に来てちょうだい」

「どうかしたんですか?」アミリアは訊いた。

「わたしにあの女性のことを訊いていたでしょう、フローラ・エドワーズよ」

アミリアはうなずいた。

「あなたが器用に避けている既婚婦人のひとりが、彼女が死んだ晩のことでちょっと興味深い話をしてくれたの」タビサが杖を頼りに身を乗りだした。「あの晩、ミス・フローラは妹に言い寄ってくる殿方のひとりと口論していた。彼女が釘を刺さなければ、妹さんは取り返しのつかないことになっていたかもしれないわ」

「どんなふうにですか?」キティが訊いた。

タビサはかまわず話しつづけた。「アミリア、とにかく一緒に来て。あなたにとって興味深い話が聞けるはずよ」

アミリアは言われるままについていった。

進みだしてすぐに、ひとりの紳士が立ちふさがった。「失礼、あなたのダンスカードに記名させていただけないでしょうか」

先ほどサイモンから注意を促された眼鏡の若者だ。サイモンの言うとおりだったのかもしれないとアミリアは胸のうちで思い、くすりと笑った。間近で見るとたしかにこの男性の目には危険そうな光がはっきりと灯っている。

「いまはだめよ」タビサが手で払いのけた。「大切な用事があるのだから。あとでまた出直してきてちょうだい」

タビサが呆然とする男性にかまわず歩きだすと、アミリアは唇を噛んで笑いをこらえた。急いでおばに追いつき、みな揃って白髪交じりで好奇心に満ちみちたご婦人がたの小さな輪に行き着いた。

「レディ・サザーランド、こちらはエドガーの未亡人、レディ・エイムズベリーよ」

「お目にかかれてうれしいわ」この舞踏場にいるどの令嬢にも見劣りしない派手やかな髪のレディ・サザーランドが挨拶した。くっきりと白い筋が交じるグレーの髪を捩《ね》じり上げて凝ったシニョンをこしらえている。とはいえ顔つきはふくよかで、ほかのご婦人がたより親しみやすい。

「こちらこそです」アミリアも挨拶を返した。「すてきなご衣裳」レディ・サザーランドは人魚の扮装で、きれいな青い尾をピンで高い位置に留め、虹色のえらもつけていた。

「衣裳なんてどうでもいいでしょう」タビサが誉め言葉を払いのけるようにひらりと手を振った。「先ほどわたしに話してくれたことを教えてあげて」

タビサおばが礼儀作法を端折《はしょ》って話を進めようとするのは、相手がそれだけ親しい友人たちだからこそだ。年齢も気質も似通っている仲間内では、時に応じて前置きなしに話すことも許される。まさしく、いまもその時のひとつというわけだろう。

「わたしはフローラ・エドワーズの婚約パーティに出席していたの。晴れやかな祝宴で、爵位のある紳士もたくさんお見かけしたわ」レディ・サザーランドはいったん思い返す間をおいて、続けた。「ご存じのとおり、フローラ・エドワーズは公爵閣下と婚約したんですもの、威風堂々たる催しになるわよね。提督のご一家では通常は考えられないくらいに」

「提督は華やかなのはお嫌いだから」べつのご婦人が言葉を差し挟んだ。丸みを帯びた百五十センチ程度の小柄なご婦人だけれど、よく通る声で歯切れがいい。なんとなくなつかしい柔らかなラベンダーの香りを漂わせている。

レディ・サザーランドがうなずいて、話を再開した。「つまり、お屋敷にお客さまが詰めかけていたのよ。それで、提督のお知り合いで海軍服姿の紳士も大勢いらして、そのなかのひとりがフローラの妹さん、ローズに言い寄っていた。そのことはフローラもすぐに気づいた」

「フローラは賢いお嬢さんだったものね」小柄なご婦人がこめかみに指を当てて言った。「昔からむずかしい数式も暗算で解いてしまうくらいだった」

タビサがじろりと見て、口を挟まないよう無言の警告を発した。

「その紳士はどなたですか？」アミリアは訊いた。

「波止場で働いている若い事務員よ」レディ・サザーランドがそう言い添えた声は厭《いと》わしげだった。「ミスター・ウィリアム・ドナヒュー。フローラはお父さまのところで働いていたから、ふたりは顔見知りだったのよ」

「フローラは提督の造船会社〈順風《フェア・ウインズ》〉で経理を手伝っていたわ」小柄なご婦人が付け加えた。

「レディ・サザーランドが話しているのよ、グローヴァー夫人」タビサが憤然と釘を刺した。

「おまかせしてはどうかしら」

レディ・サザーランドが咳ばらいをする。「フローラは廊下の暗がりに妹とその紳士がいるのを見てしまった。言うまでもなく、未婚の若い女性が付き添いもなしにいるべき場所ではない。フローラは妹をきつく叱った」

慌てたのは姉だけではなかったはずだとアミリアは推測した。提督もそれを知れば激怒していたに違いない。

「もちろん、妹さんと彼はフローラ以外には誰にも目撃されずにすんだのだけれど、あとからわたしは話を聞いたの。みんなそう。フローラが妹さんを救えたのは幸いだった。昔から妹たちの面倒を見ていたのよ。あとのふたりときたら……」レディ・サザーランドがかぶりを振った。「いいえ、噂話は不謹慎ね」

グローヴァー夫人が笑いをこらえている。「そうは言ってもやめられないわよね」

「美徳の鑑《かがみ》にでもなるつもり?」タビサが訊いた。

アミリアはタビサの新たな一面を知り、うれしくなった。ようやく協調できるものを見いだせたように思えた。アミリアが仲間意識のようなものに気分よく浸っていると、ご婦人がたは誰がいちばん信仰心に欠けるのかを議論しはじめた。

キティと目が合い、アミリアはご婦人がたの論争から抜けだすきっかけを得た。「ハムステッド夫人がお呼びのようです。耳寄りなお話を聞かせてくださって感謝申しあげます、レディ・サザーランド。助かりました。それに、みなさんとお目にかかれてよかったです」

「あら、こちらこそだわ」レディ・サザーランドが応じた。ほかのご婦人がたはまだ会話に夢中でアミリアがその場を離れても気づいていなかった。

「聞かせて」キティがアミリアに腕を絡ませてきた。「ベインブリッジ卿とほんとうはどこでなにをしていたの? ダンスをしていたのではないでしょう」

「ダンスはしたわ」アミリアはきっぱりと答えた。

「ええ、それは知ってる」キティが言う。「でも、さりげなくバルコニーのほうへ消えたことも知ってるの。ぜんぶ話して」

アミリアはキティの夫と目が合い、ためらった。オリヴァーは過保護なくらいに妻を心配している。これ以上詳しいことはキティに話さないほうがいいのかもしれない。すでにふたりでたくさんの冒険に挑んできたとはいえ、殺人事件ほど危険なものはない。それにキティはもう何カ月もまえからこの催しの準備に努めてきた。人の死に関わる話で晴れの場を沈ませるようなことはしたくない。

「あら話してくれないの」キティがさらにしっかりとアミリアと腕を組んだ。「あなたの目を見ればわかるわ。今回はごまかされないわよ。わたしは二年も待ったんだから。もう一分たりとも待ちきれない」

二年も待ったですって？　こっちはまだどれだけ待てばいいのかわからないくらいなんだから、とアミリアは胸のうちで返した。「がっかりさせて申しわけないんだけど、先ほど抜けだしたのは、わたしと侯爵さまとのこととはなんの関係もないわ」

キティが愛らしい青い瞳を困惑ぎみに曇らせた。「それなら、なにをしていたの？」

「ヘンリー・コスグローヴがある人と口論をしていたから、あとをつけたの」

「つまり、調査をしていたわけね」キティの声には落胆とたぶん少しのいらだちも滲んでいた。「どうしてあなたはいつもお手紙のことばかり考えてるの？　いつになったら読者のためではなくて、自分のための冒険を始められるのかしら？」

その問いかけがアミリアの胸に刺さった。「キティ、そんなことを言ってる場合？　女性がひとり死んでるのよ」

「その女性はあなたじゃない」

アミリアはあんぐりと口があいた。

「ぶしつけな言い方をしてごめんなさい。だけど、事実だし、あなたもそれはわかってるはず」キティがアミリアの肘から手を離して、胸の前で腕を組んだ。「あなたは手紙に書かれてくることを自分のことのように考えて生きてる。そろそろ自分の人生を歩きだしてもいい頃だわ」

たしかに、キティの言うとおりだ。エドガーがこの世を去ってから、アミリアはロンドンで新たな人生を送るという夢はさておき、自分の冒険を始めるのを先延ばしにしてきた。この一年は読者の人生にのめり込んでいた。読者たちの人生に向き合うのと同じように自分のことにも精力を注いでもいい頃なのかもしれない。

ダンスがカドリールの舞曲に移り、キティが言った。「最悪の事態ね」

「そうでもなかったわ」アミリアは困惑して眉根を寄せた。「わたしたちはしっかり暗がりに隠れて見ていたから、その点は安心して」

キティは舞踏場から目を離そうとしなかった。「その話ではないわ。彼女のこと」

アミリアはキティが射貫くような眼差しで見ている人物のほうへ視線を移した。長身でしかもなまめかしい体つきで、カラスの羽色《はいろ》にも引けをとらない艶やかな黒髪の女性。腰は細くくびれ、胸は豊満で、衣裳からしてもまさに女王だ。この舞踏場でとりわけ美しい女性を問われたら、まずは彼女を挙げるだろう。あの女性に比べたら、こちらはまさに森に棲む妖精だ。「どなたなの？」

キティが顔を振り向けた。「フェリシティ・ファーンズワース」

「サイモンを振った、例のフェリシティ・ファーンズワース？」

「まさにそう」とキティ。

「ここでなにをしてるの?」アミリアは訊いた。

「わからないわ。わたしはもちろん招待客名簿に入れてないもの。だけどそれを言うなら、サイモン・ベインブリッジも入れてなかったものね」キティが声を落とした。「うちのいたずら好きなお義母さまの仕業に違いないわ。彼女のロンドンでのお友達は最悪な方々ばかりだから」

最悪とはつまり、反対に最上、そこまで言わないまでも、ともかくとりわけ人気の高いご婦人がたを意味していることはアミリアも承知していた。レディ・ハムステッドは社交界で人望がある。彼女の息子の妻であるキティもその恩恵を受けているものの、本人の細やかな心配りでそもそもじゅうぶんに好かれている。キティは耳を、それに心も傾けるので、人々が望んでいることがわかるからだ。

そんなキティでも、いま目の前で起こっている事態にはどうすることもできなかった。なにも知らずにサイモンが知人のもとへ挨拶に近づいていき、その姿にフェリシティが気づいた。足を踏みだし、侯爵が避けようのないところに立ちはだかった。アミリアは目を手で覆いたいのを我慢した。

アミリアが恐るおそる見ていると、サイモンは一瞬固まって、すぐに気を取りなおした。軽く頭をさげた。ほかになにができるというのだろう? フェリシティは片手を差し伸べた。そのずうずうしい態度にアミリアは啞然とした。何様のつもり? たとえ美女だとしても、わざわざこんなところで過去を蒸し返していいはずがない。アミリアは腹が立って、侯爵がそしらぬふりをするのを待った。ところがサイモンはフェリシティの手を取ったばかりか、そこに軽く口づけたので、アミリアは信じられない思いで呆然と見つめた。

19

親愛なる　レディ・アガニ

同じ村に自分に関係のないことにまで首を突っこんでくる困った女性がいます。行く先々で男性に色目を使うのです。彼女が同じ部屋に入ってきただけで気分が悪くなります。べつにわたしは胃が弱いわけではありません。多くの女性たちが同じように感じています。でも、どうすればいいのでしょう？　対策がなかなか見つからないので、あなたならなにかご提案いただけるのではと期待しております。あなたの斬新なご助言にはいつも感銘を受けているので。

かしこ

片腹痛い娘　より

親愛なる　片腹痛い娘　様

それはなにかが消化しきれていないようなぐつぐつとした、はっきりとはわからない感情ではありませんか？　そうだとすれば嫉妬という、なんの役にも立たないものです。簡潔かつ率直にご提案します。その女性のことは放っておきましょう。あるいは友達になってしまえるのならさらによいでしょう。もっと近しく付き合える女性が増えれば、彼女は男性たちよりも女性たちのほうとより多く話すようになるかもしれません。打ち負かせなければ取りこめ、という諺《ことわざ》がありますよね。つまり今回の場合には、彼女と友人になるということです。

秘密の友人　レディ・アガニ

どういうつもりなの。アミリアは煮えくりかえる思いでその光景を見つめた。自分だけではない。舞踏場にいた大半の人々がそのやりとりを見ていた。アミリアはお悩み相談欄の回答でみずから滔々と助言してきたことを思い起こし、嫉妬ではないと自分に言い聞かせた。だけど無理だった。ついさっきまで、その舞踏場で自分を導いてくれていた彼の手がいまはギリシア神話の女神のような女性の手を取っている。アミリアはドレスの裾に隠れた華奢な白い夜会靴で床を踏みつけた。ほんとうに哀れなサイモン。見た目にはさほど哀れには感じられない。胸を張って頭を高く保ち、心を引き裂かれるほどの試練を乗り越えた男というより、海軍の司令官然としている。

「どうかした？」キティが尋ねた。

アミリアは鼻息を吐くように答えた。「べつに」

「ミス・ファーンズワースのこと？」

「磁器のお人形みたいになめらかな肌をして、彫像みたいに優美な体形で、侯爵の腕にいまにもしなだれかかりそうに、にこにこ笑っている、黒髪の美女のこと？」アミリアは引き結んだ唇から呪いの文句のように誉め言葉を並べ立てた。「どうでもいいわ」

キティがにっこり笑って愛らしいえくぼをこしらえた。「あなただってきれいだわ」

「よく言うわ！」赤褐色の髪も、大きな目も、オリーブ色の肌も、流行の美の基準から外れている。

「あなたがやきもち焼きだなんて知らなかった」

「そんなんじゃ――」アミリアは言葉に詰まった。たしかに、自分はやきもちを焼いている。サイモンとは恋愛関係ではないのだから、ばかげている。シャーロットを殺した犯人を捕まえるための協力者にすぎない。嫉妬する理由がない。いったい自分はどうなってしまったのだろう？　ひと晩、妖精のドレスで舞踏会に出席したくらいで、世間知らずな小娘みたいになってしまうなんて。どうかしている。

「あああするより仕方がないわよね」キティが言う。「ほかになにができるというの？　彼女をクッキーみたいに粉々にする？　パンみたいにちぎっちゃう？　果実みたいにつぶしちゃうとか？」

「お腹がすいてるの、キティ？」

「そう言われてみれば、そうね。もう晩餐の時間だもの」キティはアミリアの手を握った。

「大事なのは、あの方が紳士で、りっぱな対応をされているということ。少なくともみなさんの前では、フェリシティと鉢合わせしたとしてもまったく冷静さを失わない」

アミリアはキティに笑いかけた。「あなたはほんとうに賢い。自分でもそう思うでしょう？」

「当然よ」キティが言う。「だからあなたとも友達になれたんだもの。そろそろタビサおばさまから聞いたことを教えて。なんだかとっても秘密めかしていたわ」

アミリアは先ほどご婦人がたから耳にしたことをキティに詳しく話して聞かせた。そうするあいだに、哀れっぽい面持ちのヘンリー・コスグローヴがいまだ舞踏場のなかにいるのに気づいた。ジャックに詰め寄られたあともすぐに帰らなかったらしい。どうしてとどまっているの？

ほどなくアミリアはその疑問の答えを知った。公爵は母親とおぼしき暗い色の髪できつい顔立ちのふくよかな婦人に連れられ、まだ十七歳くらいの細身の女性に引き合わされていた。アミリアはまじまじと見つめた。あの少女には見覚えがある。どうして？　そういえばと思いだした。ご近所のお嬢さんだ。今シーズンに社交界に初登場《デビュー》し、好ましい器量に恵まれて多額の花嫁持参金もあることから、良縁が期待されている。

だからこそ若き公爵の母親も息子に彼女を勧めようとしているのだろうが、当のヘンリーは礼儀をつくろいながらも、その女性に関心を寄せるそぶりはまったくない。公爵の作り笑いと冷めた眼差しを見れば誰の目にもそれはあきらかだった。ただし母親にあきらめる気はなさそうで、とうとうヘンリーは彼女にダンスを申しこんだ。

体形の吊り合いからすれば完璧な組み合わせで、でもそれだけのことだった。アミリアはふたりの姿に胸が痛んだ。ヘンリーの腕はこわばっていてぎこちない。女性のほうも背筋をぴんと伸ばして、公爵の肩越しへ視線を据えている。ダンスが終わるまであとどのくらいかと思いめぐらせているのかもしれない。慣れるしかないのだろう。これから思惑を隠した紳士たちと舞踏場で長い時間を過ごすことになるのだろうから。

皮肉にも、アミリアもほどなく同様の思惑を抱く男性たちからダンスを申しこまれることとなり、その考えは自分に跳ね返ってきた。上流紳士、貴族のご子息、男爵から次々とダンスカードへの記入を求められ、それもけっして親切心ゆえのことではなかった。アミリアは舞踏会の出席者のなかでも抜きんでて裕福な婦人、エイムズベリー伯爵未亡人だ。喪が明けたとなれば、当然のごとく引く手あまたの女性のひとりとなる。

アミリアは紳士たちの励ましの言葉や、ゆったりとしたステップや、温かな笑顔に愛想を振りまきはしなかったけれど、だからといって楽しめなかったわけでもない。ダンスをするのは数年ぶりで、相手がたとえノートルダムのせむし男だろうとかまわなかった。誰とでも楽しめただろう。

心が軽くなると足も軽やかに動く。楽団が奏でる音楽が速まると、気分も上がった。深い眠りから覚めて、最初はゆっくりと目を瞬き、背伸びをして、ついにベッドから跳ね起きたときみたいに。

晩餐後は、蠟燭の揺らめく明かりと濃厚なバラの香りに魔法をかけられていたかのように、数時間が数分並みにたちまち過ぎ去った。舞踏場のなかをことさら大きくまわってきたところで、いつの間にか踊っていた多くの男女が姿を消し、周囲ががらんと空いているのに気づいた。舞踏場の外側にいる人々のほうを見ると、タビサおばがあくびをしていた。そろそろ帰ったほうがいい。

すぐそばでサイモンがちょうど飲み物を置いたところだった。「もしかすると、ひと晩じゅういることになるのかと思っていた。あのめかし込んだ男はきみを手放しそうになかったからな」

アミリアは舞踏場のほうに頭を傾けた。「ワップル卿はとんでもなくダンスがお上手だったわ」声をひそめた。「いくつか新しいステップまで教えてくださったのよ」

「すばらしいじゃないか」サイモンは皮肉たっぷりに返した。

「すばらしいでしょう」アミリアは続けた。「踊ったのは二年ぶりで、わたしはすっかり下手になってしまったけど」

「そんなふうには見えなかった」部屋の薄暗さも相まってサイモンの濃い色の瞳がいわくありげに見える。

アミリアはタビサのほうに目を戻した。「タビサおばさまを連れ帰らないと。お疲れのようだわ」

「外套を取ってこよう」

サイモンが向きを変えると、すぐ脇にフェリシティが立っていた。「ご友人をわたしに紹介せずに帰ってしまうなんてことはないわよね？」

アミリアは唾を飲みこんだ。ギリシア神話の女神アフロディーテのごとく海の泡からいきなり現れたかのように、フェリシティが目の前に立っている。これほど近いと見つめずにはいられない。ほんとうに磁器のお人形のような顔をしている。

サイモンがふたりの女性を交互に見た。

似ているところを探しているのなら、見つかりっこないんだから。

フェリシティはとにかく美しく、アミリアの長所と言えば、頭の良さくらいのものだった。もちろん、その頭にはちゃんと髪も生えていて、よく歩いているおかげでまずまずの体形も維持しているけれど、それだけのこと。完璧な美女と並んで立っていると急に自分が出来そこないのような気がしてきた。

ようやく口を開いたサイモンの声はそっけなかった。「当然だとも。こちらはレディ・エイムズベリー。伯爵未亡人、こちらはミス・ファーンズワース」

「そうだったのね」フェリシティが言った。「あなたのご主人は結婚されてすぐに亡くなられたとか」

見た目のわりにずいぶんと品性のない物言いだこと。アミリアは亡き夫についてはあえてなにも言葉を返さなかった。代わりにほんの軽く会釈した。「ミス・ファーンズワース」

フェリシティはサイモンのほうを見た。「ご主人はなにかのご病気だったのよね？」

「ええ、そうです」アミリアは仕方なく答えた。「変性疾患でした」

フェリシティがほっそりとした鼻に皺を寄せた。「感染症ってこと？」

アミリアはまともに受け答えできる自信がなかった。「叔母のところに行かないと。ではよい晩を、ミス・ファーンズワース。お目にかかれてよかったですわ」

「ぼくも行かなければ」サイモンがさっと頭をさげた。「よい晩を、ミス・ファーンズワース」

ミス・ファーンズワース。サイモンがその名前を口にしただけでアミリアはぞっとした。この女性は頭が空っぽ。サイモンはどうしてこんな人と婚約していたのだろう。たしかにきれいだけれど、それ以外にいいところがある？　侯爵はそんなに浅はかな人だったの？　そうではないと信じたいものの、フェリシティにはあきらかにまともな会話をできる程度の能力もない。つまりは、ふたりはさほど会話をしなかったのかもしれない。そう考えると認めたくないけれどアミリアはよけいに腹立たしくなった。

侯爵とともにタビサおばを椅子から立たせ、オリヴァーとキティに手短に感謝を伝えて、メイフエアに帰る馬車に乗りこんだ。

サイモンが今夜のアミリアを褒めたたえた。「きみは大変な人気だったな。舞踏場を離れたのは一度だけだろう」

「あなたこそ」アミリアは言い返した。「わたしにはミス・ファーンズワースとのダンスより最悪なものは想像できないけど。小鳥たちとおしゃべりするほうがまだましね」

タビサおばはふたりの顔を交互に見たけれどなにも言わなかった。眠そうに瞼《まぶた》がさがっていて、会話を耳にしなければそのまま寝入っていただろう。

サイモンがふっと笑った。「さいわいにも、話さなくてもダンスはできる」

「そういうことね」アミリアはつぶやいた。

「そういうことだとも」

アミリアは手持ち無沙汰に薄地のスカートをつまんだ。「会話があってもなくても、ダンスは動けるだけで楽しい。こんなに心地よい時間を過ごせたのはいつ以来かしら」

「エドガーが生きていたとき」タビサが目もあけずに口を挟んだ。「それ以来でしょう」

アミリアはぎくりとした。「おっしゃるとおりですわ」

それからメイフェアに着くまで三人とも黙ったままで、馬車が停まると、アミリアはタビサの肩を軽く叩いて起こした。

「起きてるわよ」タビサが強い調子で言った。「こんなでこぼこ道を走りながら寝られる人がいるものですか」

アミリアはタビサがしっかり寝ていたのは知りながらうなずいた。

馬車の扉が開かれ、サイモンがすぐさまタビサに手を貸して降ろした。さらにまだ馬車のなかにいるうちにアミリアの手を取った。「すばらしい晩を過ごさせてくれてありがとう。楽しかった」

「こちらこそ」

月光が顔に射したサイモンは船長のようで、その姿を想像するとアミリアの胸は沸き立った。顎は濃い無精鬚に縁どられ、うっすらとかかった影がなおさら彫りを深く見せている。夜とその危険な気配がサイモンにはよく似合う。あと一時間も一緒にいたら、いまはしてはいけないし、できるはずもない冒険に及んでしまいかねない。「あす、ジャック・スティーヴンズと話してみたほうがよさそうね。ヘンリー・コスグローヴと揉めていた理由を突きとめておきたいの。新たな手がかりに繫がるかもしれない」

「波止場に出向いて話を聞いてこよう」サイモンが申しでた。「ジャックはアンドルーズ＆サンズ社で働いているんだ」

「いい考えね。何時に迎えに来てくださる？」

「いや」サイモンが首を振った。「波止場はご婦人が行くような場所じゃない」

有無を言わせぬ口調でそう返されようと、アミリアには侯爵の許しを得る必要はなかった。波止場に行きたいのなら、サイモンに付き添ってもらわなくてもすむ手立てを見つければいいことだ。なにか見つかるはず――ひと晩ぐっすり休みさえすれば。「承知したわ、侯爵さま」

サイモンが顔をしかめた。「侯爵さまはやめてくれ。ほんとうはなにが言いたいんだ？」

アミリアは微笑んだ。「おやすみなさい。それと、あらためて、すてきな晩を過ごせたことに感謝申しあげます」そうしてくるりとエイムズベリー邸のほうを向き、じっとこちらを見たままの侯爵をそこに残して歩き去った。

20

親愛なる　レディ・アガニ

若き物書きにご助言をいただけませんか？　物書きは職業としてお金を稼げるでしょうか？　実入りの少ない仕事だと聞いています。そうだとすれば、どのようなやりがいがあるのでしょう？　あなたの場合にはまた立場が違うのは存じていますが、あなたはなぜ書きつづけられるのですか？

かしこ

思い悩む物書き　より

親愛なる　思い悩む物書き　様

もしあなたが金銭的な見返りを望まれるのなら、文筆業では報われないので、べつの職業を選ばれるよう率直にお勧めいたします。書く目的は喜びとしか申しあげようがありません。ペンを走らせて満たされるのは心で、お財布ではないのです。両得は期待なさいませんように。

翌日、アミリアは午後に届く郵便物が待ち遠しくて仕方がなかった。あまり眠れず、殺人事件から気をまぎらわせてくれるものを求めていた。フローラ・エドワーズと侍女のシャーロットについて調べるうちに、謎はますます深まってきた。フローラが単なる事故死ではなく、誰かにそうなるように仕向けられたのだとすれば、夢遊病だったのはその人物にとって好都合だったに違いない。その誰かとして考えられるのがまず妹で、姉の婚約者に想いを寄せていたヒヤシンスと、もちろん、当の婚約者。それに娘が死んだのに驚くほど冷静な父親の提督。フローラに末の妹ローズと一緒にいるところを目撃された若い紳士もはずせないし、まだ関係性がよくわからないジャック・スティーヴンズもいる。しかもシャーロットを殺した人物については調べるべき糸口すらつかめていない。洗い場メイドとなってしまったリナや、執事のティベンスや、屋敷の使用人たちの誰かが、それ以外にも女主人を殺した犯人を知っていたシャーロットの口をふさぎたい何者かが、関わっているのかもしれない。解きほぐさなければいけない糸の絡まりがよけいに複雑に思えてきた。

待ち望んでいたはずなのに、アミリアは玄関扉をノックする音を耳にしてびくりと身をすくませた。息を吸いこみ、肩の力を抜いて、ジョーンズが郵便物を持ってきてくれるのを待つ。アミリアは小包を受けとるとそのまま図書室へ行き、作家らしい帽子をかぶった自分の姿を想像した。ロンドンの善良な女性たちが自分の助言を待っている。自分にとってもそれが気晴らしになるといいのだけれど。

緑色の革張りの椅子に腰を据えると、船の舵を取る船長のような気分になった。この屋敷のなかでどこより落ち着ける場所だ。タビサもたまにここでともに過ごすことはあっても、時と場合をわきまえている。アミリアの同意を得ずに図書室に入ってくる者はいない。この自分の聖域で、投稿者に成り代わって冒険に出る。きょうはそうした冒険に殺人や恐ろしいたくらみからしばし遠くへ連れ去ってもらいたかった。

手にした象牙のペーパーナイフがずしりと重く感じられた。紙を切る音が耳に心地いい。男性たちにとってはくだらないことに感じられるのかもしれないけれど、実際に行動するのと同じように手紙で考えを伝え合うのも大切だとアミリアは思っている。きょうはどんなお悩み相談が寄せられているのだろう？　どんな手助けが求められているの？

アミリアは一枚の紙を開いた。そこに記された言葉を目にしたとたん、自分の顔から笑みが消えるのがわかった。投稿者の手紙ではない。文字を読みとって、手がふるえた。

親愛なる　レディ・アガニ
おまえの正体を知っている。嗅ぎまわるのをやめなければ、すべてばらす。

アミリアは書付を落とし、椅子にへたり込んだ。自分がシャーロットの殺人事件について調べているのを知っている人物がいる。だけど、その人物はどうしてわたしがレディ・アガニと同一人物だとわかったの？　椅子がカタカタと揺れた。エイムズベリー伯爵未亡人がレディ・アガニだと知っているのは、グレイディとキティとサイモンだけで、その三人が誰かに明かすはずもない。郵便配達人、それにたぶん雑誌社の従業員も少しは妙に感じているかもしれない。でも、細心の注意を払ってきた。グレイディは手紙をしっかり束にまとめ、さらになにも書かれていない小包に入れて届けさせている。その中身を実際に目にしているのは自分とグレイディだけ。誰がどうしてその秘密を知ってるの？

アミリアにとってはけっして誰にも知られたくない秘密だった。自分のためというより――上流社会の人々にどう思われようとさほど気にならない――ウィニフレッドのために。エドガーに誓ったとおり、自分はいまウィニフレッドの母親代わりで、いちばん身近な親族だ。評判を穢すわけにはいかない。ウィニフレッドに悪影響を及ぼしてしまう。だとしたらどうすれば？　最悪の可能性も考えておいたほうがいいのだろう。

そもそも、レディ・アガニはきわめて人気が高い。手紙を書いてくる女性たちは彼女の助言を信奉している。かたや男性たちとなると話はべつだ。レディ・アガニの助言は生意気で偉そうだと言う。向こう見ずだとも。その正体がエイムズベリー伯爵未亡人だと知ったら、少しは見方が変わるだろうか？

変わるにしても、まず考えるべきはそんなことではない。べつの顔を持つのは楽しい。伯爵未亡人という称号の重荷からいっときであれ逃れられる。もし読者に正体がばれてしまったら、回答の書き方も変えざるをえない。読者のほうも手紙の書き方が変わる。もういっときの自由を楽しめるものではなくなる。回答者を降りざるをえないだろう。
アミリアはほかの手紙のほうに目をくれた。考えるだけでも耐えがたい。この仕事が好き
――自分にはこの仕事が必要だ。

悪筆で文字間隔も不揃いな書付を折りたたむ。こんな脅迫まがいの手紙をよこした人物に腹が立った。シャーロットが殺された事件の調査をやめるわけにはいかない。シャーロットは自分の読者で、彼女を殺めた人物は裁かれるべきで、そもそもシャーロットはフローラ・エドワーズを殺した犯人に裁きを受けさせようとしていた勇気ある女性だ。自分も同じように勇気を持たなければ。事件の手がかりに近づいているのは間違いない。そうでなければ、このような手紙が届くはずがないのだから。いま立ちどまることはできない。

アミリアはその封書を裏返して、安物の赤い封蠟を留め直した。同じ筆跡で雑誌社の住所が記されていて、差出人については悪筆できちんと教育を受けていないのかもしれないということくらいしかわからなかった。とはいえ、レディ・アガニの正体を知っているのなら、どうしてここの住所宛てに出さなかったのだろう？　なぜ雑誌社に送ったの？

家の外では六月の暖かな陽射しが、謎を探りに出かけるようアミリアを誘っていた。この手紙についてグレイディと話さなくてはいけない。グレイディなら差出人の手がかりになることをなにか知っているかも。すぐにアミリアはハイド・パークで落ち合えるよう書付を届けさせた。それから、ちらりとグレーのドレスを見下ろし、着替えようときめた。今回は、考えるだけで心がはずんだ。

ついに二年ぶりに、ふつうのドレスを身に着けて外出する。タビサおばを正しい判断へと後押ししてくれたサイモンにアミリアは胸のうちで感謝した。

三十分後、緑色の外出用のドレスをまとって、清々しく、はずむような足どりでハイド・パークへ向かった。最近の流行とは少し違うし、鮮やかな色合いでもないけれど、黒とグレー以外のものを身に着けているだけで美しくなれた気がする。もうすれ違う人たちに憐れみの表情を向けられずにすむ。木々の緑のようなドレス姿のアミリアは公園に見事なまでに溶けこんで、オックスフォード・ストリート側の空いていたベンチに腰をおろした。

都会の喧騒に耳を傾けながら、フリート街からやってくるはずのグレイディを待った。ほんとうはまっすぐそのロンドンの新聞社街にある事務所を訪ねたくても、そんなことをすれば雑誌社と結びつけられてしまうのは目に見えている。しかも脅迫状を受けとったばかりなのだから、なおさらそのような危険はおかせない。

縁なし帽に外套を引っかけたといった恰好のグレイディはどう見ても多忙な記者だった。やや猫背ぎみで、指先にはインクがこびりつき、疲れた目をしている。帽子を頭からつかみとり、足早にアミリアが坐っているベンチのほうへ歩いてくる。

近づくにつれ、グレイディの顔に不安げな表情が浮かんでいるのが見てとれた。アミリアが見慣れている顔ではなかったので、安心させなければとすぐに口を開いた。「こんにちは、グレイディ」手を振る。「ご覧のとおり、わたしは元気よ。あなたを心配させるつもりはなかったんだけど」

とんだ？」

「いや、もう、ぞっとしたよ」グレイディはベンチにどすんと腰を落とした。「どういうことなんだ？」

アミリアは脅迫まがいの手紙を受けとった経緯とそこに書かれていたことを説明した。話し終えると、いったんグレイディに考える間を与えてから、言葉を添えた。「読者からのお手紙を送ってくれるときに、なにかいつもと違う点はなかった？」

グレイディは淡い金色の髪を撫でつけた。急いで歩いてきたせいで額が汗ばんでいる。帽子で何度か顔を扇《あお》いでから、かぶり直した。「なにも。いつもどおりさ。郵便の仕分け人がぼくのところに手紙を持ってきた。ぼくが小包にまとめて、郵便局で投函した」

「差出人はほんとうにわたしの正体を知っていると思う？」アミリアは訊いた。

グレイディはすぐには答えなかった。船のおもちゃを手にサーペンタイン池へ急ぐ男の子を見ている。走るのは我慢してせっかちなスキップで進む男の子の後ろから乳母がゆったりと乳母車を押している。

アミリアもその様子を眺めて、ウィニフレッドと公園で過ごした日々を思い返した。もうウィニフレッドは大きくなってしまったので、ほんの少しのあいだのことだった。いまもほかの少女たちと同じように歩くのは好きだけれど、本や音楽も楽しんでいる。遊びの時間は過去の思い出だ。

「なんとも言えないな」ようやくグレイディが答えた。「だがきみの住所を知っているとするなら、どうして直接手紙を送らなかったんだ？」

「そうなのよ」

「逆を言えば、直接送られてきていたら、差出人をたどるのも容易になる」グレイディが続ける。「つまり差出人は自分の正体がばれるのを恐れたのかもしれない」

「たしかに」アミリアはそこまで考えがまわらなかった。お悩み相談の手紙はどっさりまとめて届くのだから、脅迫状も山ほどの手紙にまぎれてしまう。でも直接送ったとしたら、人目を引きやすい。

「封筒になにか特徴や手がかりになるものはなかったのかい？」

アミリアは肩をすくめた。「赤い封蠟で、男性っぽい筆跡ということくらいね。雑な字だった。きちんと教育を受けていない人なのかしら。ものすごく急いでいたせいとも考えられるけど。ただ悪筆なだけかもしれないし」グレイディを見る。「要するに、特徴はなにもなしってわけ」

「きみは知らないうちに例のメイドの死に関わるなにかをつかんでいて、それが誰かにとって都合の悪いことなのかもしれない」グレイディは両手の人差し指を打ち合わせた。「ぼくのなけなしの金を賭けてもいい。届いた手紙は首を突っこんでくれるなと告げている。ぼくがきみならその警告を受け入れる」

アミリアには意外な言葉だった。グレイディとは正義についてはなおのこと、考え方がよく似ていると思っていた。シャーロットの死の真相を追うのをやめるように言われるとは想像すらできなかった。「殺人犯を野放しにしておけってこと？」

眉根を寄せるとグレイディの青い眼光がきわだった。「スコットランドヤードにまかせろということだ」

ロンドン警視庁が状況をちゃんと把握できていたなら、アミリアもそうしていたかもしれなかった。でも、警察はシャーロットがレディ・アガニに出した手紙のことを知らない。彼女は自分に真実を託そうとした。だからこそ、シャーロットの死の真相を突きとめなくてはいけないし、軽い気持ちで始めたことではない。誰から脅迫状が届こうと、なんとしてでもやり遂げてみせる。

21

親愛なる　レディ・アガニ

帽子についてご助言いただけないでしょうか？　わたしは帽子が大好きで、いくつ持っていても、もっと欲しくなり、それでまた買っても、やはり不恰好な飛べない鳥のようにしか見えないのです。どうしてなのでしょう？

かしこ

ハンプシャーの帽子なし　より

親愛なる　ハンプシャーの帽子なし　様

わたしのもとに届くお手紙の多さからしても、帽子についてはお悩みが尽きないことがわかります。三番目に多いお悩みごとなのですが、いまだわたしもどうお答えすればよいのかわかりません。ただひとつ言えるのは、帽子が似合う方々もいれば、そうではない方々もいるということ。派手すぎず、ご自分を引き立てるものを選んでみてください。

グレイディには手を引くよう助言されたけれど、アミリアはその足でキティの自宅へ向かった。舞踏会の翌日で、休息が必要なはずの友人のもとへ。長い夜を過ごし、この午後も熱烈に慕う多くの人々の訪問を受けながらも、キティは休暇中の婦人のように潑溂としていた。ペチコートで控えめにふくらませたスカートには濃い紫色の襞飾りが滝のようにあしらわれ、きょうのグレーのドレス姿は最新の流行を取り入れながらも気品を感じさせる。パリで購入したばかりの羽根飾りのついた帽子はアメシスト色の絹地なので、キティの青い瞳が菫色のように見える。キティはこのような組み合わせを考える時間を——それに気力も——どうやって捻りだせるのか、アミリアには皆目わからなかった。装いを整えるのはキティにとって呼吸と同じくらい自然なことなのかもしれない。

「とってもすてき」アミリアは挨拶代わりに称えた。「わたしも緑のサテンのドレスをうまく着こなせたつもりだったんだけど」

「やっとあなたらしくなったわ」キティは向かいの青いビロードの椅子にすっと腰をおろした。「色つきのドレス姿のあなたを見られてほんとうにうれしい。だけど、きょう来てくれるとは思わなかった。ベインブリッジ卿との帰りの馬車はどうだった？」

アミリアは瞳をぐるりとまわしてみせた。「タビサおばがわたしの隣でずっと寝息を立ててたわ」

キティがため息をついた。「間の悪い親族によって愛はまたしても妨げられた。よくある話ね」スカートの裾を直す。「それで、どうして来てくれたの。わたしの新しいドレスをただ褒めに来たわけではないのはわかってる。あなたが装いに無駄な時間を使うはずがないもの」

アミリアは自分の口癖を返されて眉をひそめた。「そんなつもりで言ったんじゃないわ。わたしは喪中だったんだもの。着飾るのとは無縁の暮らしだったから」

「わかってる」キティはぽんと膝を叩いた。「ちょっとからかっただけ。あなたは最高の日傘を持ってる。それは認めるわ」

「これにはもう何度か助けられてるわね」アミリアは日傘で床を軽く突いた。

「それでなにをご所望なのかしら？」

「あなたの耳」

キティが立ちあがり、ドアを閉めた。「これでいいわ」

アミリアは差出人不明の手紙について話した。

キティは驚いていた。部屋のなかを行ったり来たり歩きだした。「つまり、その人物はあなたに、シャーロットの死について真相を追うのはやめるよう警告しているわけね」

「そうとれるわよね」

キティはアミリアの正面で足をとめた。「その人物はただの人じゃなくて、人殺し」

「たぶん」

「放っておくわけにはいかないわ」キティは首を振った。「殺人犯があなたの正体を知っている。その人を突きとめなくちゃ。そうしないとあなたの身が危うい。どうすべきなのか、なにか案はないの？」

「ひとつある」アミリアは言った。「夕べ、思いついたの」

キティもソファに並んで腰をおろした。

「レディ・サザーランドから、フローラ・エドワーズが婚約パーティである男性と対峙していたと聞いたの。ミスター・ウィリアム・ドナヒューという人。エドワーズ提督の会社の事務員なのよ。彼は提督の末娘のローズを誘惑しようとしていたみたい。フローラは波止場に出かけて父親の会社の帳簿を時どき見ていたから、彼を知っていた。その線を調べてみるべきだと思ったの」

「どうやって？」

「ミスター・ドナヒューから話を聞くのよ」

「波止場で？」キティが興奮して菫色の瞳を大きく見開いた。

「波止場で」

「まえまえから、あの辺りにシルクを見に行ってみたかったの。すてきなカシミヤをそこで手に入れた友人がいるんだけど、倉庫街に近づくことさえオリヴァーに許してもらえない。やっとチャンスが巡ってきたわ」キティは両手を打ち鳴らした。「上着を取ってくる」

アミリアの頭に、ひときわ鮮やかな外套で買い物に出かけるキティの姿が思い浮かんだ。

メリヤス生地でくすんだ色の自分の上着を指し示した。「地味なもののほうがいいわ。溶けこむには、その帽子はおいていったほうがよさそうね」

「この帽子？」キティが息を呑んだ。「これをかぶるとうっとりするくらいきれいだとオリヴァーが言ってくれるの」

「だからまずいのよ」アミリアはつぶやくように言った。「ほかの男性たちもきっとそう思うでしょう」ロンドンの波止場には船乗りや、ありとあらゆる労働に携わる男たちがいる。アミリアとキティのような上流層の身なりの婦人は歩くだけでも目立ってしまう。でも善は急げで、シルク問屋にちょっと立ち寄るくらいなら差しさわりはない。キティも今回の外出でなにか恩恵を得るのは当然のこと。「わかったわ、その帽子はかぶっていてもいいけど、すぐに出発しましょう。外套を取ってきてもらって、従僕に馬車の用意を頼んで。わたしたちの行き先を他言しないで秘密を守ってもらえるかしら？」

「ミスター・トッパーがいままでわたしたちを裏切ったことがある？」

じつはあった。一度だけ、キティが裏通りの通用門を無理やり通り抜けようとして足首を捻ったときに、紳士の倶楽部にいたオリヴァーに帰るようミスター・トッパーが連絡したのだ。ある読者が人気の仕立屋のお針子たちがひとつのベッドに三人で寝かされていると手紙を書いてきた。アミリアは腹が立って、回答を書くよりもまず事実を確かめに行かずにはいられなかった。ところが狭い通用門を抜けられず、とんでもなく細身のキティにまかせた。

キティが足首を捻ったのは事実を確かめたあとだったのがせめてもの救いだ。気の毒にお針子たちはほんとうに薄い木箱を並べたようなベッドで寝ていた。アミリアは即座にその仕立屋を回答欄で名指しし、客足はめっきり途絶えて、とうとう店の経営者は従業員たちの労働環境を改善せざるをえなくなった。アミリアにとってその一年で最大の功績だった。

けれどオリヴァーは憤慨し、キティの身を危険にさらすとはいったいふたりでなにをしていたのかといぶかった。キティがアミリアと一緒にいて怪我をしたのはそれで二度目だったので、疑念を抱きはじめたのだ。アミリアはオリヴァーに気づかれないよう祈っていた。そうでなければ、キティとふたりでの冒険は終止符が打たれてしまう。

「心配しないで」キティはアミリアがふたりで危ない橋を渡ったことを思い返しているのを察して、手で振り払った。「すぐに戻るわ。ここで待ってて」

たっぷり十分が過ぎて、キティがくすんだグレーのぴったりとした外套をまとって戻ってきた。ドレスの大部分が隠れているが、麗しい紫色の房飾りがはみだしているし、当然ながら派手やかな帽子もかぶっている。それでもアミリアは親友にとっては精いっぱい押し詰めた結果なのだろうと受けとめた。キティはきわめて華のある女性で、粉袋をまとっても美貌を隠しきれそうにない。

そうしてふたりは、ロンドンの富裕層のためワインや煙草や米やブランデーを運びこんでいる波止場へと馬車で向かった。ほどなく、街路が海の気配を帯びてきて、軒を連ねる店に六分儀や羅針盤やクロノメーターが陳列されているのが見えた。キティは馬車の窓の向こうに目を凝らし、荷下ろしされたばかりのカシミヤとシルクの輸入品販売で評判を呼んでいる店を探しながらも、昨夜の舞踏会について語りつづけた。例の緊迫の瞬間を生みだしてしまったことを気にしているキティに、アミリアはいつもながらすばらしい催しだったと励ました。

「だけど、サイモンとフェリシティが顔を合わせたときの気まずい空気といったら」キティが嘆いた。「わたしはバラの茂みにでも隠れてしまいたかったくらい」

「それはいい案ね」アミリアは冗談めかして返した。「あれくらい豪華なお花ならじゅうぶんに隠れられたわ」なおもキティが顔をこわばらせているので、アミリアはそっと肘で突いた。「心配無用よ。サイモンはまったく気にしていなかった。誘いかけてくる女性たちには慣れっこなのね」

「たしかに」キティはうなずいた。「フェリシティの父親はサセックスの乗馬用の地所までつけて花嫁持参金を倍増させたそうよ。喉から手が出るほどみなさんから望まれている土地だし、すぐに裕福な求婚者が現れるでしょう。父親は娘が良縁をつかめるのはもう今シーズンかぎりと見ているんだわ」

「サイモンはもう騙されないわ」アミリアはつい少し早口に言いきった。すぐに付け加える。「そうでしょう?」

「そうでしょうね」キティは馬車の窓に顔を押しつけんばかりに近づけている。「とはいえ、一度は愛した女性よ。どんなふうに心境が変化するかなんてわからない」馬車の天井をぽんと叩いた。「ミスター・トッパー、停めて、お願い!」

アミリアが肩越しに顔を向けると、赤と青のフランネルの布が下ろされた窓が見えた。キティとはこれまでたくさんの店を訪れてきたけれど、このようなところは初めてだ。小さくて、たぶん一度に数人の買い物客しか入れないだろう。扉の上に〝高級シルク〟と掲げられている。「ここ？」

キティは手提げ袋《レティキュール》をつかんだ。「そう！　お友達のレディ・モートンが教えてくれたの。世界のどこにも負けないシルクがあるんですって。あなたもぜひ見ておくべきだわ」

アミリアは買い物をしたい気分ではないものの、親友をひとりで行かせるわけにもいかなかった。すぐそばのベンチには男性が背を丸めて平たい小さな酒瓶《フラスク》を手にしている。まだ中身は残っているのかもしれないが、飲み干しかけているのは間違いない。「長居はしないと約束して」

「約束する。欲しいものはわかってるから」

三十分後、アミリアはたしかにキティには欲しいものがわかっていたと納得した。ぜんぶだ。台に積み上げられているのも、棚に並べられているのも、巻いてあるのも、どのシルクもひと通り見てまわった。ミスター・トッパーが色鮮やかな巻物を運び、何枚ものスカーフが収められた袋はキティが自分で持った。「信じられないくらいだった！」キティは店を出て嬉々として言った。

すっかりお金を使いきって店を出るなんて、ほんとうに信じられないとアミリアは内心で思った。屋外の明るさに目を慣らそうとした。薄暗い店から出ると午後の陽射しはよけいにまぶしい。あちこちの煙突から黒い煙が噴きあがり、テムズ川に浮かぶ何隻もの船が大きな帆をはためかせていてもなお、まばゆい銀色の光に包まれている。そこからそう遠くない埠頭の端に造船会社〈フェア・ウィンズ〉の看板が見えた。キティの外套の袖を引く。「あれね。さっそく行くわよ」

キティが咳ばらいをした。「ミスター・トッパー、レディ・エイムズベリーとちょっとお散歩してくるわ……足を伸ばしたくて。すぐに戻るから」

五十代で厳めしい顔に濃い髭をたくわえた大柄のミスター・トッパーは微動だにしなかった。彫像のように巻物を手に立ちつくしている。

キティが手袋をした手を上げた。「五分。長くても十分」

「こちらを置いてまいります、ハムステッド夫人」トッパーはちらりと馬車に目をやった。「それからすぐに戻ります」

「ありがとう」キティはアミリアにひそひそ声で言った。「友よ、いざ」ふたりは、寄り集まってオレンジを食べたりビールを飲んだりしている港湾労働者たちを縫うように進んだ。煙草を吸っている男たちもいて、その鼻につくにおいも混じった独特な空気に満ちている。すぐそばを進む船が川底の泥を巻きあげ、風が少し強まってひんやりと湿ってきた。キティは装飾の凝った帽子を手で押さえ、波止場に入っていった。

甲板下の事務所へ慎重に階段を下りた。そこには三人の男性がいて、ひとりは設計図を見つめ、ひとりが川の地図に目を凝らし、もうひとりは帳簿と向き合っていた。その三人目がウィリアム・ドナヒューなのだろうとアミリアは思った。すっきりとしたズボンを穿いてクラヴァットを洒落た感じに結んだ端整な顔立ちの男性で、事務員というより上流紳士のいでたちだ。これならフローラの婚約パーティにもすんなりなじんでいただろう。

ローズが心奪われるのも無理はない。ドナヒューらしき男性が丸眼鏡をはずして、背を起こした。長身で、しかも細く引き締まっていて、ウェーブのかかったブロンドの髪を額から軽く掻きあげた。帳簿に向かう仕事のせいで癖がついてしまっているのか、その髪はすぐにまた額に下りた。

「ようこそ、ご婦人がた」キャンディ並みに甘い声。「思いがけないうれしいお客さまだ。どのようなご用でしょう？」

「あなたがミスター・ドナヒューですか？」アミリアはきれいに片づいて居心地のよい古めかしさが漂う事務所のなかを見まわした。ここはエドワーズ提督そのものだ。

ドナヒューが顎を上げた。「ええ、そうです。失礼ながら、どなたさまでしょうか？」

世間知らずな若い女性なら彼の姿にうっとりとしてしまうのだろうとアミリアは見定めた。さいわいにも、アミリアもキティもそのような女性ではなかった。「レディ・エイムズベリーです。こちらはハムステッド夫人。彼女のご主人はあなたもご存じなのでは。海事学者のオリヴァー・ハムステッドですわ」

「申しわけないのですが、存じあげません」ドナヒューはズボンのポケットにすっと両手を入れた。「残念ながら、私は本よりも船とともに長く過ごしてきたものですから」

「気にならさないで」キティは風で曲がってしまった帽子をいじっている。並外れて大きな帽子なので整え直すのはむずかしい。「正直なところ、夫の本はかなり難解だから。わたしもやっと一冊読み終えた程度ですもの」花飾りをピンで帽子に留め直す。「でもせっかく近くまで来たので」優美な買い物袋を掲げてみせた。「エドワーズ提督の造船所に伺ってみましょうとわたしが友人を誘ったんです。主人は提督のことを話しだすととまらなくて」

「そのお気持ちはよくわかります」ドナヒューがふたまわり大きく胸を張った。「海軍時代に提督のもとで何年も過ごしました。すばらしく優れた指揮官でした。提督がこの会社を始めるときに、手伝ってほしいと最初に私に声をかけてくれたんです」内緒話をするように身を乗りだした。「商才のある片腕が欲しかったんだろうな」

「それがあなただった」アミリアは言い添えて自尊心をくすぐった。

ドナヒューは誉められて気をよくした。「ええ、まあ。私は昔から数字に強かったので。著名な地図作成者、サー・ウェンデル・ドナヒューの孫ですからね。あなたがたも名前くらいはご存じなのでは？」

「残念ながら」キティはドナヒューのがっかりした顔を見て、睫毛をしばたたかせた。「でも、わたしの主人ならきっと存じあげてますわ」

アミリアは内心でキティに喝采を送った。親友はますます調査の腕を上げている。

「そうでしょうとも」ドナヒューが同調した。「ご主人は作家なのですから」

アミリアには口のうまい男性としか思えなかった。「こちらにもたくさんの本がありそうですわね」

「本ではなく設計図ですよ」ドナヒューが言いあらためた。「あなたのご主人も船をご入り用で？」

「わたしは未亡人です」アミリアは告げた。

ドナヒューは恐縮した顔をつくろって礼儀を示し、大げさなくらいに頭をさげた。「大変失礼しました。喪章のピンをされておられるのに」

アミリアは新しいオニキスの飾りをつけた襟もとに手をやった。「お気になさらないで。夫が亡くなってもう二年になるので」

「ぜひ見学させていただきたいわ」キティがさりげなくアミリアを突いて合図した。「新しい事業には以前から関心があったのよ」

ドナヒューがひとりの従業員を呼び寄せた。「アルバート、ハムステッド夫人にここの仕事をご案内してくれないか」

アミリアが取り残され、好都合なことに、ドナヒューはまだふたりで話したそうだった。ほかに耳を傾けている人がいなければ、個人的な質問も尋ねやすくなる。

キティがアルバートの案内で一冊の本を開いて眺めはじめると、ドナヒューがまた口を開いた。「ご主人を亡くされていたとは知らず、あらためてお詫びさせてください。どうかお許しを」

「もちろんですわ」アミリアはにっこり笑った。「悲劇は思いのほか多く起こりうるものです。先日、提督がご不幸に見舞われたことにしても」

「フローラ・エドワーズですね」ドナヒューはわけ知り顔でうなずいた。「ええ、彼女の死は悲劇です。あれから提督はすっかり変わってしまわれた」

「仲の良い親子だったのでしょうね」アミリアは続けた。「ご長女は父親似だったと聞いています。数学と船がお好きだったとか。こちらにもいらしてたのかしら?」

ドナヒューはベストのささいな皺を伸ばし、適切な返答を探しているらしかった。「提督は……お嬢さんを溺愛していました。むろん、お嬢さんはこちらにいらしてましたが、実際に働いていたわけではないんです」

アミリアはその口ぶりにわずかなとげを感じとり、なだめようとした。「提督がお嬢さんにそこまでの重荷を負わせはしませんわね。そのような権力を与えれば自分の立場を勘違いしかねませんし」

「しかねないどころではなかった」ドナヒューはアミリアとの距離を詰めた。「会計士気どりをされてはたまりませんよ」

「ドナヒュー!」地上から誰かが呼ばわった。

甲板員のように呼びつけられ、ドナヒューは目にちらりといらだちの光を灯したものの、笑みは消さなかった。「ちょっとだけ失礼します。待っていてもらえますか?」

どうしてそんなことをしなくてはいけないの。そう思いながらもアミリアはうなずいて、そのあいだにほかの人にも聞きこみをしておこうと考えた。残りのわずかな時間にできるかぎり多くの従業員から話を聞いておきたい。

ドナヒューが地上へ消えると、アミリアは船の見取り図を眺めているキティとアルバートのもとへ歩み寄った。「いまミスター・ドナヒューと、フローラ・エドワーズのことを話してたんです。亡くなられたのはほんとうに残念ですわ。あなたもお知り合いだったんですよね？」

アルバートはほかのふたりの従業員より年嵩《としかさ》だ。目尻に深い皺が寄り、見取り図を持つ手にはふるえが見てとれる。いまは飲んでいないとしても、長年酒を飲んできたせいだろう。ラム酒の匂いがする。「もちろん、知ってますとも。神よ、安らかに眠らせたまえ。いいお嬢さんでした。ちょくちょく来られてましたよ」

「数字に強い女性でらしたとか」アミリアはそれとなく問いかけた。

「そうなんです、奥さま。提督もお嬢さんが賢いと自慢なさってましたが、まったくおっしゃるとおりだった。事業全体を統括なさってたと言ってもいいようなくらいで」足もとがふらついて両腕を振りあげた。

「しっかりしろ、バート」仕事中のほかの従業員が顔を振り向けた。「夕べも飲んだくれてたんじゃないのか」

アルバートは机をつかんで落ち着きを取り戻した。「お嬢さんにドナヒューの帳簿づけの間違いを指摘されたのが、みんな気にくわないんだ」アルバートは含み笑いをした。「お嬢さんは間違いを許さなかった」

「おれたちより知っているとは思いこんでおられたからな。鼻っ柱の強いご婦人で」もうひとりの従業員が言い捨てて事務所を出ていった。

「実際、よくご存じだったんじゃないかな」アルバートが低い声で言った。呼気に煙草とアルコールが混じり合っている。「大きな間違いを見つけて、ドナヒューに詰め寄ったこともあった。ドナヒューはむかついていた。そりゃあもう」もうひとりの従業員が定規を手に戻ってきて、いらだたしそうに手のひらに打ちつけた。アルバートがそれに気づいて話題を変えた。「それでこっちがスクーナー船です」べつの見取り図を指差す。「みんながおれたちの夢と呼んでるくらい自慢の船だ」ふるえがちな指で帆船の輪郭をたどる。「美しい」

「まだ夢のなかか、バート」べつの従業員がからかった。

ドナヒューが波止場から戻ってきた。「大変申しわけない。思ったより時間がかかってしまって」

「お気になさらないで」キティがレティキュールを開いた。「お時間を割いてくださって感謝します」名刺を手渡す。「夫と投資を検討するかもしれませんので。少しでも事業について学べて楽しかったですわ」

「こちらこそです」ドナヒューはアミリアのほうに視線を移した。「奥さまの名刺もいただけますか？」厚かましい要望だけれど、応じざるをえなかった。まだ知りたいことがあるし、訪問してもらえれば、そのときに話を聞ける。

従業員たちに別れの挨拶をして、アミリアはキティとともに足早に階段を上がった。

波止場に出て、ミスター・トッパーの姿を探して辺りに目を走らせた。アミリアが数メートル先でほかの男性と話しているトッパーを見つけ、キティと馬車のほうへ歩きだした。何歩も進まないうちにキティの目立つ帽子が風に吹かれて浮きあがった。キティがつかみそこねた帽子は波止場をスキップするように飛ばされ、木製の柱に引っかかった。当然ながらキティも飛ぶように帽子を追いかけ、アミリアも追いかけないでと友人に叫びながらそのあとを追った。キティがもう少しで追いつきかけたとき、またも吹きつけた突風が帽子を桟橋の先へとさらった。

すでにミスター・トッパーも気づいて――造船所にいた大勢の男たちも――こちらのほうに駆けだしていた。アミリアが追いついたときには、キティは川に半身を乗りだして岩場の突端にぶらさがった帽子を取ろうとしていた。赤目の鳩が鮮やかな紫色の羽根飾りをついばもうと狙っている。

「ああもう、こっちに来ないで」キティが片腕を伸ばしながら鳩に警告した。

「キティ、だめ!」アミリアは大きな声でとめようとした。

でも間に合わなかった。キティは帽子を取り戻したものの、そのまえに川に落ちていた。

22

親愛なる　レディ・アガニ

母から、そろそろ分別をもって男の子とかけっこの競争をするのはやめなさいと言われます。でも、それならどうやってわたしのほうが速く走れるのを証明すればいいのですか？　男の子は自分のほうが早く走れるなんて言ってるのに。母はわたしにいつか嫁《とつ》がなければいけないのよと言いますが、わたしはあの子たちの誰かに嫁ぐくらいなら脚を折ってやりたいです。それでも母の言うとおりにしなくてはいけないんですよね。どうすれば淑女らしく振る舞えるようになりますか？

かしこ

役立たずの女闘士　より

親愛なる　役立たずの女闘士　様

まず、あなたの署名を正さなければなりません。女闘士たちはじゅうぶんに成果をあげてきました。次に、淑女らしく振る舞うようにという言葉にわたしは腹が立ちますし、あなたがそのように感じたとしても当然で、そこに問題があるのです。淑女になるために自分らしさを捨てなければいけないとしたら、淑女になれてもまったく楽しめません。男女の新たな関わり方を築いていくのはむずかしいことですし、本物の淑女になるには勇気が必要です。それでも、あなたならきっと成し遂げられることでしょう。

秘密の友人　レディ・アガニ

オリヴァーに殺される。テムズ川にキティが落ちるのを見たとき、アミリアは真っ先にそう思った。その付近の水深は膝が浸かる程度で、キティに怪我はなさそうだ。ただしドレスの下半分はびっしょり濡れていた。この点はまたべつの問題だ。アミリアは目を細く狭めて、キティが金メダルさながらに掲げている帽子を見つめた。意外にも帽子はまるで無傷らしい。アミリアは手を叩いた。この悲惨な出来事でせめてものなぐさめだから。

そろそろと水ぎわに近づいて、キティに手を差しだした。立っているキティのドレスは言うまでもなくペチコートとともに水を含んでずっしりと重みを増していた。岸までほんの少しの距離とはいえ、そのようにかさばる布がまとわりついたままで歩けるのだろうか？　ひとりではむずかしい。アミリアは自分の飾り気のない軽いドレスを見下ろした。これなら難なくキティを助けに行けるはず。助けがあれば、キティはぶじに戻ってこられる。

「後ろにさがって」背後から深みのある声がした。

アミリアはぎょっとして自分も川に落ちかけた。けれど深みのある声の主には腕があり、その両手に腰をつかまれ、持ちあげられて、水ぎわから一メートルほど後ろへ降ろされた。すぐにまた川を振り返ると、サイモンが水のなかに入っていくのが見えた。「サイモン！ここでなにをしているの？」

「きみたちと同じことじゃないかな」侯爵は指先を向けた。「そこで待ってろ」

アミリアはほかにどうすることもできなかった。ミスター・トッパーもサイモンのすぐあとに駆けつけて、川へ少しでも動こうものならとめる構えでそばにぴたりと立っていた。男たちはこれだから。必要としていないときほどそばにいる。

キティはどうにか進もうとしては進めずに苦労していた。サイモンが助けの手を差し伸べたが、それでもキティがよろけてしまうので、ついにはサイモンが彼女を抱きあげて川から運びだすより仕方がなかった。先ほどのは撤回、やっぱりあなたは必要な人。

サイモンが川から上がってひと息ついた。「馬車までお運びしましょうか？」

「いいえ、けっこうよ」まだ侯爵に抱きかかえられたままキティが言った。「ありがとう」

サイモンがキティを降ろし、しっかりと立たせた。「承知した」

「ありがとうございました、侯爵どの」ミスター・トッパーは気遣わしげな顔でハンカチを握りしめている。大きな手に握られた四角い布はとても小さく見えた。「ご迷惑をおかけして申しわけございません。あなたが駆けつけてくださらなければ、私が奥さまのもとへまいらなければなりませんでした」

「謝る必要はない。助けられてよかった」サイモンは馬車のほうを手ぶりで示した。「行こうか？」

全員で堤防に上がって歩きだし、サイモンがドレスの重みが増したキティを手助けした。アミリアは侯爵に付き添われて帰るのならどのような会話になるのかと気が滅入った。このまま石のように黙りこまれていたら、馬車のなかでも張りつめた空気が続くことになる。

誰に問われるまでもなく、そんなふうにされるのはばかげている。たしかにキティは川に落ちたけれど、取り返しのつかないことにはならなかった。ドレスは濡れても、本人はいたって元気だ。それほど不興をかわなければいけない理由がわからない。

女性はこうあるべきだという思いこみにアミリアは辟易していた。触れてはいけない偶像でもあるまいし、と坂道をのぼりながら思いめぐらせた。子供の頃は何度も川に飛びこんでいた。さいわいにも誰にも助けられずにすんだ。たしかにそれとこれとは違うにしても、深刻になるような話ではなく、つまりは受けとめ方しだいだ。サイモンがもしキティに安全な行動をなどとお説教を始めたら、すぐに阻止しないと。

馬車に乗りこみ、アミリアはサイモンが口を開くのを待った。馬が蹄の音を響かせて走りはじめると、いよいよお説教が始まるのだろうと身構えた。けれどそれより先にキティのドレスが乾いてきてテムズ川の悪臭が馬車のなかに充満した。気まずい静けさに包まれた。

キティがむせて沈黙を破った。「このドレスのせいよね？」

アミリアは咳ばらいをした。「失礼ながらそのようね」

「では、ごほっ、窓をあけてもかまわないだろうか？」サイモンが尋ねた。

「もちろん」キティが息を呑んだ。「ぜひ」

アミリアはついくすりと笑った。お洒落の達人が濡れそぼった臭いドレスを着ているなんて見るに忍びない。それなのにキティはどうして平静を保てるのだろう。こちらはとうてい平静ではいられなかった。

「わたしが臭いドレスを着ているのが可笑しいの？」キティが濡れそぼったドレスをまとっているにしては信じられないくらい愛らしく、ブロンドの眉を片方だけ吊り上げた。

アミリアはぴんと背筋を伸ばした。「いいえ、とんでもない」

キティが表情を曇らせ、それからいきなり笑いだした。なおもくすくす笑いながら帽子を持ちあげてみせる。「でも帽子だけはぶじよ。これを失っていたら、すべてが水の泡になってしまっていたでしょう」

「一流の帽子職人の腕を見くびってはいけないわ」アミリアは高らかに告げた。「これがあれば山だろうと、川だって、乗り越えられるわ！」

サイモンは無言でただじっと見守っていた。

「あら、どうしたの、あなたもちょっとくらい笑ってくださってもいいのに」アミリアは冗談めかして言った。

「自分にとって大切な人たちが危険に身をさらしたというのに、そう簡単に笑えるものか」

サイモンはにこりともしなかった。「きみがきょうしたことを言ってるんだ、レディ・エイムズベリー。ぼくが行くなとはっきり言っておいたのに、きみは波止場に出かけて自分とハムステッド夫人を危険にさらした」

「侯爵さま、わたしが子供だったのはもうとうの昔」アミリアは声音をさげて言った。「なにをしようがしまいが、指図される必要はないわ」

アミリアにはキティが息を吸いこむ音が聞こえた。

「友人の身を危険にさらしてもかまわないと言うのか？」サイモンが語気を強めた。

「危険にさらしてはいない」アミリアはきつく言い返した。「わたしと、それにミスター・トッパーも一緒だった。安全は保てていたわ」

「保てなくなるまでは」サイモンは水気を帯びた濃い髪が風に吹かれて乱れ、額にも垂れているせいで放蕩紳士っぽく見える。次に口から出た言葉は海岸線の岩場のように険しかった。

「ぼくは人生の大半を水の上で過ごしてきた。その自然の恐ろしさを知らないとでも思っているのか？　明けても暮れても孤独に生きる男たちとも働いていた。一パイントのエールと同じように女を欲する男たちとだ」サイモンは荒い息をついた。「きみが安全を保てていたと思っていたのなら、とんでもない誤解だ」

しばしの間があき、その痛烈な言葉がキティのドレスの悪臭みたいに宙を漂った。そう、サイモンは海軍の指揮官だった。アミリアにとっての愛読書と同じくらいにサイモンは海をよく知っている。けれど侯爵の声に見下すような響きが含まれていたのが、アミリアには腹立たしかった。「おっしゃるとおりね。心から謹んで反省いたします。なんでもご存じの博識でごりっぱなあなたには感服だわ」

即座にキティが話題を変えた。「重要なのは、アミリアが欲しかった情報を手に入れられたということ」

サイモンが一瞬アミリアと目を合わせた。問いかけとおそらくは警告も含まれた眼差しだった。

一拍の間があいた。アミリアは一歩も引かずに耐えた。

仕方なく、サイモンのほうが口を開いた。「なにを探りだしたんだ？」

「いろいろと」アミリアは両手の指先を合わせた。「フローラがウィリアム・ドナヒューの帳簿づけの間違いを発見していたと従業員から証言が取れたわ。相当な金額だったそうよ」

「故意にということか？」サイモンが訊いた。

「そこが問題ね」アミリアは答えた。「ドナヒューが提督の会社からお金をくすねていて、フローラがそれに気づいたのだとしたら、すべてが変わる。ドナヒューはフローラが死んだ晩の婚約パーティに出席していた」

「揉めていたのは、末の妹さんのローズとのことが原因ではなかったかもしれないわけね」キティが推理した。

「そのとおり」アミリアは応じた。「消えたお金のことだったのかも」

「でも、ドナヒューはとても感じのいい人なのよね」キティが鼻に皺を寄せた。「あの人が上官だった提督のお金を盗むかしら？」

サイモンが議論に加わった。「ウィリアム・ドナヒューは感じのいい人物かもしれないが、服や見た目に凝る気取り屋でもある。それなりの身なりを整えるには金がかかるし、ぼくの知るかぎり、良家とはいえ裕福な一族の出ではない。そちらからの収入はあてにできないだろう」

馬車がキティの屋敷の前で停まった。「あの方がわたしを訪問してくれれば、なにかもっとわかることがあるかもしれない」唇を噛んだ。「きょうのことをオリヴァーに隠しておけるかしら？」

サイモンが窓のほうに顎をしゃくった。「あの様子では、それは無理そうだ」

馬車のほうに突進してくるオリヴァーはまるでいかにも……オリヴァーだった。いつもながら少し身なりがだらしなく抜けていて、きわめつきの学者で、勇猛さとはかけ離れている。アミリアとキティが手紙で寄せられたお悩みごとについてひそかに話し合っているあいだも、オリヴァーはふたりがよからぬ計画を立てているとは疑いもせずに本に没頭していた。

だがいま馬車に近づいてくるオリヴァーはほどけたクラヴァットを手に握りしめ、いつもほどは学者らしくなかった。使命を帯びた男性。その使命がなにかはアミリアにもわかっていた。いっぽう、キティはなにが問題なのかまるでわからないふりをしている。

「あら、オリヴァー」キティは挨拶をして、トッパーの手を借りて馬車を降りた。ドレスの裾はごわついている。「こんなに早い時間から家でなにをしていたの？　きょうの午後はずっと図書館にいるものとばかり思ってたわ」

オリヴァーが妻をしかと抱き寄せた。「きみがぶじでほんとうによかった」

「あたりまえじゃないの」キティは夫の肩越しにトッパーをじろりと見た。「どなたがあなたを心配させるようなことを言ったのかしら？」

オリヴァーは少しだけ身を離し、妻に痣やこぶがないかと見まわした。「造船所のほとんどみんなだ、キティ。みんな、きみが川に落ちたと言っていた」

「ふんっ」キティはその言葉を手で払いのけた。「大げさね。わたしはただ帽子を取り戻しただけなのに」それからウインクをして付け加えた。「あなたもあの帽子をとても気に入ってくれてるわよね」

オリヴァーは笑みを浮かべて妻の両手を握った。アミリアのほうを向く。「きみか。いつもきみだ。どうしてこう、きみの行くところには騒動が起こるんだ。まるで――」鼻をひくひくさせた。「――このドレスのにおいみたいだな。きみは伯爵未亡人で、母親代わりで、手本となるべきご婦人だというのに」オリヴァーはかぶりを振った。「どうも解せない。ぼくはなにか見落としている。それがなんなのか、いますぐ教えてくれ」

「落ち着くんだ、ハムステッド」サイモンが声を落とすよう手ぶりで伝えた。「なかで話すとしよう」

「落ち着けだと？」オリヴァーが言い返した。「キティはぼくの妻だ！　彼女が死にかけたんだぞ」

「お怒りはごもっともです」アミリアは口を挟んだ。「でも、死にかけたなんて早合点もいいところだわ。キティは間違いなく安全でした。そうよね、ミスター・トッパー？」

トッパーはすでに歩きだしていて、引き返してこなければならなかった。背筋を伸ばして立ち、くいと顎を上向けた。「ハムステッド夫人は、おおむね安全でございました」

アミリアは声に出さずに〝ありがとう〟とトッパーに向かって口を動かした。

オリヴァーが疲れきった嘆息を洩らした。「そうなのか？」

キティがブーツを履いた足を踏みだした。「さあ、みなさん、なかへどうぞ」

一同は叱られた男子生徒たちよろしくそのあとに続いた。キティが平静を失うことはめったにないが、ひとたび感情が激すれば凄まじい。水に浸かったドレス姿で軍人のような足どりでずんずん進んだ。ドレスの重みを気にかけるふうもなく、誰もそのことに触れられる空気ではなかった。

屋敷のなかに入ると、キティが階段を上がるのを手伝おうと侍女が駆けつけた。キティは片手を上げてそれをとどめた。「まだいいわ、ミス・ヤンガー。ありがとう。カッター夫人にすぐにお茶の用意をと伝えて」

「お願いだ、キティ、着替えてくれ」オリヴァーが懇願した。「かっとなってしまって申しわけなかった」

キティは客間のほうを指差した。「ちょっとだけ」

全員が腰をおろした。キティを除いて。アミリアは胸のうちでよかったとつぶやいた。川に浸かった臭いドレスがちょっとでも触れたら、美しい花柄の綿布が台無しになる。このように美しいものばかりの部屋にあのドレスがあるだけでもいたたまれないのに。

キティが顎を上げた。濡れたドレス姿で、意志の力のみでスカートと下着の重さに耐え、そびえ立つ柱のごとく立っている。「わたしが波止場に出かけた理由を聞きたいなら言うけど、驚かせるためだった。あなたを。それなのに、あなたが台無しにした」

オリヴァーが目をぱちくりさせた。「驚かせるため?」

「あなたは驚かされるのが嫌いなのはわかってるけど、今回は仕方がなかった」キティは髪が乱れた頭を振った。「だって……特別なんだもの」

特別なのはシルクだからだとアミリアは理解した。キティはなにを身に着けても代わり映えのしないオリヴァーにもシルクのスカーフを買っていた。うっとりと微笑ましそうにぼんやりした目つきで。

キティがドアのほうを向いた。「ほかにご質問がなければ、着替えてくるわね。それと、オリヴァー?」

「ああ、どうしたんだ?」

「ベインブリッジ卿がおズボンにブラシをかけられるように手配してあげて」

23

親愛なる　レディ・アガニ

秘密を守るのはなぜこんなにもむずかしいのでしょう？　わたしはいま、友人が打ち明けてくれた秘密を誰かに話したくて仕方がないのです。どうして話したくなってしまうのだとあなたは思われますか？　黙っているにはどうしたらよいのでしょう？

かしこ

秘密の守り人　より

親愛なる　秘密の守り人　様

秘密は炎のようなもので、保とうとするほどに胸いっぱいにふくらんで口のなかにまで広がります。吐きだしたくなってしまうのは自然なことです。それでも、ご友人のために黙っていなくてはいけません。ご友人はあなたを信じて打ち明けてくれたのですから、彼女を裏切らないでください。それが友情の礎《いしずえ》です。

キティの邸宅を出ると、サイモンはアミリアにいつ秘密の顔をオリヴァーに打ち明けるつもりなのかを尋ねた。ハムステッド夫妻がよき友人であるのは間違いない。たびたび意見を戦わせはしても、気のおけない友情を築いている。そろそろ真実を告げる頃合いなのかもしれない。

「言わないわ」アミリアはそう答えた。乳母車を押す女性とすれ違い、ふっくらとしたほっぺの赤ん坊にちらりと視線を落とした。にこにこと楽しそうに笑っている女の子を見て、アミリアは演奏会でウィニフレッドに渡す贈り物を買わなければと思いだした。ロケットペンダントかブレスレットのような大人っぽい物を贈りたい。ちょうどピカデリー大通りに入り、バーリントン・アーケードのアーケードまでさほど遠くない。サイモンから寄り道の許しを得られたら足を延ばしてみよう。そのアーケードにはアミリアが喪中の宝飾品を購入しているすてきな宝石店があった。ミスター・ジャック・アラードならきっとふさわしいものを見つくろってくれるはず。

「まだ先になるということか」サイモンが言う。

「オリヴァーの場合には仕方ないのよ」アミリアは去っていく赤ん坊に手を振った。「秘密を知れば、もう二度とキティをわたしに近づかせないでしょう」

「きみはそれだけ彼を信用していないということだ。オリヴァーはすべてにおいて秩序立てて考える論理的な男だ。ふたりの友人関係について良い点と悪い点を秤《はかり》にかけて、キティにはきみとの付き合いが必要だと理解するはずだ」

アミリアにはそうとは思えなかった。

「それにしても」サイモンが続けた。「キティは帽子やドレスをあんなに買ってどうするんだ」

アミリアは笑った。「あなたはキティをわかってないわ。彼女ならきっと何年でも買い物を続けられる。いくらやっても飽きないことなのよ」十字路に差し掛かった。「買い物と言えば、バーリントン・アーケードへ寄り道してもかまわないかしら？　ウィニフレッドに演奏会で贈り物をしたいの」

「かまわないとも」サイモンはアーケードのほうに手を向けた。「ぼくからもなにか贈りたい」

アミリアは侯爵の熱意に驚かされた。十代の少女の演奏会に侯爵が贈り物をみずから買ってくれようとするとは考えもしなかった。多くの富裕な一家は商人に自宅へ出向いてもらっているが、アミリアはできるかぎり自分で買い物をしたかった。色彩豊かな商店街も、焼き菓子やローストナッツの香りも、小さな村にいては楽しめない贅沢だ。アミリアはことあるごとに都会の空気を楽しんでいる。「ご親切に感謝します。ふたりとも贈り物を選ばなくてはいけないなら、のんびりしてはいられないわね」

アミリアは足を速めて、小石につまずいた。

「おっと」サイモンが片手でアミリアを支え、腕を取って通りをぶじに渡りきった。アミリアはすぐに体勢を立てなおして彼から離れた。「ありがとう」

サイモンが笑いかけ、先ほどまでのふたりの張りつめた空気は消え去った。言うなれば、ふたりは同じ正義の側に立つ同志だ。サイモンの動機が後ろめたさからでも道義心からだとしても、ふたりはともにシャーロットを殺した犯人を突きとめようとしている。アミリアのほうが意欲はもう少し強いにしても。

芳ばしい匂いの漂うアーケードに近づくにつれ、アミリアのお腹が鳴った。キティの家でおいしいお茶と菓子を供されたものの、もっとお腹を満たしてくれるものが食べたくて、母に作ってもらったポットローストが思い浮かんだ。グレービーソースをたっぷりかけてジャガイモとともに供されていた料理で、アミリアはもちろんのこと、宿屋の多くの客を満足させていた。食欲旺盛なアミリアはロンドンの優美な料理よりもやはり田舎のごちそうが食べたくなってしまう。それが故郷を振り返っていちばんなつかしく思うことだ。あとは宿屋の中心で一家の余興の舞台でもある大きな石造りの暖炉。夜の催しが終わり、炉火が揺らめく光となって消えゆくと、アミリアたち姉妹はきれいな睡蓮の池に架かる橋を渡って蜂蜜色の領主館に帰り、なおも賑やかな夕べの話をしながら眠りについた。

ふと菓子店に目が留まり、アミリアは歩調を落としてガラス越しに並ぶ砂糖菓子を眺めた。ポットローストではないけれど、見るからにおいしそうだ。褐色のタフィーとチョコレートがずらりときれいに並んでいて、評判の菓子を買いに訪れた客が列を成して順番を待っている。黒い服に白いエプロン姿の男性の店員が客から注文を受けて、助手が箱詰めをして包装し、そのひとつひとつに店の特徴的な柄のリボンをかけていた。

「寄っていくかい？」サイモンが尋ねた。「喜んでお供する」

アミリアは名残惜しむように陳列ケースを見つめた。「いいえ、わたしは――」けっこうよと言いかけて、店のなかにヘンリー・コスグローヴの姿を見つけた。サイモンににっこり笑いかけた。「ぜひお願いするわ」

サイモンが扉を開いて押さえてくれると、チョコレートのえもいわれぬ甘い香りに包みこまれた。なにをためらっていたの？　チョコレートはいつでも正解。もう二度と迷いはしないとアミリアは誓った。

「おや、変わり身が早いな」サイモンはアミリアに耳もとでつぶやいたが、それからヘンリーに気づいた。「魂胆があったわけか」

「せっかくだもの」アミリアはささやいた。「話をしておきたいじゃない」

サイモンはいわくありげにウインクを返し、列に並んでいる公爵に声をかけた。「コスグローヴ、きみも甘いものに目がないくちか？」

ヘンリーは弱々しい笑みを浮かべ、列から足を踏みだして挨拶を返した。疲労困憊《こんぱい》しているように見える。仕立てのよい外套をまとっていても肩は力なくさがり、目も小さくしぼんで、うつろな面持ちだ。

アミリアには身に覚えのある表情だった。内心では砕け散ってしまいそうなのにロンドンの通りでは元気なふりをつくろいつづけるのに疲れきっている。その心情はよくわかった。アミリアもエドガーを亡くしてから、楽しみにしていたのに叶わなかった結婚生活を思って哀しみ、心ここにあらずのままレディ・エイムズベリーの役割を務めていた。〈フェザード・ネスト〉にいたなら、自分の部屋に引きこもって泣き疲れて眠ることもできただろうし、そうしたとしてもなにも言われなかったはずだ。小さな村でなら哀しみに暮れても許される。でもここでは、上流社会では眉をひそめられても仕方がない。喪服はよくても、哀しむのは認められない。社交シーズンは続いていて、ヘンリーはそのなかで耐えなければならないのだから、心労は計り知れない。

「甘いものに目がないのは私ではないんだ」ヘンリーが答えた。「姪だ。この店は姪のお気に入りで、みやげを買っていくと約束したから」

「いいことを教えてもらった、コスグローヴ。ぼくもレディ・ウィニフレッドにひと箱買っていくとしよう」サイモンはアミリアのほうを手ぶりで示した。「こちらはレディ・エイムズベリー。ウィニフレッドはエドガーの姪で彼女が後見人なんだ。三日後にウィニフレッドの演奏会が開かれる」

「お目にかかれて光栄です」公爵がうやうやしく会釈した。「私からもぜひレディ・ウィニフレッドにチョコレートをお贈りしたい。エドガーとは学友でした。尊敬する友人でしたが、彼の姪御さんも才能豊かなお嬢さんに違いない」

「こちらこそ光栄ですわ、公爵さま」アミリアは誇らしくて笑みを湛えた。このふたりが出席してくれたなら、時間の許すかぎりウィニフレッドのあらゆる才能について延々と語りつづけてしまいそうだ。とはいえ自慢話は紳士たちより母親たちのほうが聞き上手なのはわかっているので、アミリアは簡潔に答えた。「それと、恐れ入ります。出席していただけるなら名誉なことです」顎に指を当てた。「でも、公爵さまと侯爵さまが初めての演奏会に来てくださるなんて、あの子、有頂天になってしまわないかしら」

三人は愉快げに軽く笑った。

「ハムステッド家の舞踏会できみに会えてよかった」サイモンが言葉を継いだ。「心配していたんだ」

ヘンリーは列に戻ってわずかに進んだ。「正直なところ、家にひとりでいたかったんだが、母にどうしてもと連れだされた。きみも知ってのとおり、きょうでも、半年後でも変わらないからな。同じように見られて、同じようにひそひそ話の的になる。公爵ならば体面を保たねば」アミリアのほうを向く。「あなたも大事な方を亡くされている。私の言いたいことはおわかりでしょう。噂話が消えてくれる日は来るんだろうか？」

アミリアはちょっと考えた。「ええ、来ますわ。それに率直に申しあげて、待つほどに向き合うのがつらくなる」ふとサイモンが母親を亡くしたいきさつを思いだして顔を振り向けた。「そうじゃない？」

「そうとも」

ヘンリーの眉間には深い皺が刻まれ、まだ哀しみの只中にあるのが見てとれた。「困難と闘う三人組というわけか」公爵は口角をわずかに上げて微笑んだ。「甘いものからなぐさめを得ようと、チョコレート店で顔を揃えたのもさもありなんだ」

「きっと、つらいときにはなおさらおいしく感じられるわよね」アミリアは笑みを浮かべた。

「提督はお元気にされているだろうか？」サイモンが問いかけた。「このところ、提督のお宅では、使用人絡みでも災難続きだと聞いている。よりにもよってこんなときに」

ヘンリーは陳列ケースの菓子を眺めながら答えた。「災難続きのようだな。メイドをふたりも手放したとか」

リナとシャーロットを指しているのだとアミリアは察した。シャーロットの遺体がセント・ジェームズ・パークで発見されことまでは公爵は聞かされていないようだけれど、アミリアも自分の口から伝えるつもりはなかった。いずれにしてもいまはまだ。フローラの死を受けとめきれていないようなのに、殺されたなどと聞かされたら、完全に打ちのめされてしまうかもしれない。伝えるのは、犯人を含め、全容を解明できたときでいい。それまで推論は自分の胸だけに留めておこう。

「そんな事情もあって、提督はダートフォードの地所に出かけたのではないかな」ヘンリーが続けた。「ローズもこの社交シーズンに初登場《デビュー》したのだから、すぐにも侍女を探さなければならない。あちらのほうが見つけやすいんだろう」ヘンリーは軽く鼻で笑った。「広告での求人は無駄な骨折りだった。しょせん、その程度のものなんだろう。だが提督は頑固者だ。思いついたことは、とことんやる」

「きみからしたらそう思うよな」サイモンが理解を示した。「とはいえ、新たな使用人を見つけるためにわざわざ出かけるものだろうか」

「有能なメイドのありがたみを侮ってはだめよ」アミリアは言葉を差し挟んだ。「二倍のお給金をあげてもいいくらいなのだから。母親のいないお嬢さんの侍女ともなればなおさらに。悪行リストをこしらえていたなんて話を聞いたあとでは、提督が慎重になるのも無理はないわ」

「なんの話だろう？」ヘンリーが訊いた。「提督のお宅で悪行リストが作られていたのかい？」

アミリアは打ち消すように手を振った。うっかりしゃべりすぎた。「ただの噂よ」

「いずれにしろ、もともと地所に出向かなければならない事情もあったんじゃないかな」ヘンリーが一拍おいて付け加えた。「亡くなられた奥さまの姉がそこに住んでいるらしい」

サイモンが目をしばたたかせた。「義理のお姉さんと同居されていたとは知らなかった」

「人並み以上に勘が働くたちでね」ヘンリーは身を乗りだした。ミントが香る呼気を漂わせ、さらに声を落として続けた。「つい先日、その婦人に初めてお会いした。面白いご婦人だが、思っていた感じとは違った。われわれの婚約パーティの晩に、彼女がフローラと挙式の日取りについて揉めたんだ。伯母は年寄りで頭も衰えているのだとフローラは呆れていた」ヘンリーがこめかみを指差した。「もうろくしているのかもな。そうだとすれば気の毒だ。だからといって、フローラにあんな態度を取っていいわけじゃない」

「挙式の日取りがどうして気に入らなかったんだろう?」サイモンが尋ねた。「揉めるような事柄とは思えないが」

「提督が言うには、その日付に彼女はかつて挙式しようとしたことがあったらしい」ヘンリーはズボンのポケットに片手を入れた。「理由は知らないが、結局、結婚式は行なわれなかった。それでその日付は……呪われていると本人は思っているんだ。見方によっては、相手の男は寸前に難を逃れたとも言えるよな」公爵はかぶりを振った。「あの晩の彼女を見たら……少しでもまともな男なら一目散に逃げだすさ」

店員に呼びかけられ、こちらとの会話にすっかり気を取られていたヘンリーはびくりとした。公爵がカウンターのほうへ歩み寄り、アミリアとサイモンは新たに得た情報について考えこんだ。提督の義理の姉は頭がどうかしているとしか思えない。そうでなければ挙式の日付が呪われているなどと言うはずがないでしょう? でもほんとうに正気ではないとしたら? その日に挙式させないためにフローラに手をくだしたとは考えられないだろうか。

信じがたいことだけれど、ありえないとは言いきれない。ヘンリーは取り憑《つ》かれていると は言えないまでも、その一件に心を苛《さいな》まれている。困惑しきった目を見ればそれはあきらかだった。フローラが理不尽な要求を受けたことに胸を痛めているのか、反対にひょっとして伯母の言うとおりだったとでも悔やんでいるのかもしれない。あの日付は呪われていたと。結局、花嫁はこの世からいなくなってしまったのだから。

買い物を終えたヘンリーは両手にひとつずつ大きなチョコレートの箱をさげていた。この十五分間で初めて心から楽しそうな顔をした。そんなふうに華やぐ気持ちがアミリアにもよくわかった。子供へのおみやげは受けとる側だけでなく贈るほうにも喜びをもたらす。それでつい大人は子供を甘やかしてしまうのだろう。

「このチョコレートをレディ・ウィニフレッドにお持ちするのが楽しみだ」ヘンリーがウインクした。「それまでに自分で食べてしまわないようにしないと」

「わたしたちも楽しみにしています」アミリアは微笑んだ。「お気をつけて、公爵さま」

「ではまた、コスグローヴ」サイモンも言い添えた。

アミリアに注文する順番がめぐってくると、心ゆくまで眺めて吟味した。このように芳しい匂いに包まれて並んだあとで選び抜くのはとても無理だ。陳列ケースに並んでいる全種類をふたつずつ注文してから、サイモンのほうを向いて、欲しいものを尋ねた。

「きみがふたりぶん注文してしまったからな」サイモンは特大の箱にリボンをかけている男性のほうに顎をしゃくった。「きみがそれほど空腹だとは思わなかった」

「わたしのぶんだけではないもの」アミリアは代金を払って包装された箱を受けとった。

「ウィニフレッドとタビサおばさまのぶんも入ってる」店員に礼を述べ、サイモンが開いて押さえてくれたドアから、チョコレート店のなかと同じくらい賑やかなロンドンの通りに踏みだした。

アミリアと同じように買い物を終えた女性たちや、これから買い物をしようと急ぐ女性たちでごった返している。通りが混雑するにつれ、御者もなかなか馬車を出せず、往来の速度はあきらかに落ちて進みづらくなってきた。それでもアミリアはこの賑わいが大好きだった。のどかな田園育ちなので活気に力づけられる。立ちどまって、大きく息を吸いこんだ。ああ、やっぱり最高ね。

「気をつけないと、煤だらけの空気に肺をやられてしまうぞ」

「わたしはただ、やっぱりこの街が大好きだと考えていただけ」辻馬車が脇をかすめるように走りすぎ、アミリアは男性になにかわめかれて、しかめ面で見返した。

「ご婦人はなにを考えているのかわからないとはこのことだ」サイモンがアミリアの腕を取り、さっさと通りを渡らせた。「コスグローヴと話したあとで、きみはダートフォードへいちばん早く着ける方法でも考えているのかと思っていた」

「馬を駆っていくのがいちばん速いのは誰でも知っているけど、残念ながら、わたしにはもうその選択肢はない」道の大きなくぼみを避けて脇に踏みだす。「フローラの伯母が彼女の転落死に関わっていると思う？」

「その女性と会ったこともなければ、素性もよくわからないのでは、なんとも言いがたい。挙式の日付が呪われていると信じているとすれば、阻止するためにばかなまねをした可能性はある」サイモンはアミリアの腕を放し、ふたりはアーケードのほうへ向かった。「とはいえ、殺すかな？」首を振る。「精神が錯乱してでもいないかぎり。もしくは口論していてたまたまそうなってしまったのか……」

それならありうる。大勢の来客が帰ってからだいぶ経って、フローラがバルコニーで伯母と顔を合わせたとしたら、挙式の日取りでまた揉めただろう。守ってくれるヘンリーはそばにおらず、伯母が冷静さを失ってしまったとしたら。

真相を知る方法はただひとつ。サイモンの言うとおりだ。そのためにはダートフォードへ行かなくてはいけない。アミリアは横目でちらりと侯爵を見た。こうして考えていることはたぶんもう、彼に見抜かれているのだろう。

24

親愛なる　レディ・アガニ

知らない人でも、見た目のすてきな男性なら、おしゃべりしても大丈夫でしょうか？　親切そうな男性ならどうでしょう？　身近な人々以外の男性と知り合う方法がまるで見つからないのです。感じのよい男性であれば、なにも差しさわりはないですよね？

かしこ

通りで出会えたら　より

親愛なる　通りで出会えたら　様

なにも差しさわりはないですって？　あなたの評判のみならず、差しさわりは大いにあります。ですが、わたしがなにより懸念するのは、あなたの身の安全です。盗人や人殺しが不親切で恐ろしげな顔をしていると思いますか？　とんでもない。愛想がよく、親切そうで、偽りの顔を見せているかもしれないのです。浅はかなお嬢さん、分別がつくまでは家でおとなしくしているよう、お勧めします。
秘密の友人　レディ・アガニ

ウィニフレッドに美しいピーチ色のカメオが金縁に嵌めこまれたネックレスの贈り物を購入し、アミリアはサイモンと帰路についた。納得のいくものが買えたし、ウィニフレッドもとても大人っぽいネックレスだと思ってくれるはずだ。アミリアはふっと考えた。ウィニフレッドは実際に大人びてきていて、さらに成長するにつれ、母親の助言が必要になるのだろう。実の母親と同じようにうまくその役割を務められますようにと祈るばかりだ。伝えるべきことが自分も通った道であるのは、ほかの母親たちとなにも変わらない。今度の演奏会が自分にとっても腕試しの機会になる。どうしたら初めての演奏会に挑むウィニフレッドの不安をうまく克服させてやれるのだろう？　演奏会を乗りきるだけでなく、楽しませてあげたい。それが目標。成し遂げられたかどうかはすぐにわかる。

アミリアは〈フェザード・ネスト〉で音楽に囲まれて育った。あの頃の暮らしが陽気なダンスの旋律のごとく脳裏によみがえってきた。お客さまの前での演奏に不安はまったく覚えなかった。たとえ一、二時間でも、みんなにいやなことを忘れてもらえるのを喜びに感じていた。もちろん、ウィニフレッドの演奏会とは状況がまるで違う。上流社会の人々に演奏の腕と才能を評価されるという重圧もある。けれど音楽が彼女にとってどれほど大事なものなのかをアミリアはわかっていた。

突如サイモンの左側から近づいてきた男性に、アミリアの物思いは遮られた。黒っぽいズボンに白いシャツ姿で、大きく開いた襟もとから日焼けした肌が覗いている。その胸には見覚えがあった。キティの舞踏会でヘンリーと口論していたジャック・スティーヴンズだ。

「やあ、追いつけてよかった」ジャックはサイモンの反対側を見やり、どうやらようやく連れがいることに気づいたらしい。「お邪魔して申しわけない、ご婦人」中折れ帽をちょこっと上げて苦笑いを浮かべてみせた。「こんにちは」

「スティーヴンズじゃないか」サイモンはアミリアに紹介した。

「はじめまして」アミリアは笑顔で挨拶した。

「なにかあったのか？」サイモンが訊いた。

「波止場で、フローラの婚約パーティのことを訊いてたよな。彼女の侍女のこととか。ちょっと思いだしたんだ」ジャックは見栄えを整えようと思ったらしく、袖のほうにさがっていたサスペンダーを引き上げてシャツをたくし込んだ。

それでサイモンは波止場にいたわけね、とアミリアは内心で思った。ジャックから話を聞いていたのだ。ジャックはフローラの友人だ――ただの友人以上の関係だったのかもしれない。なにしろ洗礼名で呼んでいた。だからヘンリーはふたりの親しさを感じとり、ジャックがフローラを好きだったのだろうと憶測している。これでふたりがどのくらい親しかったのかをつかめるといいのだけれど。

「フローラは揉めごとをかかえていたが、メイドのことじゃない。ある男とだ。ちょっと気どったやつだ。おれがなんのことで揉めているのかと訊いたら、フローラは『お金よ』と言ってた。おかしな話だと思ったんだが、彼女は笑って、あとで話すからって。でも、結局二度と話せなくなってしまった」

アミリアはふと思いついた。「そのことなら心当たりがあるわ」

ふたりの男性は説明を聞こうと顔を振り向けた。

「フローラは妹のローズとその男性がふたりきりで話しているところを目撃した。知ってのとおり、ローズにとっては初めての社交シーズンよ。付添人《シャペロン》もなしに若い紳士と過ごせば良縁を叶える機会を台無しにしかねない」

「たしかに」サイモンはチョコレートの箱をもう片方の手に持ち替えた。「だがそれとお金がどう関わってくるんだ？」

アミリアは人目を避けようと脇にあった煙草店の軒先の下に入った。「ウィリアム・ドナヒューは提督が経営する〈フェア・ウィンズ〉で経理を担当している。帳簿づけの誤りをフローラに指摘されていた。その誤りが意図的なものだったのかどうかはわからない。いずれにしても、提督に報告されたくはなかったはずよね」

ジャックはその説明を解釈しようとしているかのように目をすがめた。

サイモンは説明の続きを待っている。

「ドナヒューはローズとの逢引きを取引の材料に使ったのかもしれない。帳簿づけの誤りをフローラが提督に黙っていてくれれば、自分もローズとのことはいっさい他言しないと。言うなれば、交換条件ね」アミリアは言い添えた。

ジャックが片目を閉じた。そんなふうにするとキティの舞踏会で仮装していたときみたいにいかにも海賊らしい。「こちらのご婦人は的を射ているのかもしれない。そうだとすれば、その男はフローラを脅したことを後悔する日が来るだろう。友人がそんな目に遭わされて放っておけるものか」

アミリアはジャックにちらりと憐れみの目を向けてから、また歩きだした。通りに買い物客の新たな波が押し寄せてきて、家に帰らなければと気をせかされた。「そんなふうに親身になって話せるくらい、あなたはフローラと親しい友人関係でらしたのね。知り合われてから長かったのかしら?」

「もうずっと昔からだ」ジャックは鍛えられた脚で大股に歩きだした。アミリアも追いつこうと歩調を速めた。「フローラはまさしく提督のお嬢さんだった。賢くて、船が好きで。提督は慣習なんてものは気にかけていなかった。造船所はご婦人の来るべき場所ではないんだろうが、奥方を若くして亡くされているしな。ほかに誰にとめられるわけでなし、とめられても提督は聞き入れなかっただろうが」

「あの提督なら、そうだろう」サイモンが応じた。

男たちは笑い合った。

アミリアは付添人もなくふたりの男性と連れだって歩く自分のほうを物珍しそうに見ている年配のご婦人の二人組をよけて進んだ。通りすぎてもご婦人がたはこちらを目で追っている。「わたしはつい最近初めて提督にお会いしたけれど、規律を順守される方のようにお見受けしたわ」

「規律はそうだろう。でも社会慣習となると……」ジャックの声は尻すぼみに消え入った。「おれがフローラと初めて会ったのは船の上だったなんて信じられるかい？　父親の前に立っていたから、最初はそこにいるのがわからなかった。まだほんの女の子だった。でもその目は……」ジャックが息を吸いこんだ。「舵を前にして、わたしは船長になるように生まれついてるんだって顔をしてた。そんな一面があったんだ。きみにもわかるだろう、ベインブリッジ。舵を取る者ならではの佇まいってやつだ」

「わかるとも」サイモンはうなずいた。「彼女がコスグローヴと婚約したときには驚いたんじゃないか？」

ジャックは数歩進んでから思いがけない問いかけに答えた。「いや。相手は公爵だからな。受けざるをえないだろう。拒んだら大ばか者だ。妹たちのことも考えただろうし。公爵の親類となれば、彼女たちも良縁に恵まれやすくなる」

ジャックの言うとおりだった。コスグローヴ家には爵位も財産もある。そのような一族との繋がりはさらにまた良縁の求婚を呼びこむ。「でも、彼女も公爵さまに好意を持っていたはずよね？」アミリアは問いかけた。

「おれにわかるはずもない」ジャックがぼやくように返した。「好意はあったのかもな。求婚を受け入れたんだから。名声だけに惹かれて結婚するもんじゃないだろう？」

アミリアは返答を求められているわけではないのをわかっていた。ジャックの見方はフローラへの想いのせいでゆがめられていないとは言い切れない。憤りが感じとれた。

「どうあれ、コスグローヴはちゃんと彼女に気をつけているべきだったんだ。あいつの務めなのに、それを怠った。あいつがついていながら彼女を死なせた」ジャックは両脇に垂らした手を握りしめた。「だからあいつを許さない」

いつの間にかアミリアの屋敷の前に着き、サイモンが正面玄関の数歩手前で足をとめた。会話を使用人に聞かれないようにするための配慮に違いなく、アミリアも思いは同じだった。

「務めがいかなるものかはぼくも理解している。彼にもぼくにも果たさなければいけない務めがある。だが、コスグローヴがどうすれば彼女を事故から救えたというんだ?」サイモンは訊いた。「たとえあの晩泊まっていたとしても、フローラを救うことはできなかっただろう」

ジャックはふたりに向きなおり、フェンスの隙間くらい細く黒い目を狭めた。「わからないのか? 彼女は具合が悪くなって、パーティから早めに引き揚げた。どうしてなんだ? あいつがその理由を知っていて当然なのに、知らないと言う。ごりっぱなお仲間たちと楽しむのに忙しかったからだ」ジャックは〝ごりっぱな〟という部分を吐き捨てるように言った。

「なにか思い当たるふしがあるの?」アミリアはそれとなくせかした。

ジャックがうなだれた。「あったらいいんだが。あの晩、彼女は来客の対応に追われていて、さっき話したときのことを含めても、何度か姿を目にした程度だった。大勢を相手に奮闘していた。どうしてこんなことになったのか、わかればいいんだが」

フローラと伯母との口論など、アミリアにはまだ気になる点がいくつかあった。その口論の真相についても早く解明できればそれに越したことはない。あすダートフォードを訪ねるのなら、今夜のうちに計画を練る必要がある。「よろしければ、うちでお茶でもいかがかしら。おふたかたとも」

ジャックが二歩あとずさってから答えた。「ありがとう。だけど、おれはこれで失礼するとしよう。ずいぶんとお邪魔してしまった」

「そんなことないわ」アミリアは言った。「ぜひ寄っていらして」

ジャックは帽子を目深にかぶり直した。「ではこれで、ご婦人。ベインブリッジ」

サイモンとアミリアはさっさと去っていくジャックを見送った。姿が見えなくなると、アミリアはサイモンに向きなおった。「ヘンリーが言っていたように、彼は彼女を愛していたと思う？」

「明々白々だろう」

「やっぱりそうよね」アミリアは頭を掻いた。「彼女のほうはその想いに応えられなかったのでしょうけど。そうでなければ、ヘンリーの求婚を受け入れなかったはず。そうでしょう？」

「人が結婚するのにはあらゆる理由がある。愛だけとはかぎらない」

アミリアはその物言いにとげを感じた。エドガーの求婚を受け入れたときには、彼に自分が恋していると思いこんでいた。あとになって、エドガーと結婚すること自体に恋していたのかもしれないと気づいた。ロンドンに移り住むという未来が、寒い日に供された温かい紅茶のようにアミリアの心をそそった。宿屋に泊まる人々からロンドンについての話は幼い頃から耳にしていた。メルズはロンドンへ行き来する旅人たちが足休めに立ち寄る村だ。先にロンドンへの移住を果たしたグレイディが大都市の驚くべきあれこれを綴った手紙をよこすようになると、ますます期待はふくらむばかりだった。エドガーが現れ、熱心に求婚してくれたときには、運命のように思えた。母が言っていたように、心ふるわせるものこそ進むべき運命の道なのだと。

「わたしはほかに愛する人がいたら、エドガーからの求婚は受けなかった」アミリアは誰にともなく言った。「宿屋を営む家族と暮らしていても、わたしはひとりぼっちだった。村の男の子たちとはまるで話が通じないし、唯一の男友達のグレイディ・アームストロングはロンドンへ行ってしまったし」

サイモンが目をしばたたかせた。「先ほどの言葉に他意はない」

「そうかもしれないけど」アミリアは肩をすくめた。「わたしはちゃんと好意を抱いていたわ。エドガーを心から大切に思っていた」

サイモンがさらに静かな声で言った。「大切に思うことと愛とは似て非なるものだ」

「男女の関係にずいぶんお詳しいようね」

「きみよりは詳しいかな」

「わたしより経験があるというだけでしょう」アミリアは正した。「それとこれとはまるでべつ」

「きみが望むものがわかる程度には経験を積んでいる」サイモンがちらりとアミリアの唇を見た。「否定しても無駄だ」

アミリアは玄関扉のほうへ歩きだし、足をとめてくるりと振り返った。否定できないし、そうしようとも思わない。このロンドンで誰か若い紳士に気を惹かれたとしても、ごくあたりまえの自然な反応だ。ただしその相手がサイモンとなると話はべつ。彼は変わっていて、アミリアはそこに興味をそそられていた。それだけのこと。

日傘を侯爵のほうに突きだした。「ベインブリッジ卿、あなたにわたしが望むのは、シャーロットのために真相を解き明かす手助けなの。あす、ダートフォードへ同行してくださる？　急ぐに越したことはないわ」

「午前中に約束があるが、昼には発てる」サイモンは階上の窓のほうをちらりと見上げた。「タビサおばは大丈夫かな？　お許しいただけるのか？」

アミリアは侯爵の視線の先を目で追った。タビサが額入りの肖像画のように窓辺に立っていた。「許しを得る必要はないわ。わたしは未亡人で、未婚のお嬢さんや社交界に登場したばかりのご令嬢がたが守るべき規範に縛られていない。あなたとはむろん、誰との婚姻も考えてはいないのに、自立した暮らしをあきらめるなんてばかげてる」

「承知した、では」サイモンは軽く頭をさげた。「あす、またお目にかかろう」

あす。平静をつくろいながらも、アミリアの胸のうちでは鼓動が期待で二倍に速まっていた。

25

親愛なる　レディ・アガニ

愛も、パーティや庭園のように計画が必要ですか？　それとも、花々や雨のように
いきなり自然に生じるものなのでしょうか？

かしこ

あなたのご意見を　より

親愛なる　あなたのご意見を　様

愛は二度咲く花のようだとわたしは思います。まずは心に花が咲き、さらにまた愛
が花咲くのです。

秘密の友人　レディ・アガニ

翌朝、アミリアは来客があるとは思ってもみなかった。明後日に迫った演奏会の準備に追われていた。やらなければいけないことがまだまだある。ウィニフレッドにドレスの試着を

させたところ、縫い目を広げなければならないことがわかって仕立屋が慌てた（この年頃の子供たちの成長はとても早い！）。当日には間に合うにしても、この期に及んで予想外の仕事が増えてしまった。

さいわいにも演奏の練習の仕上げは順調で、昨夜もウィニフレッドは最終小節まで慌てずに弾くことができた。料理と花飾りはタビサおばが指揮しているので、仕出し屋や花屋に詳しくないアミリアにはありがたかった。タビサは完璧を求める性分で、ましてや甥の娘のこととなれば、問答無用で完璧を成し遂げるのは間違いない。

そんなわけでウィニフレッドの試着の最中にジョーンズが現れ、来客を告げられたときには、アミリアは驚くとともに少しいらだちを覚えた。けれどその訪問者が波止場で働くウィリアム・ドナヒューと知るや、アミリアは矢のごとくウィニフレッドのベッドを離れた。

「応接間にお通しして」

ウィニフレッドは淡いピンク色のドレスをまとって前と後ろを眺めていた。色白の肌と金色の髪にそのドレスはよく似合って、とても大人びて見える。温かみのあるやさしい色合いをまとうと鮮やかな青い瞳がいっそう引き立つ。「すてきよね？」

「とてもすてきだけど、ミス・ブーシェのためにじっとしていてあげて。もう少しで終わるから」アミリアは苦笑いを浮かべて仕立屋の婦人のほうを見た。ウィニフレッドの溌溂さにはこちらまで気分が明るくなるけれど、ドレスから目を上げようともしないミス・ブーシェにとってはまた話はべつだ。でもウィニフレッドが楽しんでいるのがアミリアにはうれしかった。彼女が重圧を感じずに、演奏会が晴れがましい日になることを祈っている。「ちょっと失礼するわね」

アミリアは赤褐色の髪を手で軽く整えてから階段を下りて、来客用の応接間へ向かった。部屋に入ると、ドナヒューが仕立てのよい上着をまとい、房飾りのついた長いステッキを手に窓の向こうを眺めていた。どう見ても、こちらよりだいぶ身なりに気を遣っている。それでもドナヒューは振り返るとすぐに、まるで飾り気のないアミリアのドレスを褒めた。きょうの曇り空とは対照的なコバルトブルーの色はよしとしても、褒められる点はそこしかないのに。

「ありがとうございます、ミスター・ドナヒュー」彼の思惑は取り違えようがない。こちらはロンドンでもとりわけ裕福な未亡人だ。得られる縁はどんな手を使ってでも繋いでおきたいのだろう。たぶんそれが彼の訪問の理由。

「お邪魔して申しわけない。こうしてすぐにまた光栄にもお目にかかれるとは思っていなかったのですが、こちらをお届けしたかったので」ドナヒューは買い物袋を掲げてみせた。

「波止場に置き忘れておられたようです」

アミリアは思わず眉根を寄せて、爪まできれいに手入れされた男性の手から袋を受けとった。袋のなかを覗いて合点がいった。キティが購入した色鮮やかな――そして高価な――シルクのスカーフが何枚も折りたたんで重ねられていた。帽子を追いかけていたときに置いたままにしていて、そのあともオリヴァーとひと悶着《もんちゃく》あったので、忘れ去られてしまったのだろう。「心から感謝申しあげます。ハムステッド夫人からのぶんも。彼女のものなのですが、わたしが責任をもって届けておきますわ」

「お返しするご婦人を間違えてしまったのですね」

ドナヒューのにこやかな笑みが間違えてここを訪ねたわけではないことを告げていた。この家を訪ねたくて届けに来たのだ。アミリアにとってはかえって好都合だった。この訪問は渡りに船で、うまくすればフローラが造船所の仕事にどの程度関わっていたのかを聞きだして、シャーロットが殺された事件の調査を進められる。

アミリアは笑顔の男性に笑みを返した。「お茶をいかがです？」

「では、ぜひいただきます」

アミリアが身ぶりで長椅子を勧めると、ドナヒューは上着の長い裾を尻に敷かないよう手間をかけて腰をおろした。アミリアも呼び鈴を鳴らしてから、向かいの椅子に坐った。「軽食を召しあがっていただけるお時間があってよかったわ。提督のもとでとてもお忙しくされているのでしょうから」

「そうなんです」ドナヒューは上着の長い裾を落ち着かせてから膝の上で両手を組んでアミリアと目を合わせた。「提督が歳を重ねるにつれ、日々の業務で私が担う役割が大きくなっています。休息をとらせてあげたいので」

「息子さんがおられないので、たしかな実務知識のあるあなたを頼りになさっているのでしょう」少しばかりおだてても害はない。むしろ、お調子者には間違いなく功を奏するとアミリアは確信していた。

ドナヒューは誇らしげに胸を張った。「提督はお気の毒につらい経験をなさっている。お嬢さんがたはみな善良な女性たちとはいえ、いささか……おつむが軽い。失言をお許しください」

いいえ、許すもんですか。アミリアは腹立たしくても感情を押し殺し、穏やかな声で続けた。「ご長女のフローラは数字に強かったと聞いていますが」

「本人はそう思ってましたね」ドナヒューはとりすまして応じ、口もとをゆがめてにやりとした。「計算が得意にしろ、波止場ではとんだ邪魔者でした。つねに自分のやり方がいちばん正しいと思っていて、関係のないことにも首を突っこむ。やっかいなご婦人だ」

最後のひと言に、アミリアは頭に血がのぼった。

運ばれてきた茶器がカタカタと音を立て、メイドがすぐさま体勢を立てなおし、そばのテーブルに銀盆をおろした。メイドは頬を真っ赤に染めて、膝を曲げて無言のお辞儀で詫びた。

「もういいわ、ミス・ミード。ありがとう」アミリアはお茶を注ぐために立ちあがり、ミス・ミードがさがると、また慎重に会話を進めた。「フローラとエドワーズ家のことはよくご存じですのね」

「私は英国海軍で提督の部下でした」ドナヒューが説明した。「人を知るには最良の場だ。提督は私を家族の一員のように見なしていますよ」

だからフローラの婚約パーティにも出席していたのだろう。エドワーズ提督の頼りになる右腕。でも、家族の一員とまで言えるの？　娘の夫にでもなれば、その繋がりは正式なものとなる。フローラはすでに婚約し、ヒヤシンスの目当てはより地位の高い男性だ。けれどローズは若く、世慣れていない。ドナヒューの愛想や見栄えのよさにころりと心奪われてもふしぎはない。

アミリアはお茶のカップを差しだした。「末のお嬢さんのこともよくご存じですの？」ドナヒューの手がほんのかすかにふるえた。お茶を飲んで、アミリアが椅子に腰を戻すまでじっと見ていた。面白がっているような、いかにも胡散臭《うさんくさ》い目をしている。「あなたがおそらくは聞き及んでいるような関係ではありませんよ」

なにげないふうを装おうとしたけれど、アミリアは顔を赤らめ、相手を調子に乗せてしまったらしい。ドナヒューは満面の笑みを見せた。

そしてティーカップを置き、テーブルに身を乗りだした。「ミス・ローズはやさしいお嬢さんですが、聡明ではない。私はあなたのように人並み以上の知性を備えたご婦人が好みなんです」右目をちょっとつぶってみせた。

ウインクしたつもり？　アミリアは彼の視線を無視してお茶を飲んだ。

ドナヒューが脚を組んだ。「むろん、私は友人をがっかりさせるようなことはしない。ローズのお役に立てることがあれば……場合によっては、力になります。エドワーズ提督にはとてもよくしてもらっている。ですが、仕事は――人も――次から次へと現れる」

ドナヒューはローズとの逢引きが噂になっているのを知っている。みずからそう仕組んだのだろう。それなのに、よりよい申し出を得られるかもしれないと、アミリアの気を引こうとしていた。そんな考えは即刻打ち砕いておかないと。「あなたのおっしゃるとおりだわ、ミスター・ドナヒュー。仕事は次から次へと現れる。これからまたベインブリッジ卿との約束があるんです。慌ただしくてごめんなさい。でも、あの方がいらっしゃるまでにやらなければいけないこともたくさんあって」アミリアは立ちあがった。「スカーフを届けてくださってありがとうございました」

手から滑り落ちたステッキがこつんと床を叩き、ドナヒューはそれをすぐさま拾いあげた。

「どういたしまして。またなにかお役に立てることがあれば——」

「ありそうにないわ」アミリアはドアのほうへ歩きだした。「ミスター・ジョーンズがお見送りします」

「侯爵どのにもよろしくお伝えくださいますか?」ドナヒューが帽子を軽く上げた。「よい一日を」

「よい一日を」浅ましいあなたがこの家から消えてくれさえすれば、きっとよい一日を迎えられるわ。玄関扉が閉まる音が聞こえると、アミリアは客人が去ったことを確かめるため玄関広間へ向かった。

やっと追い払えたと胸をなでおろした。

玄関広間の脇机に書簡の小さな束が置かれていて、そのいちばん上にある象牙色の封書に目が留まった。見覚えがある気がして歩み寄って手に取り、そこに記された宛名〝エイムズベリー伯爵夫人殿〟を指でたどった。あの筆跡だ。どうして玄関口にこんなものが置かれているの？　アミリアは封を解いた。

親愛なる　レディ・アガニ

昨日はおまえの友人が帽子をなくした。きょうはおまえがなにかをなくす番かもしれない。これが最後の警告だ。訊きまわるのはやめろ。

差出人は今回、雑誌社には送らなかった。直接、この家に届けた。もう疑問の余地はない。この人物はレディ・アガニの正体も住まいも知っている。つまり彼女の家族が住んでいる場所も。

アミリアは背筋がぞくりとした。大切なウィニフレッドやタビサおばにまで危険が及びはしないわよね？　ふたりの身に万が一のことがあったら……アミリアはかぶりを振ってそのような考えを払いのけた。そんなことはさせない。昼夜を問わず駆けまわってでも、この手紙の差出人を突きとめて、殺人犯に裁きを受けさせる。そうしなくてはいけない。家族の身の安全が懸かっている。

もう一度、手紙に目を落とした。短いけれど、新たな手がかりが読みとれた。差出人はきのうの波止場での騒動を目撃していたということだ。すぐに頭に浮かんだのはドナヒューだった。きのう波止場にいただけでなく、今朝はこの家にもいた。あの男性が殺人犯だということもありうるのだろうか。ドナヒューは婚約パーティの晩にフローラと言葉を交わしていた。交換条件での取引を受け入れてもらえず、自暴自棄になったのかもしれない。でもだからといって、フローラをバルコニーから突き落とす必要がある？

　この手紙を置いていったのがドナヒューではないとしても、従僕のベイリーがなにか見ていたかもしれない。アミリアはすぐに玄関扉を開いて、パン屋へ向かおうとしていた従僕を呼びとめた。「ベイリー、ちょっと待って、お願い。この手紙について、訊きたいことがあるの」手ぶりで封書を示した。「これを誰が届けたのか憶えてない？」

　そう問いかけられた従僕は、焼き菓子や演奏会の花飾りやドレスの寸法直しといった別世界から引き戻されたかのようだった。つと立ちどまり、くるりと向きなおる。「手紙でございますか？」

「そう」アミリアは答えた。「差出人が書かれていないの」

　若い従僕は封書のほうに目を細めた。「ばたばたしておりましたので、奥さま。この午前中も屋敷を出たり入ったりで。憶えがありません」

「そうよね」アミリアは封書を手渡して背中で両手を組んだ。「ちょっと考えてみて」

　どちらも送り主の名が魔法で浮きあがってくるのではというように封書を見つめた。

　ベイリーが額を擦って封書を返した。「申しわけございません。どうしても思いだせないんです」

「わかったわ」アミリアは声に落胆が表れないように言った。「いいの、気にしないで」

魔法と言えば、サイモンがまさにどこからともなくそこに姿を現していた。馬車が到着したことにもアミリアは気づかなかったので、それだけほかのことで頭がいっぱいだったわけだ。見事な毛並みの黒い馬の四頭立てで、ベインブリッジ家の紋章を頂いた、りっぱな旅行用の馬車だった。

アミリアは手紙を後ろに隠し、話が終わってベイリーはほっとした様子でいそいそとパン屋へ向かった。「ごめんなさい、あなたの馬車がいらしてたことに気がつかなくて。ともかく、今回の旅は楽しみだわ。きょうは旅日和よね?」

サイモンは暗くなってきた空を眺めた。「そうでもなさそうだ。なにを隠したんだ?」

「隠した?」アミリアは時間を稼ごうとした。ドレスにポケットがついていればよかったのに。身にまとうにはじゅうぶんでも、使い勝手には難がある。

「ああ、ぼくが到着したとき、従僕と舐めるように見ていた紙のことだ」

「舐めるようにだなんて、いかがわしい言い方で、この場にふさわしくないわ」アミリアはくすりと笑おうとした。完全に失敗。

サイモンが片手を差しだした。「なんなんだ?」

侯爵に手紙を差しださなければならない義務はないとアミリアは思った。自分に届いた手紙なのだから。とはいえ、ともにひそかに犯罪を調査していて、相棒と呼べなくもない。情報は分かち合わなければいけない。侯爵には状況を知る権利がある。彼もまた危険にさらされる可能性があることをきちんと伝えておくべきだ。差出人が自分を見ていたのだとすれば、侯爵の姿も目にしていたはずだとアミリアは結論づけた。封書をサイモンに手渡した。

サイモンは手紙を開いて読み、緑色の瞳をさっと向けた。「これは誰が？」

「突きとめようとしたんだけど、ベイリーは思いだせないと」アミリアは答えた。「ウィニフレッドの演奏会の細々とした準備で忙しかったのよ」

「差出人はきみのもうひとつの顔も住まいも知っている。それで直接届けた」サイモンが封書を返した。「誰なのかをただちに突きとめなければ」

「提督の地所への訪問を先延ばしにするわけにはいかないわ」アミリアは語気を強めた。「もう遅いくらいだもの。それに殺人犯を見つけるのは、この手紙の差出人を見つけることでもある。同一人物なんだから。お互い、その点については確信しているわけだし、ほかに手がかりもない。あなたが新たな情報を得ているならべつだけど」

「いや……」サイモンは空を見上げた。「提督の地所なら何度も訪れている。天候がこのままもてば、そう時間はかからない」

「それなら、すぐに出発しましょう」アミリアは玄関扉のほうを向いた。「続きはまた馬車のなかで。差出人の正体についてなにか思いつくかもしれないし。ともかく日傘を取ってくるわ」

「きみはどこへ行くにもあれが必要なんだな」

アミリアは肩越しにちらりと振り返った。「こういうときこそ必要なのよ」

何人もにしっかりと留守を頼んで十五分後、アミリアはサイモンとロンドン郊外のダートフォードにある、提督が祖先から引き継いでいる地所を目指して出発した。あらかじめサイモンが提督に書付で訪問を知らせていた。サイモンもその辺りに地所があり、ついでに提督の屋敷に寄るのはめずらしいことではなかった。頻繁に地所を訪問し合っている。

「それで、わたしについては?」アミリアは馬車に乗りこむ際にずれてしまった婦人帽の位置を調整した。「同行する理由をどう説明したの?」ベインブリッジ家とエイムズベリー家は昔から家族ぐるみの付き合いなので、ともに出かける理由をわざわざこじつける必要もないのだろうけれど、考えておくに越したことはない。

「あえて書かなかった」曲がった帽子のつばを直すのをサイモンに手伝ってもらうと、海の潮の香りがぷんと漂った。「きみならなにか考えつくだろうと思ったんだ。まだ時間があるし、きみは想像力が豊かだからな。なにかうまい言いわけを考えてくれ」

おっしゃるとおり。物語づくりが得意なのは親ゆずりだ。アミリアの一家は楽しみながら物語を演じて宿屋の客も楽しませていた。愉快な物語を紡ぐのは、イングランドの田舎で陰鬱な冬の数カ月を乗りきるための最良の手立て。物語を生みだすのは息をするのと同じくらいにたやすい。アミリアは深呼吸をひとつした。まだなにも浮かばないけれど。

「先ほどきみが言ってたことだが」サイモンが催促するように口を開いた。「あの手紙を書いたのは誰だと思う?」

アミリアはドナヒューへの疑念を説明した。ちょうど問題の手紙が届く直前に屋敷を訪れていたし、きのうは波止場にいて、キティの帽子が飛ばされた顛末《てんまつ》も見ていたに違いないのだから。

それを聞いたサイモンの目がエメラルド色の輝きを放った。鋼色の雨雲で覆われた曇り空の下だからか、もしくは彼の額にかかった艶やかな黒い髪のせいで、そう見えただけなのかもしれない。

その顔つきにアミリアは怯んだ。サイモンはいくたびも荒波を乗り越えてきた海の男だ。荒っぽいこともお手のもので、慣れてもいる。アミリアがドナヒューに脅されているとなれば、サイモンは行動に出るはずで、しかも容赦はしないだろう。アミリアはドナヒューへの疑念についてもっとよく考えてから話すべきだったと悔やんだ。慌てて但し書きのように付け加えた。「あくまで、仮説よ。あの人だという証拠はない」

サイモンは指先を打ち合わせて、アミリアではなくその指先のほうに視線を移した。「もっともな仮説だ。彼は波止場での出来事を知っていて、しかも今朝、きみの家に現れた」

「そうなのよね」アミリアはうなずいた。「そうだとすれば一通目のように雑誌社に送らなかったのも筋がとおる」

サイモンがさっと目を合わせた。「一通目というのは?」

アミリアははっと手で口を押さえた。ともに調査するうえで伝えなければと考えていたことのなかには含まれていなかった。隠そうとしていたわけでもないけれど、そう思われても仕方がない。この数日はとんでもなく慌ただしかった。波止場へ出かけてキティが川に落ちる騒動がなければ、伝える時間もあったのかもしれない。いまさらだけど。

「アミリア」サイモンがせかした。揺るぎない声だ。

アミリアは深呼吸をした。「きのうも同じような書付が届いたんだけど、雑誌社からの定期便の郵便物にまぎれていたのよ。だからこそ、わたしはどうしても事件を解明しなくてはとまた思ったの」言いわけじみた笑みを浮かべた。「これでわたしたちが真相に近づいていることだけはわかったわけよね。殺人犯は脅威を感じているということだもの。きょうの旅で、さらに真相に近づけるかもしれない。きっとそう」

サイモンはすぐには答えずに首を振った。馬車の窓の外へ目をやる。「もし二週間まえに、誰かにぼくがエドガーの未亡人と殺人犯を追ってこの馬車に乗ることになると聞かされたら、頭がどうかしているんじゃないかと返していただろう。それなのにこうなった。頭がどうかしているのは自分なんじゃないかと思えてきた」アミリアのほうに視線を戻した。「きみからの提案に乗るべきではなかったんだ。きみを危険にさらす愚かな選択だった。ぼくはいったいなにを考えていたんだ」

「あなたは正しいことだと考えてくださったんだわ。そのとおりだもの」アミリアは侯爵の手に触れた。「ふたりの女性が死んで、その殺人事件を解決できるのはわたしたちしかいない。事情をすべて知っているのはわたしたちだけなんですもの。最後までやり遂げなければ。それがわたしたちの務めだわ」

サイモンがまだ自分の手に触れているアミリアの手に視線を落とした。「きみを危険に陥らせたことに責任を感じている」

「やめて。あなたの悪い癖だわ」アミリアは侯爵の手をきゅっと握って放した。「最初はエドガーにで、今度はわたしに？　そんなことを話している場合ではないでしょう？」

サイモンはちらっと笑みをこぼした。「ああ」

「海軍時代からの習性なのかしらね」

一瞬の間をおいてサイモンが答えた。「そうかもな。部下たちの命をあずかっているという責任感が染みついてしまっている」顎を軽く引いた。「だが、きみに抱いている責任感はそんなものじゃない」

アミリアは眉根を寄せた。「わたしが女性だから？」

「きみがエドガーの未亡人だから」

アミリアは目を伏せて、街路から緑の丘陵へと移りゆく景色に視線を移した。心のなかでは尋ねるまでもなく返答はわかっていた。それでも、はっきりと言われて胸がちくりとした。男性にこのような気持ちにさせられたのは初めてだった。二年も喪に服したあとで若さがよみがえったのかもしれない。それとも、侯爵にそれとなく指摘されたように、これが欲望というものなのかも。その人だからというより、もともと身体に備わっている欲求によって惹かれているだけ。いずれにしても、応えてはもらえない。サイモンがここにいる理由はただひとつ、いいえ、ただひとりのため。エドガーだ。

傷心を振り払うように、アミリアは彼がここにいる理由はなんであれかまわないと自分に言い聞かせた。シャーロットを殺した犯人に裁きを受けさせるのが目的で、そのためにサイモンは協力してくれている。自分には彼が必要で、彼にとっても手伝うことでエドガーへの罪悪感をやわらげられる。理想とは違っても、お互いに得られるものがある。提督の義理の姉がフローラの死の手がかりを握っているとすれば、きっとシャーロットの死の真相にも近づけるだろう。そうした手がかりを追うことが犯人へと導いてくれるはず。きっとそう。

26

親愛なる　レディ・アガニ

田舎屋敷への訪問をどう思われますか？　諸々の必要な心づけを考えると、お金のかかる旅となるでしょう。そこまで費やす価値はあるのでしょうか？　わたしはぜひ訪ねたいのですが、夫はよけいな支出だと渋っています。どうすれば説得できるのでしょう？

かしこ

旅に招かれし者　より

親愛なる　旅に招かれし者　様

気分転換には田舎屋敷への訪問がなによりうってつけです。たしかに費用はかかりますが、この世にただで得られるものはありません。わたしに言わせれば、物よりも思い出にお金をかけるほうが有意義です。ご主人には思い出のほうが物よりも長持ちすると教えてさしあげてください。この理屈にはきっと納得して、お財布の紐を緩めてくださることでしょう。

提督の田舎屋敷はダートフォードのはずれの鬱蒼《うっそう》とした木々やリンゴ園の奥にあり、花盛りの季節は過ぎても芳しい香りがいまにも漂ってきそうに思えた。深く息を吸いこめば、ひと月まえならこの辺りに満ちていたはずの酔わせるような甘い匂いを味わえそうだ。朽ちかけた木製の橋が、奥深い緑にぐるりと囲まれた地所を象徴するような四角い大邸宅へ導いている。提督にとってロンドンの住まいには望めない大きさと静けさを兼ね備え、しかもそのロンドンにもさほど遠くはない田園の宝石。このように美しいのはもちろん、理想的な立地の邸宅を維持していくには、造船会社を営むだけでなく、海軍との取引も保たざるをえないのだろうとアミリアは考えをめぐらせた。

邸宅に近づくにつれ、花々と緑に彩られた見事な庭園に目を奪われた。邸宅と同じように四角形で、きっちりと刈りこまれた生垣に縁どられている。真ん中に建つ一対の噴水が、こぼれ落ちる水音の調べを奏でている。ベンチにひとりの老女が帽子を目深にかぶって坐っていた。背中の丸みや編み針を動かす筋張った手から年齢が見てとれる。あの老女が提督の義理の姉なのだろうか？　ちょうどそれくらいの年齢だ。アミリアはその推測をサイモンに投げかけてみた。

サイモンはアミリアの前から身を乗りだすようにして窓の外を見やった。「そうだとすれば、ここがこの辺りでも最上の庭園のひとつと数えられているのも納得がいく。海を愛する提督が庭園にどうしてそれほど費用をかけているのか、ふしぎに思っていたんだ」

アミリアはぱちんと指を鳴らした。「提督に庭園の案内をお願いしてみるわ。うちの庭園を造り替えるので参考にしたいからと。そうすれば、わたしが同行した理由にもなるし、あの女性と話すきっかけにもなる。フローラの婚約パーティでのことを訊けるでしょう」

馬車が停まり、従僕が扉を開いた。サイモンが声を落とした。「きみは彼女から話を聞いてほしい。そのあいだぼくは提督の相手をしておく。ただし用心するんだ。ヘンリーの言うように、あの女性が正気でないとすれば、なにをしでかすかわからない。約束してくれ」

「約束するわ」

サイモンが馬車の踏み段を下りて、アミリアが降りるのに手を貸した。ほどなく、提督がふたりを出迎えに現れた。のどかな田舎の雰囲気のなかでも、白いシャツと古めかしいクラヴァットを凛々しく身に着けている。ロンドンを出たからといって気を緩められる性分ではないようだ。髭はタビサおばの縫い目のようにまっすぐに整えられ、髪は耳の上できっちり切り揃えられている。緩みが窺《うかが》えるのは、樽みたいにふくらんだお腹だけ。

「やあ、ベインブリッジ」エドワーズ提督はアミリアのほうに軽く頭をさげた。「レディ・エイムズベリー、またお目にかかれるとは望外の喜びですな」

「こちらこそですわ」アミリアは庭園のほうへ手を向けた。「見事な庭園の評判はお聞きしていましたが、実際に拝見できて、このうえない喜びです。見学させていただいてもよろしいかしら。庭園の造り直しを考えているので参考にしたいんです」

造り直しという言葉に提督がぴくりと反応した。「もちろんどうぞ。お越しいただけて光栄です。庭園の造り直しは容易なことではない。計画性と、辛抱強さと、論理性が必要だ」

わたしが庭園造りで大切にしているのはその三つではないけれど、いまはどうでもいい。アミリアは笑みを浮かべた。「同感ですわ」

提督がちらりと空を見上げた。「まずはご案内からのほうがよさそうですな。雨雲が近づいている」

「そのようですね」サイモンが調子を合わせた。「提督、案内をお願いします」

間近で見ると、遠くから眺めたとき以上に美しい庭園で、アミリアは興味津々のふりをするまでもなかった。このような庭園には心から惹かれる。ふとキティの家の庭園を呼び起こしたが、あちらは背の高い街屋敷のバルコニーの下にあり、もっとこぢんまりとしている。こちらは生い茂る緑がオークの林とひと続きに延びていて、果てしなく広がっているかのように見える。ティーカップの受け皿のように丸く愛らしいバラは由緒ある伝統を物語っているし、さらに圧倒されるのはいまが盛りの芳しい香りを漂わせている白いマグノリアの花々だ。庭園への道筋は薄紫とピンクのアジサイで飾り帯のように縁どられていた。邸宅の陰と窓辺に見えるのは、色彩の炸裂からひと息つかせてくれるシダ類、薄緑や青緑の様々な植物、ごく淡いミントの葉。

「庭園はどのくらいの規模なのですか？」門扉を抜けたところでエドワーズ提督が尋ねた。

アミリアはおおよその大きさを答えた。

提督がざっと計算しているそぶりで、足をとめた。「メイフェアのお宅ですね？」

「そうですわ」提督が小さい歩幅ながらもさっさと進んでいくので、アミリアは追いつくために足を速めなくてはならなかった。

「では、きわだつものになさりたいと」提督が続けた。

「そんなことはありません」アミリアは答えた。「素朴でしかも美しいものにしたいんです、こちらのように」

「いや、でも、きわだつものになさるべきだ。場違いな庭園になってしまうのがいちばんよくない。まずなによりも立地を考慮されたほうがいい」提督は噴水の前で立ちどまり、涼やかな水音が高らかな嗄れ声をやわらげた。「ロンドンにはこのような庭園はまるでそぐわない。それくらいの規模ではごてごてして暑苦しいものになってしまう。すっきりと洗練されたものを目指されたほうがいい。あの辺りの優雅な邸宅街にふさわしいものを」太く短い指をこめかみにあてた。「それを念頭におかれるように」

「ありがたいご忠告です」サイモンがうなずいた。「精通なさっているのは海のことだけにとどまらない」

エドワーズ提督は笑みを浮かべた。「考えてみれば、海と陸にそう違いはない。どちらもしっかりとした舵取りが求められる。統制力がものを言う」

「それで思いだしましたが」サイモンが言葉を継いだ。「船絡みでお伺いしたいことがありまして。アフリカ海岸沖の情勢についてです」

「殿方同士でお話しなさっているあいだに、見学させていただいてもよろしいかしら？」アミリアは問いかけた。「雨が降りだすまえにできるだけ見ておきたいので」

「かまわんとも」提督が先へ進むよう手ぶりで伝えた。「ご存分に」

アミリアは先ほど老女が坐っていたベンチのほうへ歩きだした。何度か角を曲がってそこにたどり着くと、提督が統制力の必要性を強調していたわけが呑みこめた。この庭園は小部屋が次々と連なっているかのように感じられる。そう考えると、感銘を受けた。提督が話していたように、美しい庭園を造りあげるには、綿密に計画を立てて、個々の領域を継ぎ目なく繋げなくてはいけない。

残念ながら、目当てのベンチにはもう誰もいなかった。アミリアは周りを見渡して、房になって垂れさがっている藤の花に目を留めた。曇り空の下で紫色の花が鮮やかに映えている。アミリアはビロードのような花びらに手を伸ばした。

「わたしならそんなことはしないわね」背後から声がした。

アミリアはくるりと振り返った。「どうして？」

目の前に老女が立っていた。百五十センチ程度の小柄でずんぐりとした身体にだぶっとした黒のドレスをまとっている。顔もスカーフに包まれていてよくわからない。

女性が顎を上げ、どことなく恐ろしげでうつろな目を向けた。「そうされたくないからよ」

「エドワーズ家の方々が？」

「花たちが」女性が歯をカタカタと鳴らした。「触れられるのが嫌いなの」

「わかりました」アミリアは唾を飲みこみ、初対面で気を荒立てさせてはいけないとこらえた。片手を差しだす。「アミリア・エイムズベリーです。ベインブリッジ卿とこちらに伺いました」

老女はドレスで手のひらを拭いてからアミリアの手を取った。「イングランドの女王よ」

女性の手は節くれだっているものの驚くほど柔らかかった。肉づきがよいせいかもしれない。「提督の義理のお姉さままでいらっしゃいますね。お噂はかねがね伺っています」

「あら、お上手ね。義理の弟はわたしなんていないようなふりをしているのに」

「家族はいろいろとむずかしいものですわ」アミリアはそばのベンチに腰をおろし、女性も坐ってくれるのを期待した。「わたしには三人の姉妹がいます。きっとみな同じことを言いますわ。夫を亡くしてから、あまり連絡を取り合っていないんです」

老女が片方の耳を突きだすように向けた。「なんておっしゃったの？　ご主人を亡くされたと？」

「二年まえに」アミリアは説明した。「変性疾患を患っていました。少しまえから闘病生活を送っていたんです」

「あなたもわたしと同じで呪われているのかもしれないわ」老女はベンチに足を引きずるように近づいたものの坐らなかった。「わたしの夫も死んだの」

ヘンリーは彼女と花婿との結婚式は行なわれなかったと話していた。どうしてなのかは聞いていない。夫が死んだとはいったいどういうことなのか聞いておかなければとアミリアは思った。「それはお気の毒ですわ。ご病気でしたの？」

「いいえ。そんなことはまったくなかった」

アミリアは眉をひそめて無言の問いを投げかけた。

「わたしは呪われていると言ったでしょう？」女性の声音が鋭く上がった。「エンゲルソープ家の女たちはみんな呪われているんだわ」

アミリアはフローラの話を持ちだす好機を逃さなかった。「フローラのことでしょうか」

老女の目が光を放った。「ええ、フローラ。あの子も死んでしまった」

「事故だとお聞きしています、呪いではなく」雨粒がドレスに落ちて、アミリアはそれを手で払った。「もともと夢遊病だったと」

女性がすっとアミリアの隣に腰をおろした。「わたしの夫は結婚式の日に死んだの。落馬して首の骨を折って。フローラには呪いについて警告したのに、信じてもらえなかった。あの子は頑固だったから」老女はにやりと笑い、歯が一本欠けているのが見てとれた。「いまなら信じられるんでしょうけど」

涼しい日なのに、アミリアはうなじがじんわりと汗ばんだ。「あなたはそこにいらしたんですか？　彼女が転落するのを目撃なさったの？」

「まさか。わたしはベッドで寝ていたわ」老女は小首をかしげた。「だけど、叫び声が聞こえて、確信した。あんな声は忘れようがない」嘆息する。「いまでも時どき夢のなかで聞こえるの」

老女はいまも夢のなかでその叫び声を聞いている。フローラを突き落とした張本人だからではないのだろうか。それができるくらいの体力はありそうだ。とはいえ辻褄が合わない。老女はこのダートフォードに暮らしていて、不審な出来事はロンドンで次々と起きている。まずはフローラ、それからシャーロット、そして二通の脅迫状。「そのとき以来、ロンドンへ戻っておられないのですか？」

「ええ」老女は唇を引き結んだ。「もう戻る気になれないわ。ここが、わたしの庭が、気に入ってるの」

雨がぽつぽつと降りだしてきた。「そろそろ提督のところに戻りましょうか」アミリアは女性の腕に手をかけた。「雨が降りだしたので、風邪をひいてしまいますわ」

女性が蛇に嚙まれでもしたかのようにさっと立ちあがった。「言ったでしょう、触れられるのが嫌いなのよ！」

「お詫びします。もうお花にはさわりませんから」

「わたしが花なの！　わたしが花なのよ！」老女は同じ言葉を何度も繰り返しながらよろよろと邸宅のほうへ歩きだした。

アミリアはその後ろ姿をじっと見つめて、日傘を開いた。老女はどうかしている。危険なことをしかねないくらいに。いま聞いた話はとても鵜呑みにはできなかった。それでも、フローラの死とシャーロットの死は関連がない可能性も考えてみなければいけない。老女がフローラを手にかけたとしても、シャーロットを殺すことはできなかったはず。その可能性も考えてみようとしても、アミリアには受け入れがたかった。ふたりの死には関連があるとしか思えない。そうでなければ説明がつかないのだから。それぞれにべつの殺人犯がいるなんてことがありうるの？

「やっと来たか」サイモンに声をかけられた。「雨が降ってきた。よかった。きみには身を守る術がある」日傘の下を覗きこむようにして声をひそめた。「提督がなかでお茶を用意して待っている。彼女とは話せたのかい？」

アミリアはゆっくりとうなずいた。

「それで？」

「あの人は完全にどうかしているわ」

27

親愛なる　レディ・アガニ

あなたは天候についてお詳しいですか？　正確には天候そのものではなく、天候が人に及ぼす影響についてなのですが。このように雨降りの日にはなにをしたらよいのでしょう？　外に出て息苦しい人々との関わりから逃れたい思いを克服する手立てはないでしょうか？

かしこ

ずぶ濡れ　より

親愛なる　ずぶ濡れ　様

雨の威力を侮ってはいけません。すでに偉人のどなたかが述べておられるでしょうし、そうでなければ、ぜひそうした方々に知らしめていただきたい真実です。わたしたちの辛抱強さは悪天候に打ち砕かれかねません。かたや、ひとたび陽光を浴びれば、たちまち楽天的な気分に様変わりします。親愛なる読者のみなさまにおかれましては、そんな晴れの日が訪れるまで、乾いた場所で良書をお楽しみください。雨降りの日の憂鬱には最良のお薬です。

秘密の友人　レディ・アガニ

サイモンとアミリアは雨降りの午後をエドワーズ提督とともに、暖炉のぬくもりと優美に取り揃えられたサンドイッチとケーキを味わいながら過ごした。最初は柔らかな小雨程度だったのがいつしか横殴りの豪雨に変わっていた。田舎道はたちまちぬかるんで、帰路を真剣に心配せざるをえなくなってきた。雨が降るのは晩餐まえのシェリー酒並みにごくあたりまえのこととはいえ、このような土砂降りになるとは思わなかった。さすがのサイモンの顔にも懸念が表れていた。提督が機知に富む話をしているあいだも、窓のほうにそれとなく目をくれている。低く轟《とどろ》く雷鳴が窓ガラスをカタカタと鳴らし、アミリアは身をびくりとさせた。

「ずいぶんと荒れてきたな」提督は机から小ぶりの望遠鏡を手に取り、窓の外を見ようと構えた。片目をつむり、望遠鏡を覗きこむ。「これではすぐには発てんぞ、ベインブリッジ」

「長居はできません」アミリアはきっぱりと言った。「明後日にウィニフレッドの演奏会を控えているので。準備がまだいろいろとあるんです」

提督が望遠鏡を置いた。「われわれがいくら望もうと天候を変えることはできん。海上ではなく、こうして暖かい炉辺にいられるのだから幸いだ。大の男の胆力をもってしても信じがたいほどの威力がある」

「こうしていられるのはありがたいことです」サイモンがアミリアのほうを向いた。「提督のおっしゃるとおりだ。天候は変えられない。待つしかないだろう」

そのとおりなのはアミリアにもわかっていたけれど、初めての演奏会を控えてウィニフレッドが不安をつのらせているかと思うと居ても立ってもいられなかった。たどり着けるなら炎や山をも乗り越えられる。雨が筋状に伝う窓に目を凝らす。この嵐にはやってきたときと同じくらいすばやく去ってもらいたい。

エドワーズ提督がティーカップを持ちあげた。「庭園の散策は参考になりましたかな?」

「ええ、とても」アミリアは答えた。「シダ植物にはとりわけ目を奪われました。どのように手入れなさっているのですか? 多くの人手が必要なのでしょうか?」

「驚かれるかもしれんが」エドワーズ提督はそこでいったんお茶を飲んだ。「適切に世話をして、手入れを怠りさえしなければ、ごく少ない人手でもじゅうぶん育てられる。義理の姉のダリアがその役割を担っています。まあたしかに人づきあいはうまくないかもしれんが、植物とはとてもうまくやれている。肝心なのは一貫性だ。一日でも注意を怠れば、そのぶんのつけがまわる」提督が顔をしかめた。「わしがロンドンで悩まされているのはそのせいだ。ひとりのメイドを辞めさせたために屋敷全体がおかしくなってしまった。後任者をなかなか見つけられずにいる」

アミリアは提督の嘆きを聞いてふとひらめいた。「タビサ・エイムズベリーは屋敷の切り盛りの達人なんです。あの気配りの細やかさにはあなたもきっと驚かれますわ」ひと息ついて提督とタビサの組み合わせを思い浮かべた。考えてみれば、なかなかお似合いのふたりかもしれない。意外な思いつきはさておき、われに返って言葉を継いだ。「おばならどなたかを推薦できると思います」

　雨空の稲妻のように提督が顔を輝かせた。「そうなのですか？　そうしていただければ、だいぶわしも肩の荷を下ろせる。こちらの使用人たちは好んで田舎で働いているので向こうに連れていきたくはないんだが、ローズにすぐにも誰かつけなければ。初めての社交シーズンですでにあれこれ支障が出ている」

「フローラが亡くなられたからですね？」サイモンが尋ねた。

　エドワーズ提督はいらだちをあらわにした。「あれにはなによりまいった」ティーカップを置いて、脚を組む。「きみも若い男どものことならよくわかるだろう、ベインブリッジ。彼らの場合には不満がないかぎりはすこぶる物分かりがいい。だがローズは若く世間知らずだ。かわいそうに早くに母親を亡くしたので、フローラを心から頼りにしていた。あの子がいなくなって、ローズがまともに生きていけるのか心配だ」

「ヒヤシンスがおられるのでは？」アミリアは尋ねた。「ローズより年上ですし」

　エドワーズ提督はにべもなく一蹴した。「ヒヤシンスはフローラとは気質が違う。フローラはわしに似ていた。ヒヤシンスは風に飛ばされる花の種みたいなものだ。風に吹かれるままにどこへでも飛んでいってしまう」

　その言葉から、提督がフローラを追悼する庭園を造ることに反対した理由が読み解けた。

フローラは船や数字に慣れ親しんでいて、まさに提督の愛娘だった。自分が追悼庭園を望まないのなら、娘も望むはずがないと考えたのだろう。サイモンの言うとおりだった。提督は冷淡な父親なのではない。自分らしく生きているだけのこと。

「ヒヤシンスは姉の婚約者に熱をあげていた」提督がまた話しだし、嘆かわしそうに首を振った。「むろん、向こうにはまったくその気はないわけだが。彼はフローラの死に打ちひしがれていて、周りをよけいに沈ませている。いっそ、われわれの前から消えてもらったほうがいいのかもしれん。暗い顔でうろつかれるほうが迷惑だ」

サイモンが眉を上げた。

その表情の変化に提督が気づいた。「失礼、レディ・エイムズベリー。ぶしつけな物言いをしてしまった。フローラの死は自分でも認めがたいほどこたえているもので」

アミリアは諫めるように片手を上げた。「謝らないでください。お哀しみはいかばかりかとお察し申しあげます」

「ああ、あなたにはおわかりいただけるだろう。あなたのご主人はりっぱな男だった。どうかそれをお慰めに」

またも激しい雨が窓を叩きはじめて、提督が立ちあがった。「きみたちがこちらで夕食をとることを料理人に伝えてこよう。これではとても今夜は発てんだろう」

提督が部屋を出ると、アミリアは身をひねってサイモンと向き合った。「どうしたらいいの？　こちらに泊まるわけにはいかないわ」

「この天候ではどうにもならない」サイモンは窓のほうに目をやった。「やむまで待たなければ」

「ウィニフレッドがわたしを待ってるのよ」アミリアは食いさがった。「あの子のために家に帰らないと」

「ウィニフレッドのためにきみは生きて帰らなくてはいけない。この嵐のなかに出ていくのは愚かだ。自分の命を危険にさらそうというのか」

大げさだとアミリアは思った。これよりひどい嵐のなかでも馬を駆ったことがある。と、雷鳴が壁をふるわせるように轟いた。やっぱり、ここまでひどくはなかったかもしれないけれど、だいたい同じくらいの嵐だったはず。「ヒヤシンスについての提督の発言をあなたはどう思った？　ヘンリー・コスグローヴを自分のものにするために姉を殺すなんてことがありうるのかしら？」

「ぼくもそれを考えていた」サイモンはいったん息をついた。「だが、ぼくは提督と知り合った頃からヒヤシンスのことも知っている。幼いときから気分屋で、ずっと変わらない。ヒステリーを起こして姉をバルコニーから突き落としてしまったという可能性はあっても、シャーロットを殺すだろうか？」首を振った。「なんであれ、くわだてられるような狡賢《ずるがしこ》さが彼女にあるとは思えない」

アミリアは庭園で思いついたことをサイモンに話して聞かせた。「殺人犯がふたりいるとは思わない？」

「思わない」サイモンはあっさり退けた。「類似点が多すぎる。それに、きみに届いた脅迫状からしても」

アミリアは椅子に深く坐りなおした。「提督の義理のお姉さんについても同じことを考えたわ。彼女が手にかけたとすればフローラのほうだけ。シャーロットを殺せるはずがなかった」

「手がかりが導いてくれるほうへ進むしかない」サイモンが肩をすくめた。「ぼくたちにできるのはそれだけだ」

ひとつずつ考えうることをつぶしていく以外に選択肢はない。アミリアは頭を掻いた。なにかを見落としているような気がして仕方がない。

提督が戻ってきて、海軍時代の思い出の品々をご覧いただければというので、サイモンとアミリアは案内されて図書室へ向かった。そこはかび臭く湿っぽい部屋で、アミリアが振り返ると、サイモンと提督はロバート・ヘリオット・バークリー（ナポレオン戦争と米英戦争で活躍した英国海軍指揮官）の本を開いて見入っていた。海軍時代に長く華々しい経歴のある提督は、任務や乗組員や有能な部下たちについて語りだした。サイモンは聞き入っているようだけれど、アミリアはうわの空だった。ウィニフレッドのことが気がかりで、どうにかして帰れないものかと考えていた。けれど提督がある船の話を始めたので、アミリアはフェア・ウィンズ社について尋ねるきっかけを得た。うまくすれば事務員のウィリアム・ドナヒューの話に繋げられるかもしれない。

「どのような船が航海に適しているのかを身に染みてご存じなのですね」アミリアは言葉を

差し挟んだ。「それで、造船会社を起こされたのですか？」

提督が樽のような胸を張った。「しかも海での長年の経験がある。むろん、海軍もわれわれのような老いぼれをいつまでもぶらぶらさせておいてはくれんしな」サイモンと視線を交わした。「乗組員たちの指揮は若い船長にゆだねられている。だが、わしは船上が恋しい。だから造る側にまわったわけだ。非常に充実している」

アミリアはページをぱらぱらめくっていた本を置いた。「そちらの会社のウィリアム・ドナヒューという事務員にお会いしました。とても熱意をもって仕事に取り組んでいるご様子でしたわ」

「ドナヒューは好人物だ」提督が言う。「伯爵の甥にあたり、そうそう、お父上はこの辺りに地所をお持ちだ。ローズの相手にどうかと思ってはいるんだが。花婿として願ってもない男だし……そうなれば今シーズンの頭の痛い問題も解決する」提督は額を擦った。「早く結論が出るに越したことはない」

「お嬢さんがたは彼をどう思われているのでしょう？」サイモンが訊いた。

「フローラは快く思っていなかった。彼には経理の能力が欠けていると見ていたようだが、それは娘のほうが長けていたからだろう」提督は苦笑いを浮かべた。「だが、ドナヒューには言わんでおいてくれよ」

「もちろんですわ」アミリアは微笑んで応じた。

「かたやローズは彼に会うのがうれしそうだ」提督が続けた。「意図は汲んでいただけると思うが、いささか目に余るほどに。ヒヤシンスには高い野望がある。いまやうちでは最年長の娘だし、フローラが公爵と婚約していただけに、致し方のないことなのだろうが」

「フローラはドナヒューの帳簿づけの誤りを見つけていたのですね？」サイモンが訊いた。

「それでふたりは険悪に？」

提督は机の上から羅針盤を手に取り、磁針の動きを見つめた。先ほど、やはり提督を務めた曾祖父の代から受け継がれていると語っていたものだ。金色で、古びてはいるものの炉火に照らされてきらめいている。「そう言われてみれば、たしかに。娘は帳簿の誤りを指摘していた。どんな誤りなのかはわからん。話す機会を逃してしまった。いまとなってはどうでもいいことだが」提督は羅針盤を机に戻して、哀しげな笑みを浮かべた。「重要だと思えていたことがいまではふしぎとそうでもないように感じられる」ぽんと両手で太腿を叩いた。

「だが過去の話はこのくらいにしておこう。夕食まえに一杯どうだね？」

アミリアはその誘いに自分が含まれていないのを察した。「わたしはちょっとお化粧直しをさせていただいてもよろしいかしら」

提督が立ちあがり、ドアのほうへ歩きだし、メイドを呼ばわった。「もちろんですとも、レディ・エイムズベリー。ラトガース夫人が喜んでご案内する」

糊の利いたエプロン姿で現れたラトガース夫人は、提督にいきなり呼びつけられたのが気に入らないようだった。すがめるようにエドワーズ提督を見る目つきに不機嫌さが表れている。アミリアのほうに視線を移し、膝を曲げて軽く頭をさげた。アミリアは立ちあがり、夫人のあとについて部屋を出た。

アミリアは屋敷のなかをじっくりと眺めながらお手洗いへ向かった。広々とした玄関広間を横切る際には、代々海軍の提督を務めてきた一族の証しが陳列されているのを目にした。偉大な功績をあげ、りっぱな鬚をたくわえた男たちが金の額縁のなかからこちらを見下ろしていた。みなネイビーブルーと白の英国海軍の制服姿で、つばの広い帽子をかぶっている。

授かったのは娘が三人のエドワーズ提督はこの偉大なる系譜の最後の海軍指揮官となる。彼に続いて肖像画が飾られる息子はいない。提督はそのことを気にかけてはいないのだろうか？　またどこかべつの世界でなら、フローラが父親の跡を継げたのかもしれない。数字に強かったそうだし、指揮官の才も備えていたのに違いない。けれど現実は、提督の代でその系譜は途切れる。

海軍将校の妻たちも壁の片隅ながら堂々とその存在を示していた。みな誇らしげに目を輝かせ、意志の強さも見てとれる。夫たちが海に出ているあいだ、妻たちには辛抱強さが欠かせない。その顎つきが彼女たちのがんばりを物語っている。そこにいる女性たちはそれぞれに苦難に耐えたのだとしても、勝利の一因として総じて語り継がれるだけにすぎない。

アミリアは最後の肖像画の前で足をとめた。早くにこの世を去った提督の妻に違いない。ほかの女性たちと同じように、襟ぐりの深いドレスを美しくまとい、雪のように白い喉もとがあらわになっている。なんとなく見覚えのある顔立ちで、そういえば娘のヒヤシンスによく似ているのだとアミリアは気づいた。ふたりとも同じようにどことなく落ち着かなげな奥まった青い目をしている。笑みをとりつくろっているような口もとも似ている。「こちらは提督の奥さまかしら？」

ラトガース夫人が小さくうなずいた。「ええ、そうです。神よ、安らかに眠らせたまえ」

「亡くなられてだいぶ経つのですよね？」

「十六年にはなりますかしら」ラトガース夫人が答えた。

「まだお若いうちに亡くなられたとか」アミリアはひと呼吸おき、ラトガース夫人の説明を待った。聞けないとわかって質問を重ねた。「ご病気でしたの？」

ラトガース夫人は肖像画をまじまじと見やった。「外目には、とてもお元気でした。ご覧のとおり、おきれいな方でしたわ。磁器のような肌で、それは目を奪われる美しいお姿で、澄んだ目をなさっていた。ですがその胸のうちは……」咳ばらいをする。「五年のうちに三人のお嬢さんを出産されて、最後のローズお嬢さまが生まれてすぐに。出産は精神的にも時には女性に大きな負担を与えますから」

アミリアはそれを聞いて考えこんだ。母から出産後に気が沈みがちになる女性もいるという話は聞いていた。ほとんどの場合には一時的な症状で快復するが、深刻な状態になる人もいる。メルズでもみずから命を絶った若い母親がいたという。提督の奥さまもそうだったのだろうか？　その可能性もありそうだけれど、尋ねずにはきめつけられない。とはいえ、そのように立ち入った質問をどうしたら投げかけられるだろう。

ラトガース夫人が曲がり角のほうを手ぶりで示した。「左手のひとつめのドアがお手洗いです。ほかにご入り用なものはございますか？」

「ないわ、ありがとう」アミリアは笑いかけた。「とても助かりました」ラトガース夫人が姿を消しても、アミリアはさらにしばし肖像画を眺めた。母親と娘たちは驚くほど似ている。娘たちはあきらかに母親似で、父親とは違う。

「わたしの妹、アイリスよ」

その声を聞いて、アミリアはうなじがぞわりとした。そこに誰がいるのかはすでにわかっていたけれど、どうにか振り向いた。目の前に立つダリアはもうスカーフをしていないので、よく似ているのが見てとれた。色白の肌、きっちりと真ん中で分けた豊かな褐色の髪、奥まった目。そうした特徴は亡きエドワーズ夫人と娘たちだけでなく、ダリアにも共通している。

アミリアは息を吸いこんだ。気詰まりな会話には慣れている。〈フェザード・ネスト〉を訪れた客ともたくさん経験しているのだから、ダリアにうろたえる必要はない。「ほんとうに美しい方でしたのね」

ダリアは目を伏せた。「ええ、そうだった」

「ラトガース夫人から、ローズ嬢を出産後に亡くなられたと聞きました」アミリアはできるだけ平静な声を保とうとした。「なにがあったんです？」

ダリアは答えなかった。肖像画をただ見つめ、声は出さずに唇を動かしている。

祈りを捧げているの？　呪文を唱えているの？　そういえば魔女を思わせる風貌だ。褐色の髪には鉄灰色の筋が交じり、横顔の鼻には出来物が見てとれる。アミリアはじっと見つめて質問の返答を待った。答えてもらえる見込みはないと判断し、脇をすり抜けてお手洗いに向かおうと踏みだした。

と同時にダリアに腕をつかまれた。鉤爪《かぎづめ》に捕らえられたように。「あなたに話して聞かせるようにと妹が言ってるの。あなたは助けてくれようとしているんだと」

アミリアはつかまれた腕を引き抜こうとした。「放して」

ダリアは肖像画に話しかけた。「わかってるってば！」アミリアのほうに向きなおる。「なにがあったのかと訊いたわよね。話してあげる」ダリアは片手を上げて、また肖像画に声をかけた。「黙ってて、アイリス。わたしがいま話しているんだから。わたしのやり方で話すわ」アミリアのほうに顔を戻した。「提督が休暇で妹をデヴォンに連れていった。体調のすぐれない妻に海辺の空気が助けになると思ったのね。それで心の平穏を得られる旅人もいるんでしょうけど、アイリスはそうではなかった。じっとしていられなくて、ふらふらと出かけてしまった。三日後に海岸線の岩場に打ち上げられているのが発見された」ダリアは同意を求めるように暗い瞳を肖像画に向け、満足げにうなずいた。

アミリアは言葉を失った。ひとつには、ダリアが対話しているかのように肖像画に話しかけていたから。もうひとつは、アイリスが自殺したのだと打ち明けられたせいだ。何秒かおいて、アミリアはお悔やみの言葉を口にした。「ほんとうにお気の毒ですわ」

ダリアの額の皺が深くなった。「お気遣いは無用よ。妹はまだここにいる。わからなかった？　庭園にいたでしょう？」

なにを言われているのかアミリアにはさっぱりわからなかった。

ダリアが小首をかしげると頬のほくろが見えた。「あの花たちよ」

それでぴんときて、アミリアは納得した。アイリス、フローラ、ヒヤシンス、ローズ。みな花の名前がつけられている。だからこそダリアはずっと庭園で過ごしているのかもしれない。そう考えると、この老女がいじらしく思えた。頭がどうかしてしまっているわけではないのかも。ただ孤独なだけで。「たしかに。そういうことでしたのね」

なごやかな静けさはラトガース夫人の声に打ち破られた。「エンゲルソープ夫人、どうぞ道をあけてレディ・エイムズベリーを通してさしあげてください。お薬の時間ですよ。夕食まえにお飲みにならないと」

ダリアの顔から生気がたちまち消え去った。落ちくぼんだ目はうつろになり、唇が力なく開いて、不愉快そうな顔つきだ。微動だにしない。

ラトガース夫人に腕に触れられると、庭園にいたときのようにびくんと身を引いた。ラトガース夫人は動じずにそのまま階段へと促した。ダリアは踏みだしてから、アミリアを振り返った。「わたしが言ったことを憶えておいて。大事なことだから」

ラトガース夫人がダリアを追い立てるように階段を上がっていき、アミリアはお手洗いを使った。引き返そうとすると、廊下にラトガース夫人が待ち受けていた。辛抱強い笑みを貼りつけて。「エンゲルソープ夫人のことはお詫び申しあげます。お歳を召されて、混乱しがちなのです」

「詫びていただくには及びませんわ」アミリアは返した。「承知しておりますので。以前から、それともエドワーズ夫人が亡くなられてからあのように？」

ラトガース夫人はさらりと払いのけるように答えた。「妹さんが結婚されたときにこちらにいらしたんです。ほかに行き場がなくて。エドワーズ提督は物言いが荒くても心のやさしい方なんです。おやさしすぎるのかもしれません。あのご婦人は日に日に我が強くなられて」

ふたりは食堂へ歩きだし、ドアの前に来てアミリアは足をとめた。「彼女が話していたことは事実なのですか？　エドワーズ夫人が……デヴォンで溺死されたと」

ラトガース夫人は肩を落として無言の抗議を示した。「エドワーズ夫人と神とのあいだでのこと。傍《はた》がとやかく言えることではありません」

「そのようなつもりでお尋ねしたのでは――」アミリアは話そうとしたが、すでにラトガース夫人は踵《きびす》を返し、歩き去っていた。自死は人前で、それも礼儀を重んじる人々のあいだではなおさら、話題にするようなことではない。教会がそのような卑劣な過ちをおかした人々を退けているのも、口に出すのは慎まなければならない多くの理由のひとつだ。けれどほかにどうすればダリアの告白が事実なのかどうかを確かめられたというのだろう？　まさかエドワーズ提督に尋ねるわけにもいかない。今回の会話のせいでラトガース夫人に冷淡な態度を取られても仕方がない。もっと高位の人々からもアミリアはこれまでに同じような態度を取られてきた。ちくりとも傷つかなかったと言えば、嘘になるけれど。

食堂ではサイモンが待っていて、アミリアを席に導いてくれた。かすかに笑みを浮かべて、ナプキンを膝の上にあてがった。「どうかなさったのかな、レディ・エイムズベリー？」

アミリアはぱっとナプキンを広げた。「なぜ、そんなことを？」

「ご機嫌斜めと見える」

アミリアはちらりと横目で見やった。「いともやすやすと叱られちゃったの。当然のことをお尋ねしただけなのに。行く先々で言葉に気をつけなければいけないなんて損な性分だわ」

「誰に叱られたのかな？」

「メイド」アミリアは答えた。「ラトガース夫人よ」

「なんという屈辱」

「礼儀正しい会話がとんでもなく苦手なのよね。疑問が湧いたら、女王にでも、村人にも、メイドにも、堂々と尋ねられたらいいのに」フォークの先を侯爵に向けた。「そう思わない？」

サイモンはフォークを持つ彼女の手をおろさせた。「それは質問の内容によるな」

アミリアはフォークを置いた。「どういうこと？　あなたは慣習にとらわれていない。そうでなければここにいらしてなかったでしょう」

「そうとも言える。だが、ぼくは規律をきわめて重んじる男でもあるんだ」サイモンは従僕が料理皿を据えるのを待って、言葉を継いだ。「人々を守るために定められたものなのだから」

侯爵が本心から話しているのはアミリアにもわかっていた。規則を遵守せずして英国海軍で大佐まで昇進できたはずもない（いずれにしろ侯爵であることに変わりはないけれど）。それでも妻を娶ることについてはエドガーに慣習にそむく助言をしていた。フェリシティとの破談で自分が得た教訓からなのか、家族内にさらに根深い要因があるからなのかもしれない。ほかの多くのことと同じで、サイモンの過去も謎に包まれている。その点についてもアミリアはぜひ真相を突きとめたかった。

「わたしは守ってもらう必要はないわ」そう答えた。

サイモンがさっと目を向けた。「きみに届いた二通の書状からすれば、そうとは思えないが」

「手伝ってもらうのは守ってもらうのとは違う」アミリアは切り返した。

「ぼくからすれば同じだ」

アミリアは口をあけ、すぐに閉じた。サイモン・ベインブリッジの規定集にあえて歯向かおうとは思わない。

28

親愛なる　レディ・アガニ

晩に眠れません。枕に頭を落としたとたんに、考えがめぐりだすのです。きのうはスープを飲んでいるうちに寝入ってしまいました。あすはお茶を飲みながらカップの上で寝てしまうかもしれません。不眠を治すお薬をご存じないでしょうか？

かしこ

眠たいサラ　より

親愛なる　眠たいサラ　様

不眠を治すお薬があったなら、わたしも同じように悩まされているのでぜひ欲しいです。ですから、わたしにも解決策はわからないのですが、お気持ちはよくわかるので、自分に効果があった方法をご紹介します。毎日、活発に身体を動かすことです。わたしはどのような天候でも毎日二マイル歩き、本を膝に落としてしまうまで読みつづけます。このような習慣が身につくと、ある程度は改善されます。効果が見られない場合には、ブランデーをひと口飲んでも悪くないのでは。そうすることに差しさわりがあると言うのは不眠の苦しみを知らない人々だけです。
秘密の友人　レディ・アガニ

アミリアにはまたあのような晩になることがわかっていた。何度も寝返りを繰り返し、ついにはいらだちをどうにもこらえきれなくなってベッドから起きあがる。慣れない寝床でなら当然のこと。夕食を終えても嵐はおさまらず、エドワーズ提督はアミリアとサイモンに泊まるよう勧め、ふたりもその申し出をありがたく受け入れるよりほかに仕方がなかった。道は完全にぬかるんでしまい、サイモンの最上の馬車をもってしても移動は叶わなかった。午前零時をまわったいまでも、雷鳴が古めかしい田舎屋敷の窓をカタカタふるわせ、風になびく木々が壁に恐ろしげな影を投げかけている。湿っぽいうえに冷えて、シュミーズとズロースだけで寝ていたアミリアにはなおさら寒さが身に沁みた。それでも死んだ女性の衣類を借りるよりはましだ。

フローラが寝るときに身に着けていたものをラトガース夫人がいくつか見つくろって持ってきてくれて、寸法はちょうどよかったのだけれど、アミリアはまとう気になれなかった。でも凍えるように寒くては、眠れるようにどうにかしなくてはいけないし、暖まりたい。ウィニフレッドと演奏会について、それにちゃんと間に合うように帰れるのかしらと考えがめぐった。この嵐があすも続いたらどうすればいいの？　演奏会に出られないということ？

いいえ。もし暴風雨のなかでみずから馬を駆けさせなければ帰れないとしたら、そうする。ウィニフレッドの晴れがましい日を見逃すわけにはいかない。大切な少女を落ちこませるくらいなら大嵐にも立ち向かう。いまもウィニフレッドはきっと心配しているだろう。タビサおばがなぐさめたり励ましたりしてくれるはずだけれど、やはり自分がメイフェアに戻れなければ納得できない。

アミリアは図書室から本を借りてこようと思い立ってベッドを飛びだした。冷たい床に足をおろしたときには思わず怯みかけた。とっさにフローラの淡い青色の化粧着を羽織り、手早く腰紐を蝶結びにした。布をもう一枚まとえただけで少し温まって気分がやわらいだ。これであとは図書室にたどり着いて退屈な海事の学術書でも借りられれば、たとえほんの数時間でもきっと眠りにつけるはず。

ベッド脇にある角灯《ランタン》を手にして、ゆっくりとドアを開く。蝶番《ちょうつがい》が耳障りな音を鳴らし、アミリアはいったん踏みとどまった。いまの音で誰も起こさずにすんだことが確かめられると、忍び足で廊下に出て、階段を下りていった。隙間風が化粧着をつらぬいた。アミリアはぶるっと身をふるわせ、図書室がどちら側だったのか思いだせず、左右を見まわした。進行方向が間違っていないよう祈って角を曲がる。

見覚えのある肖像画を目にして、正しい方向へ進んでいる自信が持てた。揺らめく灯火に照らされた肖像画は不気味な雰囲気を醸している。銀髪に白い鬚をたくわえた歴代の提督たちは額縁のなかの亡霊のようだ。その妻たちも似たり寄ったりで、なかでもエドワーズ提督の亡き妻アイリスがもっとも恐ろしげかもしれない。落ちくぼんだ目はうつろで、意思のかけらも感じられない。

アイリスの肖像画は傾いていた。アミリアは手を伸ばそうとして、ダリアが触れられることに過敏になっていたのを思い起こして取りやめた。アイリスも同じように神経質だったのだろうか？　まっすぐに直したら、この肖像画が息を吹き返したりして。そもそもどうして傾いたままになっているの？

「あらあら、眠れないの？」

答えるまでもない。ダリアがそこに立ってこちらを見ていた。老女はいつの間に下りてきていたのだろう。就寝用の白い帽子をかぶり、肖像画の人々と同じようにひそやかで薄気味悪い。「あらもう、びっくりしましたわ」アミリアは答えた。「ええ、眠れなくて」

「わたしもあなたのように若い頃からもう眠れなかったわ」

そうだとすれば自分も先が思いやられるとアミリアは内心でつぶやきつつ、親しみのこもった笑みを浮かべた。「知らない場所で眠るのはむずかしいですわ。本を借りに図書室へ行くところです。読書をするといつも眠気を誘われるので」

ダリアの目が耕されたばかりの庭園並みにぽっかり見開かれた。「なにを言ってるの？　ここは知らない場所などではないでしょう」

アミリアは一歩あとずさった。老女の言葉に不吉な予感を抱いた。「わたしはただ、家から離れているので慣れないところだと言いたかったんです」

ダリアは進みでてきて、アミリアの化粧着に触れた。「ここはあなたの家よ、フローラ」

控えめに言ってもわけのわからない、悪く言えば身の毛のよだつ言葉だった。ダリアにフローラ・エドワーズだと勘違いされているのだろうか？　同年代とはいえ、まるきり似ていないのに。この女性は妄想に取り憑かれている。ここを離れなければ――すぐに。

「階上《うえ》に戻りなさい。わたしが寝かしつけてあげるわ」

「いえ、けっこうです」アミリアは身を引いて老女の手から逃れた。「図書室へ行くので。おやすみなさい」

「伯母の言うことを聞きなさい」語気が鋭くなった。「ベッドへ行くのよ。あなたの身によくないことが降りかかるまえに」

「そうします」アミリアは嘘をついて、反対側に向きを変えた。急に足を速めたせいで蠟燭の火が消え、自分の不運を呪った。知らない屋敷でひとりきり、様子のおかしな女性にまとわりつかれたかと思えば、今度は完全な暗闇に呑みこまれてしまうなんて。そそくさと左へ進んでから右へ引き返した。少し先の部屋から明かりが洩れている。助けてくれそうな誰かが起きていることを期待して、そちら側へ進んだ。

予期せずしてなにか硬いものにぶつかった。きゃっと小さな悲鳴をあげた。

「アミリア！　なにをしているんだ？」

アミリアはふうっと息を吐いた。サイモンだった。礼儀をわきまえる間もなく彼の胸に倒れかかった。気を落ち着けるのに少しの時が必要だ。

サイモンにもためらいは感じられなかった。アミリアの頭を撫でて、長い巻き毛を手でたどる。

侯爵の安定した鼓動を聞いているとアミリアの鼓動も鎮まり、いつもの自分を取り戻せたように思えた。身を引くと彼のぬくもりが消えた。「ダリアよ。わたしを追ってきたみたいなの」

サイモンはアミリアに片腕をまわしたまま言った。「図書室へ行こう。あそこに明かりを置いてきた」

「わたしもそこへ行こうとして彼女に呼びとめられたの」

「しいっ」サイモンがささやいた。「話はふたりきりになってからだ」

こぢんまりとしているけれど風雅な図書室にふたりで入ると、ひときわ明るく感じられた。サイモンの蠟燭は部屋の中央の机に置かれていた。暖炉の火は消えていて、部屋の明かりはその蠟燭の灯火だけだったが、たまに雲の隙間から月が現れると光が射し込む。蠟燭が置かれた机のそばの長椅子に本が開いたままになっていた。サイモンはその本を読んでいて足音を聞きつけ、本を置いて部屋を出てきたのに違いない。アミリアが腰をおろすと、サイモンも坐った。

「なにがあったのか話してくれ」

アミリアはダリアとの会話を話して聞かせた。老女のうつろな目を思い起こすとぞくりとした。「いまここにいることがわかっていないみたいだった。うまく言えないんだけど」

「夢遊病なんだろうか？」

その可能性はある。フローラは夢遊病者だった。夢遊病は遺伝するものなのかもしれないし、夢遊病者はふつうに会話しているようでも翌日にはまったく憶えていないという話も聞いたことがある。とはいえ、どうも腑に落ちない。「そうかもしれないけど、彼女はわたしをフローラだと勘違いしてた。自分を『伯母』と言ったのよ。ものすごくふしぎな気がしたわ」

「そうでもないんじゃないか」

アミリアは額に皺を寄せて疑問を投げかけた。「どういうこと？」

サイモンがアミリアの袖口のレース飾りに触れた。「きみが着ているのはフローラの化粧着なんだろう？」

どうしてそこまで頭がまわらなかったのだろう？「ええ、そうよ」アミリアも化粧着に触れた。「これはフローラの。だからダリアがわたしをフローラと見間違えたのだとしてもふしぎはない。どうしてそんなことに気づけなかったのかしら」

「頭のいかれた女性から逃げなければと必死だったからさ」サイモンはふっと笑った。「しかも、きみは彼女にまったく似ていない。きみのほうが豊かな髪をして、肌も温かみがあるし、目は……」その先の言葉は消え入った。

アミリアは目をぱちくりさせた。目はどうだというの？　サイモンの目は生い茂った葉のような緑色だ。蠟燭の灯火のなかでその目を見ていると、アミリアは馬でメルズへの険しい丘を駆けおりていたときのことが呼び起こされた。愛馬のマーマレードは疾風のごとく駆けて、空を飛んでいるかのような気分を味わわせてくれた。あんなふうに湧き立つ感情はほかのことでは得られないものだった。

このときまでは。

サイモンが咳ばらいをした。「問題は、その化粧着だけでは、完全に人違いをする理由にはならないということだ。たしかに一瞬だけ錯覚するくらいならありうるだろう。だが、まともに頭が働いていれば、きみが話しだしたところですぐに違うと気づけたはずだ」

「あの女性はやはりどうかしていると？」

「ぼくはそう思う」サイモンは認めた。「以前から彼女の精神状態は疑問視されていたが、ぼくの見方では、今回の一件でその答えが得られた。知りたいのは、それが歳のせいなのか、ほかに原因があるのかという点だ」

アミリアはなにか引っかかるものを感じて、その正体を突きとめたかった。パズルのように、筋が通るように、情報を頭のなかで並べ替えてみる。サイモンの言葉が足りないピースに関連しているように思えた。

「きみはさっき彼女が怒りだしたと言った。どうしてだろう？　きみがなにか言ったからなのか？」

アミリアはダリアとの会話を正確に思い起こそうとした。「階上《うえ》に戻るようにと言われたの。自分が寝かしつけてあげるからと。わたしは断わった」

「興味深いな……」サイモンが身を乗りだして、つぶやくように言った。「考えてみれば、フローラも真夜中すぎに、いったんはベッドに入ったあとで死んだんだ」

アミリアはドアのほうへ目をやった。ふたりきりなのを確かめてから、言葉を継ぐ。「ダリアは不眠症に悩まされていると言ってた。ほんとうのことを言っているように見えたわ。今夜と同じで、フローラが死んだ晩も起きていたんじゃないかしら。それなのに、ベッドで寝ていてフローラの悲鳴を聞いたと証言してるのよね。なにか目撃したとは考えられない？」

「なにか目撃したどころか、なにかしでかしたのかもしれない」

アミリアにはそうとは思えなかった。でも、新たにわかったことを考えれば、サイモンのほうが正しいのかもしれない。ダリアがフローラになにかしたとしたら。正直なところ、もうなにを信じればいいのかすらわからない。アミリアは考えあぐねて両手を組み合わせた。「シャーロットの殺人事件を解決できるなんて思ったわたしがどうかしていたんだわ。あなたに愚か者だと思われても仕方がない」

サイモンはアミリアの組み合わせた両手をはずさせた。「いや、そうは思わない。きみはぼくがこれまで出会ったなかでもっとも優れた女性だと思っている」ふたりの手から目を上げた。「きみは賢いだけではなく勇敢だ。エドガーは幸運な男だった」

思いがけない誉め言葉に、アミリアはかっと顔が熱くなった。話しこんでいるうちに、親密な体勢になっていたことにいまさらながら気づいた。ひそひそ話をしているうちに自然と親しげになっただけで、それ以上の意味はないのだとアミリアは自分に言い聞かせようとした。とはいえ、ここまで接近すると、そう思いこむのはむずかしい。どうしてこの人は平然としていられるの？　同じように感じてはいないということ？　エドガーとの思い出に押しとどめられているとか？

侯爵は自制心のかたまりのような人なのかもしれないけれど、アミリアはそうではなかった。そんなふうには育てられていない。幼い頃から両親の影響で好奇心と自由な精神を養われ、いまその好奇心を掻き立てている人物こそがサイモンだった。サイモンはメルズやロンドンでアミリアが出会ってきた男性たちとはだいぶ違う。複雑で、予測不能で、そのうえどうやら過去にとらわれているらしい。この男性がいっときでも自分のすべきことを気にかけるのをやめて、思いのままに振る舞ったとしたら……どうなるのだろう？

口に出して問いかけるより先に、サイモンがきょとんとした表情を浮かべ、その顔から血の気が引いた。アミリアの背後のどこか一点を見つめ、恐ろしさのあまり目をそらせないといったふうに固まっている。確かめるまでもなかったけれどアミリアは振り返った。案の定、ドア口にダリアの姿が見えた。老女は図書室の入口でふたりを見つめていた。

29

親愛なる　レディ・アガニ

あなたはこれまでに現場を押さえられたことはありますか？　わたしはこのまえ、そんなことがありました。ご近所の男性と柳の木の下でふたりきりでいるところを彼のお母さまに見られてしまったのです。彼女はいきなり目の前に現れたのですから、わたしたちの慌てぶりはお察しいただけることでしょう。わたしの父に伝えると通告されたのですが、あれから二週間経っても、父はなにも言いません。父は話を聞いたのでしょうか？　わたしから父に話すべきですか？

もう一度キスを　より

かしこ

親愛なる　もう一度キスを　様

現場を押さえられたことがあるかですって？　淑女にはお答えしかねるご質問です。軽率な行動に及ぶ不適切な選択をした場合には、あらためてそれを口に出して過ちを繰り返してはなりません。お父さまに話すべきかとのことですが、これはむずかしいご質問で、答えを出せるのはあなただけです。お父さまは話を聞いたのか？　こちらはもっとやさしいご質問です。いいえ、お父さまは聞いておられないでしょう。もしお聞きになっていたのなら、あなたとご近所の男性を叱りつけておられたでしょうから。また軽率な行動に及ぶ選択をされるときには（もう一度キスをと望んでおられるのですから、きっとまたそのような行動に及ぶのでしょう）誰にも見られていないかしっかりと確かめるとともに、より大きな柳の木の下を選んでください。

秘密の友人　レディ・アガニ

ダリアは片目をつむった。「あなたたちはここでなにをしているかわかっているの？　ふたりだけで、付添人《シャペロン》もなしに」

アミリアは長椅子から跳びあがりかけた。「先ほど言いましたよね。わたしはここに本を借りに来たんです。なぜわたしのあとをつけるんですか？」

「あなたを見張っているのがわたしの仕事だもの」ダリアはサイモンをじっと見据えた。「こちらの紳士については口を開く気にもなれないわ」厭わしそうにそう言葉を発した。

「ぼくも本を借りに来たんです」サイモンは机の上に開かれたままの学術書を手ぶりで示した。「ちょうど興味深い一節をレディ・エイムズベリーに読んでさしあげていたところです……海軍戦略について」

「わたしにはそんなふうには見えなかったわ」ダリアは眼力を見せつけんばかりに目を大きく見開き、琥珀色の瞳を猫のようにきらめかせた。「あなたはわたしの姪を誘惑しようとしていたのよね」

アミリアは両手を振りあげた。「わたしはあなたの姪じゃないわ！　アミリア・エイムズベリーです」

けれどダリアの目はその言葉を受けとめてはいなかった。認識してはいないし、反応するそぶりもなく、ただ瞬きをしているだけ。

サイモンがランタンを手に立ちあがった。「お部屋までお送りしましょうか？　暗闇でつまずいては大変ですし、冷えますからね」寝室用の長い上着を脱いだ。

ダリアが曲がった指をサイモンに突きつけた。「あなたね、そうやすやすと逃がすものですか。いますぐにわたしの姪と結婚すると誓わなければ、提督を起こしますよ！」

アミリアは声にならない叫びを洩らした。提督を起こしに行かせるわけにはいかない。ともかくとめなければ。

サイモンは老女に上着を着せかけようとしたが、即座に振り払われてしまい、床に落ちた布地を拾いあげた。「まあ、落ち着いて。冷静に話しましょう。こちらはレディ・エイムズベリーで、ぼくたちはなにもやましいことはしていません。読書は高潔な嗜《たしな》みです。あなたはどのような本を読まれるのですか？」

アミリアは冷静に機転を利かせて話題を変えた侯爵に感心した。

ダリアは肩をいからせてサイモンと向き合っている。庭園で相対したときよりもさらに少し腰の曲がった老女に見える。思いやりにあふれた、誇り高く愛情深い伯母の姿だ。姪たちを穢させまいと闘わずにはいられないのだろう。「誓いなさい。さもなければ、大声を出すわよ」

アミリアはダリアとサイモンを交互に見やった。サイモンはどう答えるのだろう？　なにか言い返せるの？

サイモンがさっとうなずいた。「わかりました。誓います」

アミリアはあんぐり口があかないように唇を噛みしめた。ダリアがとまどっている。心打たれてすらいるのかもしれない。肝心なのは、彼女を部屋へ戻らせることだ――ひっそりと。サイモンには嘘をつくしか選択肢はなかった。

それにしても、とんでもない嘘。

アミリアは廊下を進み、角を曲がって、階段を上がるあいだもずっとそのことについて考えつづけた。サイモンのような男性と結婚したとしたら？　どんなふうになってしまうのか想像もつかない。

いいえ、そんなことはない。

冒険になるにきまっていて、すばらしい冒険ほどアミリアにとって心そそられるものはなかった。ささいなことから大きなことまで、それも頻繁に意見がぶつかり合うだろう。互いに癪《しゃく》にさわるのが、いまではすっかり慣れて、じつを言えば、ちょっと愉快なくらいに感じられてきた。サイモンとの口論は刺激的で、アミリアが誰かにこれほど感情を高ぶらされたのはほんとうに久しぶりだった。

とはいうものの、どちらも近々誰かと結婚する意思はない。ふたりとも自立した暮らしを心から楽しんでいる。この困った状況を脱するためなら、どんな誓いでも立てるだろう。ただし、朝になればすべて白紙に戻る。

左に曲がってすぐのドアの前でダリアが足をとめ、サイモンを振り返った。「いいわね、誓いは守ってもらうわよ。どうせわたしがいまは興奮しているだけだと思って、祭壇でこの子をひとりぼっちにしたら、ただではおかないわ」そう言うなりダリアがドアを閉じて、ふたりは廊下に取り残された。

サイモンが笑みを浮かべた。「ずっと居坐られるのかと思ったよ」

アミリアはぞっとしつつも笑みを返した。

「さぞ怖かっただろう。彼女は——」

アミリアは唇に指をあてた。誰かに聞かれるのは避けたい。「わたしは大丈夫。朝になったら話しましょう」

でも大丈夫ではなかった。アミリアはその出来事が頭から離れず、ひと晩じゅう寝返りを繰り返した。夢のなかでダリアが目の前に立ちはだかり、アミリアが廊下に逃げても追いかけてきて、部屋をいくつも通りすぎ、ついにはバルコニーから足を踏みはずす。下へ下へと落ちていき、硬く冷たい地面に叩きつけられた。翌朝目を覚ますと、その夢のせいで全身の節々が痛み、ダリアのゆがんだ笑みを呼び起こして、すくみあがった。

アミリアは悪夢の記憶を振り払い、ベッドを離れた。昨晩の不気味なやりとりを思い起こすと調子がくるう。いまはとにかく家に帰らなければ。

ぐずぐずしている暇はないので、きのう身に着けていたものに着替えた。早く発つに越したことはない。太陽はどうしようかきめかねているかのように厚い雲の隙間から見え隠れしている。アミリアは太陽が気をくじかれてまた雨が降りだすまえに、先手を打たなければと思い定めた。ダリアとこれ以上同じ屋根の下で過ごすのはもうたくさん。しかも、ウィニフレッドの演奏会はあすに迫っている。まだ準備しなければいけないことがある。

アミリアは髪にピンを差して、ふるえる息を呑みこんだ。タビサおばは憤っているだろうし、ウィニフレッドは困惑しているに違いない。それに屋敷の人々はいったい女主人の身になにがあったのかと気を揉んでいるはずだ。アミリアは赤褐色の髪にまたピンを差した。サイモンが言いきっていたように、天候は誰にもどうしようもない。ここに泊まらなければいけなかったのは自分のせいではない。さすがのタビサおばも暴風雨のなかを帰ってくればよかったのにとは言わないだろう。頭に浮かんだタビサの顔はそのとおりだと告げていた。タビサならそもそも出かけなければよかったと言うだろうし、たぶんそれは正しい。

自分はいま母親代わりでもある。自分のことより優先すべきはウィニフレッドだ。でもだからといって自分は変えられない。ほかの女性とは違うからエドガーに選ばれた。冒険心、決断力、正直さを評価してくれた。一度、児童養護施設の人が寄付を求めて訪れ、エドガーが厚かましいといらだって追い払ったときには、アミリアはけちだと夫を非難した。するとエドガーはこれまでは自分の気に入るようなことしか人から言われてこなかったんだと笑った。そしてあらためて財布から寄付金を取りだした。

アミリアは日傘を手にして階段を下りていった。シャーロットを殺した犯人を見つけなければという思いがますます強まっていた。ダリアに会って、頭のなかのぽっかりと空白だった部分が埋まった。新たな情報を得たからには、さらに前進するのみ。

食堂には伝統的な朝食が揃えられていた。アミリアはてきぱきとポリッジの深皿と果物とチーズを盛りつけた皿を手に席についた。コーヒーに口をつけたところで、サイモンが部屋に入ってきた。見るからに黒い髪が湿っていて、洗ってすぐに下りてきたのがわかった。そんなちょっとしたことに気づいただけでぽっと顔が熱くなった。アミリアはさらりと朝の挨拶をして、朝食に集中した。彼がそばにいると、どういうわけか乙女のような気分になってしまう。

「よく眠れたかい？」サイモンは問いかけて、食器台へ朝食を取りに向かった。

「あまり。それでも一応寝たわ。あなたは？」

「眠れなかった」サイモンは向かい側の席についた。「昨夜のことをずっと考えていた」

アミリアは皿に盛りつけたチーズの形に目を凝らした。

「いやむしろ、ダリアとの会話を何度も反芻していたと言うべきかな」

アミリアは目を上げた。サイモンがうっすら笑みを浮かべていようと、昨夜のやりとりの記憶に振りまわされてはいけない。とにかく自分はもう未亡人で、勉強部屋にいる少女などではないのだから。打ち解けた会話になるたび、どきどきしてはいられない。「たしかにやっかいなことになってしまったわよね。だけど、わかるような気もする」アミリアは皿の上に身を乗りだして、声をひそめた。「彼女がわたしをフローラだと思ったのだとすれば、あなたのこともヘンリー・コスグローヴだと思っていたのではないかしら」

サイモンが椅子の背に身を引いた。「なるほど。どうしてすぐに気づけなかったんだろう」

「あなたはあの場から早く去らなければという考えで頭がいっぱいだったのよ」

「信じてくれ、逃げようなんてことはみじんも考えていなかった」

そんな言葉くらいで平常心を突き崩されはしないと決意して、アミリアは果実を齧《かじ》ったものの、ダリアに邪魔されなければ自分たちはどうなっていたのかと想像しないようにするのはむずかしかった。コーヒーを口に含んで、頭のなかをさっぱりと洗い流す。

「辻褄が合わないとしても、やはり彼女は除外できない――いまはまだ」サイモンが続けた。アミリアも同じ考えだった。「なんとなく、彼女が一連の事件の鍵を握っているような気がするの」

階段のほうから足音が聞こえて、ふたりともあとは黙って朝食を口に運んだ。少しして、食堂に入ってきたエドワーズ提督が朗々とした挨拶の声でその静寂を破った。

「わしはすっかり早起きが染みついてしまっている。きみたちも次の嵐が来るまえに発ちたいだろうしな」提督は窓辺に歩いていき、カーテンを引きあけた。朝陽に照らされた鬚は雪のように白い。「道はぬかるんでいるだろう。だが、きみの御者もその点はじゅうぶん心得ているはずだ」カーテンを手放した。

「そうですね」サイモンは応じた。「感謝申しあげます、提督。泊めていただかなければ、どうなっていたことか」

「ええ、ありがとうございました」アミリアも言い添えた。

「当然のことをしたまでだ」エドワーズ提督も皿に卵料理と燻製ニシンをたっぷり盛りつけてからテーブルについた。

それから三十分はいらだち混じりの会話が続いた。ともかくアミリアにとっては。まるでもう子供のように、そこを出ていきたくてたまらなかった。テーブルの下でひそかに爪先でトントン床を打ちはじめた。とサイモンが席を立って辞去を申し出たので、ひそかにと言えるほど静かに打てていなかったのかもしれない。さいわいにも提督はさばけた人物で、よけいな儀礼に時間を取らなかった。簡潔に別れの言葉を告げて、席に戻って新聞を広げた。

道はぬかるんでいて、馬車の進みは遅かったものの、お茶の時刻にはロンドンにたどり着いた。真っ先にふたりを出迎えたのはウィニフレッドで、玄関扉から飛びだしてきて、ピンクのドレスを風になびかせながら踏み段を下りきった。ウィニフレッドは片手に包みを持っていたので、アミリアが抱きしめると、それをふたりのあいだに挟みこむ形となった。

「あなたに会えてほんとうにうれしいわ、ウィニフレッド。寂しかった」アミリアは石鹸とレモンが混じり合った少女の匂いを吸いこんだ。天国に匂いがあるとすれば、まさにこんな感じなのだろう。清らかで澄んだ、純真と希望の香り。

ウィニフレッドがアミリアの胸に向かって話しだした。「タビサ大おばさまはあなたが嵐のせいで雨宿りしているのよと言ってたけど、わたしはベインブリッジ卿と一緒なのを知ってたから心配してなかったわ」少女は身を引いて包みを見せた。「あなたに届いたお手紙はわたしがちゃんと守っておいた。きっとそうしてほしいんだろうとわかってたから」

「あなたはわたしのことがよくわかってるのね」アミリアは包みを受けとった。「ありがとう」

サイモンがじりじりと近づいてきた。「見せてもらってもいいかな?」

ウィニフレッドは首を振った。「ごめんなさい、侯爵さま。これはアミリアの個、人、的、なものなので」

アミリアは笑いを嚙み殺した。それでこそ、わたしの娘ね!

「承知した」サイモンはその通告にすんなり引きさがった。「それでは、お茶ならいただけるだろうか?」

ウィニフレッドはぱっと笑顔になって、玄関扉のほうへ手ぶりで勧めた。「料理人がちゃんと用意していますわ。どうぞお楽しみに。いつだってご馳走ですから!」

アミリアもその表現には同感だった。客間に盛りだくさんの食べ物が用意されているのは間違いない。料理人は旅帰りの女主人がお腹をすかせているだろうと思っているはずで、そのとおりだった。提督の田舎屋敷はさほど遠くないとはいえ、嵐が通り抜けたあとの旅路は容易なものではなかった。アミリアはふたつめのスコーンにデヴォンシャークリームとジャムをたっぷり塗って味わいつつ、ウィニフレッドからコサージュがひとつ見当たらなくなってしまったとの話を聞いた。そこでタビサがいま代わりのコサージュを見つくろっているという。

ウィニフレッドはドレスから菓子屑を払った。「わたしのドレスにぴったりだと思ってたのに。でも、タビサ大おばさまはあれを……な、げ、か、わ、し、いって言ってた」一音ずつはっきりと発した。「だけど、わたしがあなたに話したことは言わないでね。大おばさまはそう言ってるのをわたしに聞かれて慌てていたから」

アミリアはくすっと笑った。「それであなたはそんなに慎重にその言葉を繰り返したわけね」

「あなたはいつもわたしに語彙を増やしなさいと言うでしょう」ウィニフレッドは肩をすくめた。「わたしもあなたみたいにいつか物書きになるなら、練習しておかないと」

サイモンがナプキンで笑みを隠した。

「あら、なにを言ってるの」アミリアはすぐさま訂正した。「わたしは物書きではないわ」

ウィニフレッドが眉根を寄せた。「でも、あなたは書くのが好きよね。図書室でいつも書いてるわ」

「そうね」アミリアは認めた。「だけど、それとはまた違うの」

ウィニフレッドがすっと席を立った。「わたしには同じに思えるけど。ちょっと失礼します、お茶を飲みすぎちゃった」

「あの年頃は愛らしいわよね」アミリアは微笑んで、去っていく少女の後ろ姿を見つめた。「もうお人形で遊ぶ歳ではないけれど、お手洗いに行きたいのを口に出せるほど大人でもない」

「きみは彼女をしっかり育てている」サイモンが褒めた。「きみの前向きさと強さを受け継いでいる」

アミリアはそう言われてうれしかった。「ありがとう。うれしい誉め言葉だわ」

サイモンがドアのほうを確かめてから、緑色の瞳を熱っぽくきらめかせた。

「例の手紙を見せてくれ」

アミリアは包みに触れた。いつでも撃てる銃みたいにそこにある。「いつも代わり映えしないお悩みばかりよ。社交界初登場《デビュー》、男性との交際、そのほか諸々の困りごと」包みを裏返すと、一通の封書が貼りついていた。ウィニフレッドが小包と一緒にまとめておいたのだろう。二通目の脅迫状と同じように、レディ・エイムズベリー宛てとなっている。ところが、なかの書状の宛名は、アミリアの筆名、レディ・アガニと記されていた。

「やつなのか？」サイモンが訊いた。

アミリアは持ち慣れた書簡紙に手をおいた。筆跡は同じ。でもどこかが違う。違いを見つけるには読書用の眼鏡をかけないと。「たぶん」

「なんて書いてある？」

ふたりで手紙を読んだ。

親愛なる　レディ・アガニ

あれだけ警告したのに、愚かにもまだ続けるつもりか。これが最後通牒だ。この警告を聞き入れなければ、いかれた女をまたこの世から排除しなくてはなるまい。間違いない。世の中は私に感謝するはずだ。

これまでの二通と同じように、今回も差出人の署名はなかった。アミリアは両手で封書を裏返した。

「見せてくれるか?」サイモンが訊いた。

アミリアは封書を手渡した。文面はもう脳裏に刻みつけた。殺人犯が自分のすぐそばに迫っている。それは火を見るよりもあきらかだ。それでもアミリアは戦わずして引きさがることはできなかった。そしてシャーロットを殺した犯人に裁きを受けさせなくては。

30

親愛なる　レディ・アガニ

誰もがあなたは誰なのだろうかと思いめぐらせていますが、あなたはわたしたちについて思いめぐらせることはありますか？

かしこ

どこかにいる一読者　より

親愛なる　どこかにいる一読者　様

わたしはいつも思いめぐらせています。あなたは男爵夫人、教区牧師の奥方、それともお店で働いている方でしょうか。もしわたしたちが通りですれ違ったとしたら、お互いに気づけるのでしょうか？　もしわたしがあなたが働くお店に立ち寄っていたとしたら？　あなたがこのようなお手紙をくださった方だとわたしは気づけるのでしょうか？　そのような機会に恵まれたなら、気づけることを願っています。そんな日が訪れるまで、読者のみなさま、わたしはあなたがたを見つけられるようにつねに目を配っています。ただし、どうかみなさまはわたしに同じことをなさらぬよう、お願い申しあげます。

秘密の友人　レディ・アガニ

サイモンが手紙から顔を上げると、その目には懸念が表れていた。「これまでのものより悪質だ。危険きわまりないし、ほとんどやけになっている。即刻、なにか手を打たなければ」

アミリアは同意のうなずきを返した。

サイモンが親指で紙を擦った。「この便箋には憶えがある」紙を持ちあげて光に透かす。「高価なものだ。ぼくの父も使っている」

「もう一度見てもいい？」最初に感じた違いはそれだったのだとアミリアは気づいた。紙の重さだ。これまでの二通は、女性が簡単に返信を書くときに使う小さめの書付用紙だった。今回は紳士たちが長い書簡をしたためる際に使う昔ながらの五インチ×八インチの便箋だ。差出人の正体の手がかりになる。男性なのか女性なのかはさておき、いずれにしても裕福な人物で、言葉遣いからして男性ではないかとアミリアは推測した。

「差出人は良家の人物だということだな」サイモンが言った。

「それとも、わたしたちにそう思わせようとしているのかよね」アミリアは手紙を封筒に戻した。「これまでの二通は小さな書付用紙だった。差出人はわたしたちを混乱させようとしているのかも」

「あるいは、急いでいて、うっかり使ってしまったのか」サイモンは残りのお茶を飲んだ。「まえの手紙より字が整っているということは、これまではわざと悪筆に書いていたのかもしれない。きれいな字のほうが書きなれているというわけだ」

「あなたの言うとおりかも」アミリアは納得した。「ひとつ確かめられたのは、殺人犯は一人だということ。この手紙でそう認めたようなものだわ」

サイモンがティーカップをがちゃんと置いた。「大胆にもよくこんなことを書けたものだ。アミリア、きみが心配だ。この人物が捕まるまで、きみの身の安全が危ぶまれる」

「そのとおり」アミリアは秘密めかして身を乗りだした。「だからこそ、この人物をわたしたちで捕まえなくてはいけないのよ」

「どうやって捕まえるというんだ？　もう何日も捜しつづけている」

「近づいているはずよ。わたしにはわかるの」アミリアはこの丸一日を思い返した。エドワーズ家について知るほどに、その確信は強まっていた。シャーロットは使用人とはいえ、犠牲者はどちらもエドワーズ家にいた女性たちだ。「犯人が提督の一族の誰かとは考えられない？　そこそこに豊かで、わたしの行動にそばで目を光らせることもできた」

サイモンも顔が触れ合いそうなほどに身を乗りだしてきた。ちょっと首を伸ばせばシダーウッドの香りを嗅げそう。「可能性はなくもないが、たとえば誰が？」

「アミリア・エイムズベリー」

アミリアは自分の名を耳にして跳ねあがりかけた。「タビサおばさま!」立ちあがって会釈する。サイモンもそれに倣った。

タビサの声音はその身にまとった黒いレースに縁どられた暗紫色のドレスと同じくらい不穏に感じられた。エイムズベリー一族ならではの青い瞳をいっそう冷ややかにアミリアに据えた。「昨夜はあなたが帰ってこなくて驚いたと言いたいところだけれど、そうでもなかったわ。れっきとした理由があるはずですものね」

「レディ・タビサ」サイモンがうやうやしく頭をさげた。「ぼくは失礼しますので、どうぞおふたりでごゆっくり」

アミリアはほんとうのところサイモンにとどまってほしかった。タビサも紳士の前では自分を締めあげはしないだろうから。

「その必要はないわ」タビサが通告した。杖先を空いている椅子へ向ける。「お坐りなさい」

サイモンは目をしばたたき、椅子に腰を戻した。アミリアも同じように坐った。

「深くお詫び申しあげます」サイモンが口を開いた。「昨夜は嵐で戻れなかったのです。提督のお宅に泊めていただきました。できるかぎり安全かつ速やかにアミリアをこちらにお届けしたしだいです」

タビサは態度をやわらげなかった。唇をきつく引き結んでいる。「わたしはあなたが半ズボンを穿いていた頃から知っているのよ、サイモン・ベインブリッジ。あなたがいくら容姿端麗で口が巧くても、わたしはほだされないわ。それとあなた」タビサはアミリアを杖で指し示した。「あなたは善意ある人々までも手玉に取るのだから」

「それは心外ですわ、おばさま。危険をおかすべきだったとでもおっしゃるんですか？」

タビサは杖を床にどしんと突いた。「エイムズベリー家の一員らしく振る舞いなさいと言ってるの！　執事にあなたのことを尋ねられても、わたしは答えようがなかった」

アミリアは姿勢を正した。「エイムズベリー家の一員らしくとはこうしろということかしら」

サイモンが乱れた黒い前髪の下から覗くようにふたりを見て、額に皺を寄せて目を瞠り、おそらくは堂々と言い返した若き未亡人を頼もしく思ってくれているに違いなかった。みずから考えを申しでるべきだと言ったのはサイモンで、アミリアはまさにそうしたのだから。

腹を据えたとでもいうように、タビサがわずかに顎を引いた。「いいでしょう。けれども、そう簡単にわたしは追い払われないわよ。なにが起きているのか、話してちょうだい。ごまかさずに。あなたたちがエドワーズ家の田舎屋敷に出かけたのには、なにかわけがあるのはわかっているわ。説明しなさい」

アミリアは立ちあがり、タビサの腕を取って長椅子へと導いた。「追い払うなんてとんでもない。あなたはわたしたちが頼りとする一家の柱で、わたしはあなたを愛しています」そうして口に出すとよけいに心からそう思えた。タビサは面倒な女性だけれど、誠実で意志が強い。危機に際してはまさに傍らにいてほしい人物だ。おばには見習うべきところがたくさんある。

タビサはアミリアの言葉にいくらか心を動かされたらしかった。ともかく、いからせていた肩を緩めた。

アミリアは提督の義理の姉とのいきさつを説明した。話し終えると、タビサがふっと苦笑いを浮かべた。

「ダリア・エンゲルソープのことを知りたかったのなら、ダートフォードに出かけるまでもなかったわ」タビサは得意げに言った。「わたしが話してあげられたものを」

アミリアがじりじりと待つなかで、新たにお茶が運ばれてきて、砂糖が加えられ、タビサが最初のひと口を含んだ。カップが受け皿に戻されるなり、アミリアはタビサから続きを聞こうと問いかけた。「彼女のことをよくご存じなんですか？」

「よくではないけれど、ある程度のことなら。わたしがその呪われているという話をどうして知ったと思う？」タビサは目をすがめるようにティーカップを見て、砂糖をもう少し加えてかき混ぜた。好みどおりの甘さではなかったらしい。「アイリスの葬儀でダリア本人から聞かされたのよ。当時はそれでちょっとした騒ぎになって、提督はダリアをダートフォードに住まわせることにした。当然でしょう。娘たちをあの女性のそばで育てるわけにはいかないものね」タビサは首を振った。「以来、誰も彼女の姿を見ていなかった」

「フローラ・エドワーズの婚約パーティまでは」アミリアは付け加えた。

タビサがお茶をかき混ぜる手をとめた。「彼女が出席していたの？」

「はい」サイモンが答えた。「ヘンリー・コスグローヴが顔を合わせたそうです。それで呪われているとの話を聞かされたと」

「痛ましいことだわ」タビサはスプーンを置いた。「提督は彼女も招待しなければと思ったんでしょう。娘たちの伯母にあたるのだし、フローラが最初に嫁ぐお嬢さんになるはずだったのだから」

「提督は愛する女性をふたりも失ったのね。最初は妻を、そして娘まで。同じ家で二度も悲劇に見舞われるなんて、不運としか思えない」タビサの表情の変化がアミリアの不適切な物言いを指摘していた。エイムズベリー家も海の事故で家族を失い、さらにまたエドガーもこの世を去った。どうしてうかつにもまた思ったことをそのまま口に出してしまったのだろう?「ほんとうにごめんなさい。また考えなしに口走ってしまいました」

「だが、レディ・エイムズベリーは核心を突いているのかもしれない」サイモンが頭を掻いた。「どうも腑に落ちないんだよな。一家がほんとうに呪われているのか、ダリアがそのように仕向けている張本人なのか」

「タビサおばさま、彼女とは面識があるんですよね? 彼女が婚約パーティの晩にフローラになにかした可能性はあると思われますか?」

タビサはナプキンで口もとをぬぐった。「もちろん、会ったのはもう何年もまえになるけれど、当時の彼女のことはものすごく印象に残っているわ。いい意味ではなくて」膝に広げたナプキンの皺を伸ばした。「こう思ったのを憶えてるの。この女性とはふたりきりにはなりたくないって。なんだかとても気味が悪かった」

「あの目のせいでは」アミリアはそれとなく尋ねた。「落ちくぼんでいて、怖くなるくらい」

「ええ、あの目ね」タビサが身をぶるっとさせた。「あなたの質問に答えるなら、彼女が姪を傷つけたのかどうかはわからないけれど、そうだったとしてもふしぎはないわね」

誰も異を唱えないまま、その言葉は宙に漂った。ダリアの心は正常とは言えない。それは疑問の余地のない重要な事実だ。とはいえ、彼女がフローラを傷つけるとはアミリアにはどうしても思えなかった。不気味だとしても、攻撃的ではなかった。アミリアをフローラと思いこんでしまったとしても、その身を案じていた。守ろうとしている人にどうして危害を加えるの？　筋が通らない。頭がどうかしていれば筋が通らなくても当然なのかもしれない。それでも、ダリアの精神状態が謎を解く手がかりであるのは間違いない。どうしてあのようになったのかがわかれば、シャーロットを殺した犯人も突きとめられるような気がしてならなかった。

「レディ・エイムズベリー？」ウィニフレッドの侍女のクララに呼びかけられてアミリアはわれに返った。「ちょっとよろしいでしょうか？」

タビサがナプキンをくしゃりと丸めた。「ウィニフレッドの髪のことなら、リボンをつけるようにとすでに伝えてあるわ。あのピーチ色のバラではまるで不似合いだもの」

アミリアはクララから懇願するように薄褐色の瞳を向けられ、席を立つ非礼を詫び、サイモンに別れの挨拶を告げてから、どんな問題が生じたのかを確かめに向かった。

その問題とは、ウィニフレッドが髪に花とリボンのどちらをつけるのかではなく、ドレスのレース飾りの小さな破れだった。「どうしてこんなことに？」アミリアは尋ねた。

ウィニフレッドが床に視線を落とした。

アミリアはクララのほうに顔を振り向けて返答を求めた。

「ウィニフレッドお嬢さまのご友人のミス・カサンドラがお見えになり、お嬢さまがドレスを着てみせてあげる程度なら大丈夫だとわたしは思ったんです。カサンドラさまはあすの演奏会に出席なさらないので、ウィニフレッドお嬢さまはどうしてもご覧になっていただきたかったのでしょう」

「カサンドラはきょうブライトンへ発つの」ウィニフレッドが言葉を差し挟んだ。「三週間帰ってこないのよ」

「先ほど薄紙で袖を包もうとして破れに気づいたんです」クララはエプロンの前で両手を組み合わせた。「ほんとうに申しわけございません、奥さま。誰にお頼みすればよいのかわからなくて」

誰に頼めばいいかはじゅうぶんわかっているはず。ただ頼みづらいだけで。アミリアはそう思いながらもクララを責められなかった。パティ・アディントンの裁縫の腕前なら繊細なレースもたちまち繕うことができるだろう。ただし、間ぎわでのお直し、それも愚行によるものについてはまず引き受けてもらえない。そうだとすれば、その縁飾りを直せるのはただひとり、アミリアだけだ。

アミリアは愛想笑いを浮かべた。「嘆くほどのことではないわ。それをこちらに。わたしが直すから」

クララはふうっと息を吐いた。苦悩の表情が消えて若々しさを取り戻した。「まあ、ありがとうございます、奥さま！」

「ね、クララ」ウィニフレッドが口を開いた。「彼女ならできるって言ったでしょう。アディントン夫人が南西部一の裁縫上手だと言うくらいなんだから」

南西部一とは褒めすぎだけれど、アミリアはさっそくドレスを手にして繕いに取りかかった。裁縫にかけては緻密だと称賛されていた。姉妹たちとは違って長く時間のかかるものは飽きてしまうのだけれど、小さな細工や繊細な布を縫うのは楽しい。家族の誰かが丁寧な手仕事を必要とするときにはアミリアに頼んでくるので、いつも喜んで引き受けていた。

アミリアは布地を吟味した。父からは読書で身についた集中力のおかげだと言われていた。朝目覚めた宿泊客に持ち去られるまえにできるだけ急いで新聞に目を通して詳細を頭に入れようとしていたからだと。そうした訓練によって、物語を簡潔に語れるようになった。なにしろ読み物はそうそう手に入らなかった。姉妹たちとたくさんの物語や寸劇を書いていたけれど、誰が書いたものでもたやすく読めて心から楽しめた。

目を上げると、ウィニフレッドとクララが部屋の片隅からこちらを見ていた。あの頃と同じ喜びがまた湧きあがった。レース飾りの繕いならお安いご用で、ウィニフレッドのために直してあげられるのならうれしかった。頼りにされ、しかも愛されているのはこのうえない喜びだ。ウィニフレッドがいまは自分の家族。それだけでもうじゅうぶん。

31

親愛なる　レディ・アガニ

わたしの周りに泥棒がいます。わたしにはそれを証明できないのですが、あなたならできるのではないでしょうか。二週間まえ、部屋の外から物音が聞こえました。街屋敷の周りをひとめぐりしてみたのですが、なにも見当たりませんでした。ところがその翌日、わたしのお気に入りのブローチがなくなっていたのです。きのうもまた物音が聞こえて、また見回りをしました。きょう、わたしのイヤリングが一組消えていたのです！　うちに滞在中の姪になにか妙な点に気づかなかったか尋ねましたが、なにも心当たりはないとのこと。彼女はずっとベッドに寝転んでばかりいるので、じつを言えば、明後日に帰ってもらえるのが待ち遠しいです。犯罪が増えているロンドンで若いお嬢さんをあずかるのは気が気ではありませんから。

念のため、あなたが無慈悲な仕立屋についてのお悩みを解決したときのように犯人捜しを手伝ってくださる場合に備えて、わたしの住所を付記しておきます。どうぞ遠慮なくお調べください。

かしこ

ロンドンの倫理観の凋落と泥棒の被害者　より

親愛なる　ロンドンの倫理観の凋落と泥棒の被害者　様

あなたはロンドンの犯罪の増加ではなく、ご自身の人の良さと無知ゆえの被害者ではないかとわたしには思えるのです。あなたからのお手紙を拝読するうちに、ある事柄がしだいに気になりだしました。姪御さんのご出立です。失礼ながら、ブローチが盗まれたのは彼女が来られた日と重なりませんか？　そうであれば、警察に通報されるまえに彼女の旅行鞄のほうを調べてみてはいかがでしょう。捜し物が見つかるかもしれません。

秘密の友人　レディ・アガニ

その晩、アミリアは寝室で食事中に、窓になにかが当たる音を耳にした。旅帰りのうえに、あすに迫った演奏会の準備に追われる長い一日に疲れ果て、ミンスパイを食べながらグラス一杯のボルドー産の赤ワインを飲んでいると、窓ガラスのほうから耳障りな音が響いた。アミリアはフォークを皿の上に取り落とし、もしやウィニフレッドの晴れがましい日をまえにまたなにか起きたのだろうかと考えてぞっとした。殺人、嵐、コサージュの紛失、レース飾りの破れ――今度はいったいなに？

ただの思いすごしかもしれない。もともと空想が暴走しがちなたちなのだから。アミリアは化粧着の腰紐を結び直して窓辺に歩いていき、カーテンの端をめくった。暗闇に目を凝らすと、メイド姿の女性が見えて、ぎょっとした。いったい誰？

「そ、そこにいるんでしょ、レディ・エイムズベリー」女性が声を張りあげた。「隠れても無駄よ」

アミリアは聞き覚えのある声だと気づいた。洗い場メイドに降格させられてしまったリナだ。ろれつがまわらないようなので、お酒を飲んでいるのだろう。大量に。なにをしにやってきたのだろう？　窓をあけて、身を乗りだすように見下ろした。「隠れてないわ。ここはわたしの家だもの。そこでなにをしているの？」

「あなたがあの日来なければ、万事うまくいってたのに。あのあと、旦那さまからお払い箱にされちゃったのよ」リナは両手を腰にあてた。「あなたが、な、なんか言ったんでしょ、伯爵夫人」

「解雇されたの？」アミリアは訊いた。

「と、とぼけないで。あなたがなんかしたのはわかってる。ヴァン＝アカーさんにわたしを首にしろって言ったんでしょ。わたしはやめといたほうがいいって。これからどこで働けばいいの？」リナは両手を振りあげてバランスを崩し、後ろによろめいた。「あなたの屋敷？」

「わたしはそんなことはしてない」アミリアは断言した。「誓って言えるわ」

「なんにもしてないわけない」

「なかに入って」アミリアは勧めた。「階下《した》で会って、話しましょう。わたしはあなたの雇い主になにも言ってない。ほんとうよ」

リナは短い腕を胸の前で組んだ。「あなたの執事はなかに入れてくれなかった。あなたの言うことなんて信じられるものですか」

「ミスター・ジョーンズにはわたしから話すわ。そうしたらなかに案内してもらえるから」

「いいえ、けっこうよ」リナは顎を突きだした。「わたしはただ、あなたにわたしが知ってるってことを伝えたかっただけ。わたしたち使用人はあなたが思ってるほどまぬけじゃない。それに、感情だってある」

「もちろんだわ」アミリアは気持ちを込めて返した。「わたしにあなたの手助けをさせてほしい」

リナはからからと笑った。「あなたに手出しされるのはもうこりごりなんだけど」

「そこで待ってて。いま下りていくから」

リナはそれでもう用をすませたとばかりによろよろと頭をさげ、ずんずん歩き去っていった。

アミリアは首を振り、窓を閉めて、パイの皿の前に戻った。とたんに食欲が失せた。パイ料理にナプキンをかけ、赤ワインを口に含んだ。なぜリナは解雇されたのだろう？　悪行リストをつけていれば解雇されても当然だとしても、その前歴については新たな雇用主はすでに知っていたはずだ。だから洗い場メイドに格下げされて雇われた。それならどうしていまさら首にしたの？　リナがまた新たな悪行リストを作成しているのではと危惧したのだろうか？　それにしては時期尚早だ。リナの立場からすれば、やはり伯爵未亡人の訪問が関与していると疑うだろう。このところの日常で唯一の変わった出来事だったのだろうから。

アミリアはグラスを置いた。疑問を解かなければいけない。そのためにはいまリナを追いかけるしか手立てはない。髪を捩じり上げて頭の後ろで小さくまとめ、マントをまとって、急ぎ足で階段を下りた。

「レディ・エイムズベリー」

パティ・アディントンの声に呼びとめられた。アミリアがくるりと振り返ると、この屋敷では不要な家政婦の役割を勝手に担っているタビサの侍女が、ふくよかな腰に手をあてて立っていた。娘とは違って陽気さの感じられない顔に非難がましい深い皺が刻まれている。濃い褐色の髪に大きなアーモンド形の目と羽根のような眉をしていて、きつい顔つきでさえなければ美しい女性だったのだろう。けれどいまは眉をきゅっと寄せて睨みつけるような眼差しを向けている。

「お出かけですか？」アディントン夫人が問いかけた。

アミリアは唾を飲みこんだ。出かけようとしているのはあきらかだ。その証拠にマントをまとっている。そして急ぎ足で玄関扉へ向かっていた。とはいえ出かける理由を説明できるかと言えばそれはまたべつの問題で、アミリアはうまい言いわけを思いつけなかった。「ええと……ええ、そうよ」

「どちらへ？」アディントン夫人の声には疑念がありありと表れていた。「どちらであれ、ミスター・ジョーンズに代わりに用件をすませてもらえばいいことですわ」

執事にリナ・クレインを追いかけてもらえるはずもない。それどころかミスター・ジョーンズにとっては屋敷に連れ帰るなどもってのほかの相手だ。そもそもリナを追い払った張本人なのだから。「ありがとう、アディントン夫人。でも、今回はわたしが自分で行かなければいけないの」

パティ・アディントンが小首をかしげた。「なにをなさるのです？」

そう簡単に通してもらえる相手ではないのはアミリアにもわかっていた。アディントン夫人の冷ややかな目が説明を求めている。仕方がない。堂々と伝えよう。もう子供ではない。自分はこの家の女主人だ。何時だろうと外出したければしたいようにする。

アミリアは胸を張り、問いかけに答えた。「つい先ほどここに来たリナ・クレインと話をしに行くのよ。尋ねたいことがあるので」

アディントン夫人のアーモンド形の目が大きく見開かれた。「あの酔っぱらって訪ねてきた使用人の娘ですか？」

「酔っぱらっていたのかどうかはわからないでしょう」アミリアは正した。「でも、なにかおかしかった。その理由を確かめたいの」

アディントン夫人が玄関扉のほうに踏みだした。

アミリアは揺るがなかった。「困ってこの屋敷を訪れた女性を放ってはおけない。わたしには事情を知る権利があるし、それがわたしの務めでもある。助けられるのなら、そうするわ」

アディントン夫人は頑として動かなかった。たっぷりとした黒いスカート姿で、びくともしない岩のごとく玄関扉のそばに立ちはだかっている。

びくともしないかもしれないけれど、通り抜けられないわけではないわよね。

アミリアはアディントン夫人の脇をすり抜けた。「失礼」

腕をつかまれるか咎められて引きとめられるのではと思っていた。そんなことはなく、玄関先の踏み段にたどり着いて、アミリアは胸のうちで喝采の声をあげた。恐れと向き合うのはむずかしいことだけれど、乗り越えられたときの達成感はひとしおだ。アディントン夫人と相対するのはタビサおばと相対するのと同じこと。年齢差はあるとはいえ、双子のような二人組だ。タビサおばとアディントン夫人のすべきことと、してはならないことについての考え方は完全に一致している。夜闇のなか、腹を立てた洗い場メイドを追いかけるのは、むろん、してはならない行動と見なされる。

リナは南へ向かったので、アミリアも疲れた足をできるかぎり速く動かして同じ方向へ歩きだした。けれどもう何分も遅れをとっていて、その姿は見当たらなかった。

街路は暗いものの静かで、耳を澄ますと、不安定な足音らしきものが聞こえてきた。ハイド・パークのほうからだ。走りはせずに跳びはねるような足どりで緑地を目指した。できるかぎり身を潜めなくてはいけない。あすはついに演奏会が開かれる。ウィニフレッドの晴れがましい日をまえに、お酒に酔った女性と口論しているところを誰かに見られないようにしないと。自分には彼女を追いかける権利があると宣言したとはいえ、アディントン夫人が引きとめようとしたのは当然のことだ。好ましくない人物に目撃されれば、醜聞を流されかねない。

褐色の外套がハイド・パークの門の向こうへ遠ざかっていくのが見えて、アミリアは息を呑んだ。リナなの？　大柄のようにも見えたし、これといった特徴もなかった。リナではないのかもしれないけれど、アミリアは追いかけてみることにした。

馬蹄の音が慌ただしく響き、背後から大声で呼びかけられた。「レディ・エイムズベリー、そこでお待ちください」

アミリアは振り返った。エイムズベリー家の馬車に、いつもの冷静沈着な執事の姿とはまるで違う様子のジョーンズが御者と並んで坐っていた。髪が前に垂れて禿げた頭頂部があらわになり、息を切らしている。腹立たしいパティ・アディントン！　彼女の差し金にきまっている。

「あなたが追いかけておられる女性は酔っぱらっていて、なおさらなにをしでかすかわかりません」ジョーンズが続けた。「私をぶったんですよ。それで屋敷から追い払ったんです」

「心配してくれるのはありがたいけれど、すぐに彼女と話さないといけないの」アミリアは公園のほうを振り返った。「大事なことなのよ」

ジョーンズが咳ばらいをした。「恐れながらお引きとめしなくてはなりません。ベインブリッジ卿からあなたの身の安全を確保するよう仰せつかりました」

「サイモン・ベインブリッジ？」アミリアは自分でも声が上擦ったのがわかった。「聞き間違えかしら？　彼とどんな関係があるというの？」

ジョーンズが御者台で上体を伸びあがらせた。青白い顔が明かりに照らされ、彫像のように見える。「問題が生じた際には、あなたをお守りすると侯爵どのにお約束しました。酔っ払いを追ってハイド・パークへ向かわれるのも、そのような問題のひとつと思われます」

アミリアはジョーンズから公園へ視線を移した。執事はどこにも行かないけれど、リナは遠ざかっていく。「それなら、一緒に来て、早く。馬車は御者にまかせて、一緒に行きましょう」

ミスター・ジョーンズは慎重に御者台を降りた。従僕の仕事には不慣れで、地面まで降り立つのに数分を要した。

アミリアは手を叩いた。「急いで！　女性の命が危険にさらされているのよ」

「はい、奥さま」ジョーンズはズボンを手で払った。「恐れながら、あなたさまのお命もでは」

公園の入口を抜ける頃には、アミリアは早歩きから小走りになっていた。ジョーンズも懸命についてくる。執事をおいてきぼりにしないように数秒おきに足をとめては進んだ。けれどみぞおちの辺りに気持ち悪さを覚えていた。ミンスパイのせいではない。

リナの身が心配だった。

ほどなくして、不安は現実のものとなった。サーペンタイン池に、くすんだ褐色の外套が浮かんでいた。その下にリナがいるのは確かめるまでもなくわかった。ジョーンズに腕をつかまれたが、アミリアはそれを振りほどいて、池のほとりへ駆けだした。マントのフードが脱げた。もしかしたらまだリナを救えるかもしれない。

生気のない目に見つめ返され、アミリアはその望みを断たれた。リナもフローラとシャーロットと同じように殺された。

またも間に合わなかった。

32

親愛なる　レディ・アガニ

わたしは年に一度、舞踏会を開いています。みなさんが楽しみにしてくださっているのですが、わたしはそうではありません。計画を立てて、掃除をして、献立も、座席表も考えないと！　おかげで楽しいと思えなくなるのです。年々、礼儀を欠いた食欲旺盛な招待客が増えていることは言うまでもありません。わたしが年老いたせいでしょうか？　それともこうした催しでは致し方のないことなのでしょうか？　なにか解決策はございませんか？

かしこ

もう飽きあきの女主人　より

親愛なる　もう飽きあきの女主人　様

お気持ちはよくわかります。わたしもその要因が自分自身にあると気づいて解決策を見いだすまで、同じように感じていました。パーティの日まで何日、何週間、数カ月にわたってあれこれ悩まされていると、へとへとになってしまいます。ついにその日が訪れたときには疲れきっているのです。なんであれ、旧交を温める機会ではなく片づけなければならない面倒な仕事になってしまうと意欲も失せます。さいわいにも、むずかしいのですが単純な解決策があります。やることをなるべく減らして楽しむ。ぜひ試してみてください。ご友人がたにもきっと喜んでいただけることでしょう。

秘密の友人　レディ・アガニ

翌朝、アミリアはある思いを抱いて目覚めた。時間切れだと。サイモンとともに殺人事件の真相を突きとめようと手がかりを探し求めているあいだに、殺人犯はまたも行動を起こした。昨夜、リナはシャーロットとまったく同じようにおそらくは頭を殴られて死んでいた。ただし今回はアミリアがみずから警察に通報した。ミスター・ジョーンズに付き添われ、リナが妙な様子で屋敷に現れたときのことを説明した。

巡査からたいした反応は得られず、いずれにしても捜査しようとする意欲は見られなかった。あきらめたように現場を眺めて、ロンドンではアルコールや劣悪な労働環境のせいで多くの若い女性たちの命が失われているとぼやいた。アミリアがリナは自殺ではないといくら説明しても、巡査はリナが失業し、腹を立てて、酔っぱらっていたことにこだわり、自殺であるのは単純明快だと結論づけた。

アミリアはベッドの上掛けを撥ねのけて、いちばん厚手の化粧着をまとった。今回の一連の悲劇から教えられたことがあるとすれば、単純明快なものなんてないということだ。またひとり女性が死んで、犯人はためらわず殺人に及ぶことが証明された。捕まえないかぎり、今度は自分だけでなく家族の誰かが標的になりかねない。サイモンですらも。犯人は侯爵をも手にかけるのだろうか？　これまでのところは犠牲者は女性にかぎられている。

鏡台の椅子に坐り、アミリアはその理由に考えをめぐらせた。女性たちは往々にして男性が見逃しがちなちょっとしたことにも気づきやすい。リナにしても、エドワーズ家の人々の個人的な事柄にまで詳しかった。フローラが死んだ晩の出来事も知っていたとしたら？　そんなことがありうるの？　リナは殺人犯の正体も知っていたのかも。

信じがたい思いつきにアミリアは息を呑んだ。

「早いお目覚めですね」レティーがコーヒーを盆に載せて運んできた。「無理もありませんわ。レディ・ウィニフレッドも今朝は六時から起きておられます。あの曲を一度弾きはじめると、十五回は繰り返すんです」

アミリアは立ちあがって銀盆を受けとった。「あの曲って――」

「ええ、あの曲ですわ」レティーがナプキンを弄《もてあそ》びながら言う。

「あらやめて、レティー。ナプキンくらい自分で広げられるわ。わたしがそういったことに慣れているのはもうわかってるでしょう」

レティーがナプキンを手放した。「その点にはできるだけ知らんぷりをしなさいと母に言われています」

「まだそんなことを?」アミリアは銀製のポットから優美なカップにコーヒーを注いで、深々と息を吸いこんだ。目覚めて最初に口にするコーヒーほどおいしいものはない。

「また衣装簞笥を開けるようになって、よかったですわ」レティーが両開きの扉をあけ放す。

「このような日にはよけいにそう思います」掛けられたドレスの数々に撫でるように手を滑らせた。「選べるものがこんなにたくさん……」

「エドガーに買ってもらってまだ着ていないものがたくさんあるわ」

「どれになさいます?」レティーが訊く。

「深緑色のを」アミリアは答えた。

レティーが衣装掛けからエメラルド色のドレスを取りだした。「よい選択ですわ。ベインブリッジ卿の瞳の色とぴったりですもの」

アミリアはコーヒーカップを取り落としかけて、カタカタと受け皿の音を響かせて銀盆に戻した。「だからではないわ。わたしは、つまりその、昔から緑色が好きなのよ」

レティーがにっこり笑った。「でも、わたしの言うとおりだと思いません?」

「そうね」アミリアは当世風にウエストがすぼまって裾は広がるように誂《あつら》えられたドレスに見入った。ぴったりとした胴着《ボディス》と美しい襟ぐりが、ごく平凡な体形でも麗しい姿に見せてくれるだろう。それにこの生地。アミリアはドレスに手を伸ばした。こんなにも柔らかい繻子《しゅす》織りの布地はほかに知らない。自分のオリーブ色の肌と温かみのある赤褐色の髪にすばらしく調和するはずだ。

「着てみられますか」レティーがいつもながらの熱っぽい声で言った。侍女は衣装選びを楽しめる日が来るのを二年も待ちわびていた。ようやくその日がめぐってきたのだ。

アミリアは最後にコーヒーをもうひと口だけ飲んだ。「もちろん」立ちあがる。「やらなければいけないことがたくさんあるのに、時間はあまりない。さっさと取りかからないと」

一時間後、アミリアはたぶん初めてエイムズベリー伯爵夫人らしく軽やかに階段を下りていった。ドレスのせいだけではなく、心の在りようが表れていた。ウィニフレッドは自分の被後見人で、最愛の娘だ。これから初めての演奏会に挑もうとしていて、もうすぐ彼女がどれほどすばらしい音楽の才の持ち主であるかを誰もが知ることになる。その少女の母親代わりとなったアミリアがどれほど誇らしい気持ちであるかも。

シャーロットが殺された事件の調査に進展があれば、もっと誇らしく思えていたのだろうけれど。

犯人を突きとめられてはいないものの、すでに導きだせた点はいくつかある。まず、殺人犯は裕福な人物、もしくは裕福な誰かの縁者であること。あの便箋のリネン紙がその証しだ。ふたつめは、地位のある人物だということ。そうでなければ、リナの雇用主にそう簡単に働きかけられないでしょう？　三つめは、人を欺くのがうまい。リナは、それにたぶんシャーロットも（ベッドに入っていてもおかしくない時間に）死んだ晩にはどういうわけかお酒を飲まされていた。これらのことを考え合わせると、容疑者はおのずと絞られてくる。ふと、アミリアはある人物が頭に浮かんだところで階段の下に行き着き、それとはまたべつの人物と対面した。

「サイモン？」アミリアは啞然として呼びかけた。「ここでなにをしているの？　演奏会が始まるまでまだ時間があるわ」

「レディ・エイムズベリー」サイモンはうやうやしく会釈した。黒い上着姿で、優美に結ばれたクラヴァットが雄々しい顎つきをきわだたせていて、両手を後ろに引いている。「きみに会いに来たのではないんだが、なんともお美しい」

アミリアは褒め言葉に笑みを返した。

サイモンが真面目くさって咳ばらいをした。「レディ・ウィニフレッドにお目にかかりたい」

ウィニフレッドが自分の名を聞きつけて、居間から飛びだしてきた。「ベインブリッジ卿！」

サイモンは背中から鮮やかなピーチ色のバラの花束を取りだした。芳しい香りが辺りに充満した。「お嬢さま、おはようございます。こちらをあなたに」

「わたしに？」ウィニフレッドはぽっかり口をあけて、大きな花束を見つめた。

「そう、あなたに。このような演奏会がどれほど意義あるものなのかについてはわかっているつもりです」サイモンは身をかがめて声をひそめた。「昔ぼくも母にやらされましてね。神経をすり減らされるのは間違いない。ですが、あなたならきっと見事にやり遂げられることでしょう」

「ありがとうございます、侯爵さま」ウィニフレッドはくるりとまわった。「このドレスにぴったりだわ」

サイモンは微笑んだ。「あなたのお好きな色ですよね」

「ピアノの上に飾ります」ウィニフレッドは大きく息を吸いこんだ。「弾きながら、この香りを嗅げるように」

「いい考えね」アミリアは賛成した。「花瓶を見つくろってくるわ」

背後からレティーが言葉を差し挟んだ。「花瓶はわたしがお持ちします、奥さま」

ウィニフレッドは膝を軽く曲げて頭をさげ、レティーのあとを追った。

玄関広間でふたりきりになると、アミリアは居間のほうへ頭を傾けた。「ちょっとよろしいかしら。お話ししておきたいことがあるの」

サイモンはアミリアのあとから誰もいない部屋に入った。

アミリアは向きなおった。「なによりもまず、わたしはあなたに守ってもらう必要はない。うちの執事をわたしに立てつかせないで。あなたにはこの家のことに口出しする権利はない。規則はわたしがきめる。使用人に行動を逐次見張ってもらわなくてけっこうよ」

「ジョーンズが、なにかあって、きみのところに駆けつけたわけだな？」

「大事なのはそこじゃないわ。うちの使用人に指示するのはやめてと言ってるの。わかった？」

サイモンは首を傾けた。「ああ、わかったとも。応じられるかはわからないが。なにも約束はできない」

「わたしはまじめに話してるのよ、サイモン」

「わかったとも。だが、なにがあったのか教えてくれ」

アミリアはリナがここを訪れて言ったことと、そのあと自分が公園へ行き、サーペンタイン池で遺体を発見するまでの経緯を説明した。巡査との会話を語り終える頃には、サイモンの目が嵐の海の色を帯びていた。

「きみは彼女が殺されたと思うのか？」

「曜日の並びと同じくらい確かだわ」

「それならぐずぐずしている暇はない」サイモンは玄関扉のほうを向いた。「殺人犯を見つけださなければ。きょうじゅうにだ」

アミリアは侯爵の肘に触れた。「でも演奏会がある。出かけるわけにはいかないわ」

「演奏会が終わったら」

「そうね」演奏会が終わったら、フローラとシャーロットとリナを殺した人物をふたりで突きとめる。もうそうする以外に選択肢はない。

二時間後、サイモンはあらためて演奏会に出席するためアミリアの家の客間に入ってきた。誰もがそこにいた。ともかく、有力な人々は誰もがそこにいるとアミリアは思った。そうなるように夕ビサおばがこの舞台を整えたのだ。ウィニフレッドがピアノの演奏を披露する場というだけでなく、彼女の未来が懸かった音楽会。タビサは上流社会でのウィニフレッドの名演奏家としての地位を確立しようとしている。かたや、アミリアは朝食を胃のなかにとどめておくだけで精いっぱいだった。

ウィニフレッドの演奏会で自分がこれほどまでに緊張するとは思わなかった。まるで自分がピアノの前に坐っていて、鍵盤を弾きまちがえたら大変なことになると脅えているみたいだ。家族のなかでは姉のサラがピアノを担当していた。アミリアは歌手兼役者で――演じるほうが多かったのは認めざるをえないけれど――歌うのは大好きだった。

アミリアは小さな白い椅子の下で足首を組み合わせ、あらためて音楽に集中しようとした。これからウィニフレッドが弾くのは最後から二番目の曲。最後はモーツァルトで、これこそアミリアの心配の種だった。ウィニフレッドにはゆっくりと焦らずに、楽しんで弾いてほしい。聴衆にとっていちばん印象に残るのは最後の曲だろう。とはいえ意志の力だけでは未来をそう大きく変えることはできない。どのように弾くかはウィニフレッドしだいだ。アミリアは不安を払いのけられそうになかった。

鍵盤を正確に弾きさえすればほかに心配することなんてある？　ウィニフレッドはすばらしいピアニストだ。誰の目にもそれはあきらかなはず。背筋をぴんと伸ばしたウィニフレッドの姿には揺るぎない決意が見てとれて、アミリアは少女にとっていかに大きな意味のある演奏会なのかを実感した。ピアノの上にはピーチ色のバラの花束が飾られ、その前に坐るウィニフレッドは十歳は大人びて見える。それももっともなことなのかもしれない。両親と最愛の叔父を亡くしてなお自分を見失わずにいられるのは、彼女の強さと才能の証し。ウィニフレッドこそが、がんばり抜ける女性だ。

タビサおばがアミリアの手をつかみ、きゅっと握った。おそらく、馬車の車輪のごとくアミリアの胸のうちでめぐっている緊張を察したのだろう。ちらりと見たかぎり、老女のほうにはそのようなものに苦しめられているそぶりはなかった。タビサは演奏にもこの催しにもとても満足しているようだけれど、当然なのだろう。タビサが準備してきた成果は見事に表れていた。

家具調度を取り払ってじゅうぶんな座席が設えられ、両端の椅子に取りつけられた小さな花束飾りはすばらしく調和していて、もとからあった装飾のように見える。さらには同じ花が、ウィニフレッドのコサージュと、アミリアが食べるのを楽しみにしている三段重ねのケーキにもあしらわれていた。タビサはまさしくさりげなく優雅に彩る達人だ。わざとらしさはみじんも感じられない。タビサがいるところでは物事がごく自然に運んでいるように見える。

最後から二番目の曲の演奏が終わり、聴衆から短い拍手が送られた。ウィニフレッドが最後の曲を弾きだした。アミリアは後列の右側に坐っているサイモンにちらりと目をくれた。サイモンもほんのかすかにうなずきを返した。ウィニフレッドはきっと大丈夫。アミリアは両手を組み合わせて胸のうちで祈った。なにが起ころうとも、きっとうまくいくことをウィニフレッドにわかってほしかった。

ウィニフレッドは力強くピアノを奏ではじめた。楽譜が澄みきった空のごとく頭に入っている。楽譜のみならず、その調べに込められた情感までもが。本物の音楽家にしか成し得ないことだ。誰にでも物語は語れても、行間に込められた情感まで伝えられるわけではない。それができるのが才能で、ウィニフレッドはその才能を授けられている。

いつの間にか楽譜の最終ページに入っていた。それだけすばらしい演奏だったということだ。アミリアはウィニフレッドが演奏を終えてお辞儀をしたときにはどうにかこらえられたものの、抱き合ったとたんに堰《せき》を切ったように涙がこぼれた。実の母娘になれた気がして、ウィニフレッドが血を分けた娘だったなら、これ以上どれほど誇らしく思えたのか想像できないくらいだった。

「おめでとう」アミリアはささやきかけた。「やり遂げたわね」

「あなたのおかげで」ウィニフレッドが言った。「お母さんになってくれてありがとう」

アミリアは少女をきつく抱きしめて、この瞬間の喜びを噛みしめた。「わたしにそうならせてくれてありがとう」

「よくやったわ」タビサが言葉を差し入れた。「モーツァルトもいまの演奏には嫉妬したはずよ」

タビサから最大の賛辞を送られ、ウィニフレッドは喜びをあらわにした。

「ありがとう、大おばさま」ウィニフレッドはきょろきょろと見まわした。「どこを見てもほんとにきれい」声を落として続けた。「それに、ずいぶんたくさんの方がいらしてるのね」

「当然でしょう」タビサが部屋を見渡した。「あの人たちはわたしがあなたの才能をかいかぶっていないか確かめに来たのよ。わたしを嘘つきにさせないでくれて、あなたには感謝するわ」

ウィニフレッドがくすくす笑った。「もうケーキを食べられる？」

「もちろん」タビサが応じた。「当然のご褒美だわ」

軽食のテーブルに向かう途中で、サイモンと対面し、心のこもった祝福の言葉をかけられた。これほどすばらしい演奏は聴いたことがないという。

「それに念のため、昔はなかなかの腕前だったぼくが言うのだから」サイモンは茶目っけたっぷりにウインクを添えた。

ウィニフレッドは小首をかしげ、ブロンドの巻き髪が片側に垂れた。「いつか弾いて聴かせてくださいます？」

「恥をさらすのは控えたい。腕前はきみのほうがはるかに上だ」サイモンが認めた。

ウィニフレッドは笑い声をあげたが、褒められてうれしくてたまらない様子がアミリアには見てとれた。

それから何分ものあいだ、ウィニフレッドは心ある人々から称賛の言葉を浴びた。多くの出席者たちが少女の音楽の才を称え、ヘンリー・コスグローヴも美しいチョコレートの箱をふたつかかえて現れて、ほかの大勢の聴衆を驚かせた。アミリアにしてみれば、公爵さまに出席してもらえたことが重要なわけではなく、ウィニフレッドのお気に入りのボンボンを贈り物に持ってきてくれたことがただうれしかった。

ウィニフレッドが箱を受けとってすぐにサイモンに見せようとその場を離れると、ヘンリーはアミリアにもうひとつの箱を差しだした。「女主人にも忘れるわけにはいきません。なにしろあなたは私のお気に入りの店の棚からごっそりチョコレートを持ち去ってしまったそうですから」

「持ち去ってなどいませんわ――いえたしかに、そうとも言えるのかしら」アミリアは微笑んだ。「あの日は帰りが遅くなって、お腹がすいていたんです。ちょっと欲張りすぎたかもしれませんわね」

「非難できる立場じゃない。こちらもチョコレートに目がないのは同じです」ヘンリーは手渡した箱を指差した。「あなたのお口に合うとよいのですが。私がチョコレート職人に特別に作らせたものなのです」

「そんなことができるのですか?」アミリアは訊いた。

「なにしろ、私は上得意客ですから」ヘンリーはウインクした。「どうぞご覧ください」

アミリアは箱にかけられた青いサテンのリボンをほどくのに手こずった。タビサの言うとおりなのだろう。細部へのこだわりこそが違いを生みだす。というわけで、アミリアはリボンを丸十秒も眺めつづけてようやく箱を開いた。そのなかには、ひとつひとつに砂糖で白い音符があしらわれたボンボンが入っていた。アミリアはうれしい驚きに息を呑んだ。「すごいわ。なんてすてきな思いつきなの」

「でもまだいちばん肝心な部分を確かめていただかなければ。ご賞味あれ」

「せきたてられずともぜひに、公爵さま」アミリアは可愛らしいチョコレートをつまんだ。「ほかのご婦人がたはどうかわかりませんが、わたしはいただきます。ご存じのように、ほんとうに甘いものには目がないので」

公爵が含み笑いをした。「私もですよ。ただし他言しないでくださいね」

アミリアは声をひそめた。「あなたの秘密は守ります」チョコレートをひと口齧って、ふっと気がやわらいだ。演奏会は大成功に終わろうとしている。軽食も人々に楽しんでもらえているようだ。あとはシャーロットを殺した犯人を見つけだせさえすれば、申しぶんのない一日になるのだけれど。

チョコレートの甘味が思いのほか神経に響いた。いまの精神状態にチョコレートは刺激が強すぎたのかもしれない。アミリアは箱をそばのテーブルに置いた。

「きょうのレディ・ウィニフレッドはすばらしかった」ヘンリーが会話を続けた。「あなたも誇らしいことでしょう」

アミリアは誇らしさに胸を張った。「実の娘だったなら、きっと鼻高々になっていましたわ」

「エドガーとのあいだにはお子さんは授からなかった」

それは事実で、尋ねられたわけではない。それでもアミリアは説明しなくてはいけないような思いに駆られた。「エドガーは変性疾患を患っていました。子供に影響が及ぶのを危惧していたんです」

ヘンリーはうなずいて理解を示した。「賢明なご判断です。そのような疾患は一族の血統をそこないかねない。危険を避けるのが得策だ」

その言葉はアミリアの胸にちくりと刺さった。エドガーは充実した人生を送っていたし、妻の自分と揺るぎない友情で結ばれていた。きっとエドガー本人も同じように思っていたはずなのに、どうしてヘンリーに子供を授かれば血統をそこないかねなかったなんて言われなければいけないの？　怒りが湧きあがり、アミリアは気を鎮めようとチョコレートをもうひと口齧った。すると今度はみぞおちをこぶしで押されたような衝撃を覚えた。

「いずれにしろ、ウィニフレッド嬢は見事な演奏を披露されましたし、音楽家として成功されるに違いない」ヘンリーは周りに目を走らせたがウィニフレッドを見つけるわけでもなく続けた。「お嬢さんにどうぞよろしくお伝えください。もう少しとどまりたいところなのですが、べつの約束がありまして」

アミリアは唾を飲みこんでもチョコレートの後味を取り払えなかった。水を飲んだほうがよさそうだ。「承知しました。来てくださって、ありがとうございました」

「早々に失礼することをお許しください」

「お気遣いなさらずに。お見送りしますわ」なんとなく口がうまくまわらず、アミリアは軽く笑った。それに気づいたのはヘンリーだけだった。

「なにか愉快なことでも？」ヘンリーが尋ねた。

アミリアは染みついた習慣で日傘を手にした。夢のなかにいるように気分がふわふわしていた。「あまりよく眠れていないんです。そんなときは、なにをしてもとても可笑しかったり、とても哀しかったりして。笑うか泣くかのどちらかしかないんです」

「私にできることはありませんか？」公爵が玄関前の踏み段を下りていく。

アミリアはめまいがして、日傘をついて身を支えた。「なにかあるような気もするけれど、考えてみないと……」

「おっと」ヘンリーがアミリアの肘をつかんだ。「大丈夫かな？」

「ごめんなさい」アミリアは詫びた。「申しわけないけれど坐らせてもらうわ」

ヘンリーが馬車の扉を開き、そのなかに自分を引き入れようとしている。アミリアは芝居を見物するようにその動きを見ていた。どうして自分は彼の馬車に乗ろうとしているのだろう？　どうしてこの人は馬車の扉を閉めたの？　思いだせない。それでもともかく、ウィニフレッドは屋敷のなかにいて、この馬車がそこから離れようとしているのは確かだ。アミリアは馬車の扉の掛け金に手を伸ばした。

「それはだめだ、レディ・アガニ」笑顔だったヘンリーが厳めしい眉根を寄せていた。目の下の隈はもう哀しみのしるしには見えない。うつろで気味の悪い目をしている。「どこにも行かせはしない」

33

親愛なる　レディ・アガニ

あなたは苦境を乗り越えられてきたご婦人と拝察いたします。女性が評判を穢さずに苦境を抜けだすにはどのようにすればよいのでしょう？

かしこ

嵌まりこんでしまった婦人　より

親愛なる　嵌まりこんでしまった婦人　様

ご拝察のとおり、わたしはそれなりの苦境を乗り越えてまいりました。困難であろうとも、できるかぎり優雅に切り抜けようではありませんか。評判を穢されたくないとの恐れから、誤りを正すことをためらってはなりません。間違いをおかさない人などいないのです。ばかげた礼儀指南書の教えに順ずる必要はありません。

秘密の友人　レディ・アガニ

「やっぱりあなただったのね」アミリアは言葉を吐きだそうとしたものの、なおも口が思うようにまわらなかった。舌が重く、ねばついている。「あなたがフローラと使用人の女性たちも殺したのね」

ヘンリーは革の手袋をはめた。「正体を知っていたのは、お互いさまということだな。セント・ジェームズ・パークできみを見た瞬間に、レディ・アガニが誰なのかを知ったんだ。変装していたつもりかもしれないが、ターナー家の催しできみのことは見たばかりだったからすぐにわかった。よくもあんな戯言《たわごと》を書けるものだ」

「戯言ではないわ。じょ、じょげげよ！」語尾がうまく発音できなかった。「どうして、ちゃんとしゃ、べれれ、ないの？」アミリアは唇に手をやった。「あのチョコレートのせいね？シャーロットのポケットにもあのお店のリボンが入ってた。あなたは彼女を毒殺したのね？なにを入れたの？」

「毒ではなくて薬物《ドラッグ》だ。アヘンチンキ。くつろがせてくれるものだ。まずは頭に、それから全身に効いてくる。なによりも、じつに愉快な気分になれる。チョコレートのような砂糖菓子は味をまぎらわせるのにちょうどいい」ヘンリーは興奮を抑えようとしているかのように両手を組み合わせた。「あの侍女はお悔やみの届け物が私からだとは知らずに、いくつも口に放りこんだ」ヘンリーは含み笑いをした。「神経がまいっていたんだろう」

アミリアはチョコレートを少し齧ったただけなのを思い返して安堵した。まだ箱の包み紙にかけらがいくつも残っている。そうだとすればこの苦境を切り抜けられる見込みはある。切り抜けなくてはいけない。話を長引かせて不意をつけるまで時間稼ぎをするのが肝心だ。頭のなかが流砂みたいになっているのが口惜しい！　考えが浮かんだと思うたび、どれもたちまち埋もれていく。つかんだとたんに指の隙間からこぼれ落ちてしまうみたいに。「そうやってあなたはシャーロットとリナを油断させたのね。薬物で」

「誰だって？」ヘンリーが馬車の窓の外へ目を凝らした。「ああ、もうひとりのほうのことか。そうとも。いともやすやすと逝ってくれた。自分を見初めたどこかの男からの贈り物だと思いこんで、チョコレートをたいらげた。やはりご婦人がたはみなチョコレート好きなんだな。洒落たリボンのついた小箱には抗えない。アヘンチンキが効いてくると、ヴァン＝アカー家は彼女の様子がおかしいのは酒酔いのせいだと勘違いして解雇した。好都合な成り行きだったとはいえ、婚約パーティでのことをなにか知られているとすればそれで解決とはいかない。秘密を守ってもらうために、ちょこっと頭を小突かせていただいたわけだ」

馬車が通りを折れて、アミリアは座席の反対端に腰を滑らせた。クッションにつかまり、御者に呼びかけた。

ヘンリーがかぶりを振り、くっくっと笑った。「無駄だ、レディ・エイムズベリー。御者にはたっぷり報酬をはずんでいる。助けを得られる見込みはないのだから、この乗り心地をせいぜい楽しんでくれたまえ」

こんな状況でどうやって楽しめというの？　めまいとしびれで薬物による高揚感は掻き消されている。ヘンリーの目をじっと見つめるうち、アミリアは彼自身も薬物を使っているのだと察した。瞳孔が異様に狭まっているし、自分はチョコレート店の上得意客だと言っていた。それなら、薬物の作用にずいぶんと詳しいのも、チョコレートに薬物を容易に埋めこめたわけも、説明がつく。「でもどうして、フローラを殺すわけ？　か、か、彼女はあなたの婚約者だったのに。あなたが求婚したのよね」アミリアは一語ずつ丁寧に発した。「愛情を抱いていたはずなのに」

　初めて公爵が言葉に詰まった。「それは……むろん愛情を抱いていた。それ以外に彼女を娶る理由はなかった。父親に爵位があるわけでなし、こちらには花嫁持参金など必要ないしな」

　アミリアは彼の本心だと思った。「それならどうして？」

「うすうす疑いを覚えてはいたが、婚約パーティの晩に確信したんだ」ヘンリーは落ち着かなげに手のひらを擦り合わせた。「あの老女の呪われているという話だ」目をしばたたき、すっきりとした顔になった。「あの老女はいかれていた。ヒヤシンスもだ。フローラもいつかそうなるはずだった。そんな女性を娶る危険はおかせない。とはいえ、婚約を破棄すれば、一生醜聞がついてまわることになる。だからわが名誉を守るためにやれることをした。フローラが見ていない隙に、シャンパンのグラスにアヘンチンキを入れたんだ。いつも持ち歩いていてよかった」ヘンリーはウインクしてみせた。「まあなんといっても、堪《こた》えられない効きめがあるからな。それに、こんな機会は二度と訪れないこともわかっていた。フローラはふだんアルコールは口にしなかった」

ヘンリーはダリアと対面して、フローラの一族に起きたことは宿命なのだと理解した。母親は溺死し、伯母は正気ではない。妹のヒヤシンスもおつむが軽いようだと。フローラもいつかそうなるのだろうと安直にきめつけた。頭のいかれた女たちだと！　そのような女たちが描かれた本は数多あり、公爵は恐怖をつのらせた。コスグローヴ家の血統にそんなものを混じらせる危険はおかせないと。現にヘンリーは同じ論法から、エドガーについても賢明な判断をしたと結論づけていた。アミリアはついに真相を突きとめたが、納得できるようなことではなかった。「あなたはあの家に宿泊しなかったから、誰にも疑われずにすんだ。どうやって戻ったの？」

公爵の縮小していた瞳孔がきょろきょろと動いた。「簡単なことだ。バルコニーまで格子棚をよじのぼるのは少々苦労したが。のぼりきって、フローラを呼ぶと、おぼつかない足どりながらも起きてきた」ヘンリーはその晩のことを思い返しているらしい。「生真面目な侍女が見張っていたとはまるで知らなかった。レディ・アガニ宛ての手紙を見つけるまで、フローラをバルコニーから突き落とすところを目撃されていたとは考えもしなかった。あれが投函されるまえに侍女を片づけられればよかったんだが」

つまりヘンリーはあの手紙を目にしていた。シャーロットは正しかった。殺人犯につけられていたのだ。「フローラとシャーロットについてはわかったけど、それとリナがどう関係しているというの？　も、もうエドワーズ家で働いていたわけでもないのに」

ヘンリーはふっと笑いを洩らした。「ささやかな情報を与えてくれたきみに感謝しなければば。チョコレート店できみから聞くまで、彼女が悪行リストをこしらえていたとは知らなかった。私に繋がるような事実をなにか知られているおそれがあると気づいたわけだ」

アミリアの胸に罪悪感が押し寄せた。両手で頭をかかえた。リナはやはり悪行リストをこしらえたせいで殺された。でもそれは自分が犯人にリストのことを話してしまったから。

「自分を責める必要はない。たかが洗い場メイドだ。気に病むほどのことではないだろう」

アミリアははじかれたように顔を上げた。「な、なんてことを言うの？　彼女もあなたやわたしと同じひとりの人間なのよ」

公爵は窓のほうを向いて、アミリアと目を合わせようとはしなかった。「なんとばかげた──卑俗な慈悲心よ」

「わたしを侮辱するのね。い、いますぐ馬車を停めて！　助け──」

ヘンリーの大きな手がアミリアの鼻と口をふさいだ。「あとひと言でも口にすれば、いますぐ殺す」

アミリアは息がつかえて、公爵が本気であるのを悟った。うなずくと、口から手が離れた。息を吸いこむ。「わたしをどこに連れていくつもり？」

ヘンリーは姿勢を正して、膝の上で手袋をした両手を組み合わせた。「おなじみのきみの散歩だ。演奏会できみは神経が高ぶっていた。新鮮な空気が吸いたくなった。そこで散歩に出たというわけだ。ただし残念ながら転落してしまう」

「そううまくいくものですか」アミリアは日傘を握りしめた。「あなたにはわたしを突き落とした容疑がかかる。わたしがあなたの馬車に乗るのをたくさんの人が見ていたはず」そうであることを祈るしかない。自分の知るかぎり、誰もが屋敷のなかにいた。玄関扉を出て馬車に乗りこむまで誰ひとり目にしなかったけれど、あのときにはすでに頭がぼんやりしていたのだから、誰もいなかったとは言いきれない。

「そんなに自分は賢いとでも思ってるのか？　きみに手紙をよこす小娘たちにしているように、この私に指図できるとでも？　よく考えるんだな、レディ・アガニ」

アミリアは自分がどれだけ非難されてもかまわなかったが、読者をけなされるのは我慢できなかった。「わたしの読者たちはあなたよりずっと賢いわ。断言できる」

ヘンリーが窓のほうを見やった。ちょうどグリーン・パークに差し掛かったところだ。

「伯爵夫人を殺したくはなかった。取り沙汰されるにきまっている。だから手を引けと何度も警告したのに。とはいえ、じつのところ、これまでよりはるかに楽しめそうだ」

ロンドンの賑やかな通りから離れていくのをアミリアが残念に思っているうちに、馬車はその四十エーカーほどの公園に近づいていた。いきなり角を折れて、緑道に入った。背の高いスズカケノキとシナノキが林立するだけで、ほかにはほとんどなにもないところに来てしまったのがアミリアには恨めしかった。でも逆に言うなら、騒ぎを起こすとすればうってつけの場所なのだから、こうなったら全力で立ち向かおうとアミリアは心をきめた。向こうもアヘンチンキが効いているのだとすれば、渡り合える見込みはある。願わくは、誰かがふたりの争いを聞きつけてくれればいいのだけれど。人影は見当たらない。

「この公園には池がないのは、おあいにくさまね」アミリアは自分の殺害計画からヘンリーの気をそらさせようと最後の抵抗を試みた。「ここでは溺死はありえない。通りに引き返して、だ、誰かにわたしを轢《ひ》き殺してもらったほうがいいんじゃない。ちょうど往来が多い時間でしょう。名案だと思うんだけど」

生い茂る木々の陰で馬車ががくんと停まった。「降りろ」ヘンリーがアミリアの腕をつかんで馬車の踏み段へ引きおろした。

アミリアはよろめきながら草地に降り立った。「サ、サ、サイモン・ベインブリッジがわたしを捜しに来るわ。そうしたらどうするつもり？　あの人も殺すの？」

「きみには関わりのないことだ」ヘンリーはアミリアの背中を押して進ませようとした。

アミリアは一歩も動くまいと踏ん張った。耐えきれなかった。片足が前に滑りでた。「それにわたしの編集者も知ってるし」

ヘンリーが動きをとめた。「なんだと？」

「雑誌社の編集者よ。彼は今回の経緯をぜ、ぜんぶ知ってて、わたしに万一のことがあれば記事にするはずだわ」自分がこのまま殺されればヘンリーはその編集者を捜すはずなので、アミリアはグレイディを巻きこみたくはないと思いつつも、これ以上公園の奥へ連れ去られないようにするにはそう言うしかなかった。どうやら功を奏したらしい。

ヘンリーが腕組みをした。「どうしていままで記事にしなかったんだ？」

「彼……わたし……だって、そうでしょう」薬物のせいで頭が働かない。なかなか言葉を口にできなかった。

「きみはなにもつかめていなかった。その男もなにも知らないわけだ」

「知ってるわ」アミリアは食いさがった。「わたしのこと。あなたがわたしにアヘンチンキを食べさせたせい。もう、まともに頭が働かないじゃないの」

それを聞いてヘンリーは辺りを見まわした。「文句を言うんじゃない。ロンドンでもあれほど純度の高いアヘンはほかに手に入らないんだからな」

「それならすぐに過剰摂取になるんでしょう？」アミリアは思ったままを口に出した。「じゅうぶんな効果が得られるんですものね？」

「私が高価なドラッグを無駄使いするとでも？」ヘンリーは喉を鳴らして笑った。「薬の効能はぜったいではない。確実な手を打っておかなければならなかった。間違いなく死んでもらわなくては。運まかせというわけにはいかない」

ヘンリーが腰をかがめて大きな石を拾い、アミリアはいましかないと思い定めた。運動能力には自信があるものの、手脚が重く感じられる。それでも先端が丸みを帯びた日傘を持っている。これで公爵の頭を打ちさえすれば、逃げだせる。

アミリアは日傘を精いっぱい持ちあげて、公爵の頭に打ちつけた。公爵がくずおれたところでもう一度ぶち込んだ。三回目を振り抜いてから、逃げるのを忘れていたことに気づいた。くるりと向きを変えると目の前の世界もぐるりとまわった。木々が傾いて緑の渦に呑みこまれた。小径のほうへよろよろと進む。誰かが馬を駆けさせているのが見えて、アミリアは声を張りあげて助けを求めた。「そこの、馬に乗ってるあなた！　助けて！」

けれど大声を出すまでもなかった。馬に乗った男性はあきらかにこちらに向かっていて、とっさにアミリアはこのままでは蹴り飛ばされてしまうと思った。自分に差し向けられた殺し屋なのかもしれない。ところがその男性はあっという間に目の前を駆け抜けた。アミリアは振り返り、自分がヘンリーからほんの数メートルしか離れていなかったことに愕然とした。馬からさっと降り立った男性は、サイモンだった。サイモンはヘンリーの手首をブーツで踏みつけた。

「悪あがきはやめろ、コスグローヴ」サイモンが警告した。「殺すぞ、わかるよな」アミリアのほうに顔を振り向けた。「大丈夫か？」

アミリアは日傘を持ちあげてみせた。「このひ、ひ、日傘が役に立ったわ」

サイモンはヘンリーにもう片方の手で足をつかまれ、顔を蹴り返した。公爵が気を失い、サイモンが小径に立つアミリアと向き合った。「なにをされたんだ？」

「アヘンチンキ」そのひと言を発するだけでもアミリアには容易ではなかった。「フローラが死んだ晩にも彼女のシャンパンに入れたのよ」

「きみはほんとうに大丈夫なのか？」サイモンがそっと肩をつかんだ。「顔色が悪い」

アミリアはヘンリーのほうを見やった。「あの人よりはましよね」

「たしかに」

「わたしは大丈夫。ほんとよ」アミリアは舌のもつれを直そうと唾を飲みこんだ。「あの人はわたしへの贈り物のチョコレートにアヘンチンキを入れたの。シャーロットにしたのと同じように。彼女のポケットに入ってたサテンのリボンを憶えてる？」

サイモンはざっとアミリアを見まわして怪我がないのを確かめてから口を開いた。「それで揉み合った形跡がなかった説明がつく。薬物のせいで抵抗できない状態だったんだ。フローラについても同じことが言える。薬物で神経を麻痺させられていたのなら、あっさりバルコニーから突き落とされてしまったんだろう」

「そして、あの日、わたしたちはチョコレート店でこの人に会った」アミリアは言葉を継いだ。「わたしは哀しみのせいでやつれているんだろうと勘違いしていたんだけど、この人も薬物を使っていたのよ。どうしてもっと早く結びつけられなかったのかしら」

「それを言うならぼくもだ」サイモンはいまだ動かないヘンリーのほうを見やった。「だが、なぜこんなことを？」

「コスグローヴ家の血統を守るため」アミリアは説明した。「この人は婚約パーティの晩にダリアと対面した。すぐにふつうの状態ではないのを察して、自分の一族に遺伝するのではと恐れた。もうフローラとの婚約を破棄するのは手遅れだと考えて次善の策を取ることにした。それでフローラを殺し、さらにシャーロットとリナをも手にかけた。この人にとって、ふたりは、た、た、ただ跡形もなく事を片づけるために邪魔だっただけ」

「きみは医者に診てもらったほうがいい」サイモンの目は懸念に満ちていた。

「大丈夫よ」アミリアは請け合った。「アヘンチンキはただ犠牲者たちの気を緩ませるために使われていたんだもの。この人は自分で最後の片をつけるのを楽しんでいた。それに、ここにこの人を残していくわけにはいかないでしょう」

サイモンの馬車が大きな音を轟かせて公園のふたりのもとへ近づいてきた。馬車を駆る御者の隣には巡査が帽子を手で押さえて坐っている。御者が手綱を引いて馬車を急停止させると、埃が舞いあがった。

「心配無用だ」サイモンが言った。「もう、このいかれ男に逃げ場はない」

いかれ男。エンゲルソープ家の女性たちをいかれた女たち呼ばわりしていたヘンリーにはお似合いの呼び名だとアミリアは思った。

エピローグ

その晩、アミリアはウィニフレッドと彼女の部屋で腰をおろした。格別に慌ただしい日を締めくくるくつろぎのひと時だった。ヘンリーはアミリアに日傘で殴り倒されてから三十分後に警察に連行されていき、アミリアはサイモンに連れられて演奏会に戻り、酔い覚めのコーヒーを何杯も飲まされた。アヘンチンキが全身にまわった状態で女主人役を最後まで務めるのは大変だったけれど、サイモンの手助けでどうにかやり遂げ、もうへとへとだった。

ウィニフレッドも演奏とその後のパーティで疲れきっていた。裾が床まで届く寝間着をまとい、カメオが嵌めこまれたネックレスはまだつけたままだ。その輝きにアミリアが目を細めると、ウィニフレッドは笑い返した。贈り物は大成功だった。ぜったいに手放さないと言う。

「長い一日だったわね」アミリアはベッドの上掛けを折り返した。「もう寝たほうがいいわ」

「これで終わりなんて信じられない」ウィニフレッドが大きなあくびをして言う。「思ってたほど悪くなかったわ」

「完璧だった」

ウィニフレッドのあくびが満面の笑みに変わった。「ベインブリッジ卿とどこに行ってきたのか教えてくれる？　ふたりでいなくなったわよね」

アミリアは少女の枕を叩いてふくらませた。「だめ、きょうは。でも、いつかね」

「あなたに届く手紙みたいに？」ウィニフレッドがベッドに上がった。

「ええ」アミリアは答えた。「わたしに届く手紙みたいに」

「おやすみなさい、アミリア」

「おやすみなさい、いい子ね。すばらしい演奏に、あらためておめでとう」

アミリアがドアを閉めると、廊下でジョーンズが待ち受けていた。

「失礼いたします、奥さま。ですが、ベインブリッジ卿が客間でお待ちです」執事は鼻息を吐いた。「どうしても奥さまにお目にかかりたいとおっしゃられて」

「承知したわ、ジョーンズ」アミリアは疲れた笑みを浮かべた。「ありがとう」

サイモンの訪問は予想外とはいえ、うれしかった。ヘンリー・コスグローヴの逮捕について新たな情報が得られるのならなおさらに。けれどもう時刻は遅く、アミリアは疲れ果てていた。本音ではいますぐにもベッドにもぐり込んで寝てしまいたいくらいに。それでも風に吹かれて乱れたままの髪を撫でつけ、ドレスの皺を伸ばし、客間へ向かった。

「ベインブリッジ卿、こんなに遅くにおいでくださるなんて、もうわたしが恋しくなったのかし――」アミリアは冗談めかした言葉の途中で口をつぐんだ。サイモンの顔には不安と動揺が表れていた。ただごとではない。「どうかしたの？　その手に持っているのはなに？」

サイモンは一枚の紙を開いた。手がふるえている。「妹のマリエールからきみへの手紙だ」

アミリアは眉をひそめた。侯爵の妹さんとは面識がない。

「きみではなく——レディ・アガニ宛ての」

「妹さんの手紙をどうしてあなたが開いてるの？」アミリアは腹が立った。兄だからといって妹の郵便物を勝手に読む権利はない。

サイモンが喉をごくりと鳴らした。「玄関口の手紙受けの前を通りかかって、この宛名が目に留まったんだ。慌ただしい一日だったし、うちの執事ももう若くはないからな。投函し忘れたんだろう。シャーロットのことがあったから、つい気になってしまった。そうしたら案の定だ。読んでみてくれ」

アミリアはためらいがちにその手紙を受けとった。読者とは秘密をやりとりしている。回答者と読者は信頼関係で成り立っているのに、サイモンがしたことはその信頼を裏切る行為だ。けれどこのように渡されて、読む以外にどんな選択肢があるというの？　アミリアはサイモンにまじまじと見つめられながら、手紙に目を落とした。

親愛なる　レディ・アガニ

わたしは父にけっして許してはもらえない男性と恋に落ちてしまいました。父は結婚についていて名家ならではのきわめて厳格な考えを持っています。でも、わたしの心はわたしだけのものです。愛していない男性には嫁げません。ですから、わたしたちはすぐにグレトナグリーンに旅立たなければならないのです。ほかに選択肢は見つかりません。そうではありませんか？

かしこ

グレトナグリーンへ旅立つ娘　より

アミリアもサイモンが動揺する気持ちはわかった。グレトナグリーンはスコットランドとの国境を越えたところにある村で、通常なら二十一日まえから日曜日毎に結婚予告が必要となるが、そこへ行けばその条件を満たさずとも婚姻が可能だ。たとえ婚姻が叶わなかった場合でも、ふたりでそこへ旅立っただけでサイモンの妹さんは評判を穢すことになるだろう。それにより彼女の未来は一変する。

アミリアはサイモンと目を合わせた。侯爵は難解な数式を解こうとしているかのようにこちらを凝視していた。「これは問題ね」

「問題？」サイモンはいらだたしげに片手で髪を掻きあげた。「大惨事だ。すぐに返事を書いてくれ。ぜったいにやめるようにと。妹をグレトナグリーンに駆け落ちさせるわけにはいかない。これは決定事項だ」

アミリアは目をしばたたいた。「悪いけど、そういった方式はとれないの。わたしは直接返事を送ってはいない。雑誌社に返事を託しているんだもの。それに、彼女に指図することはできない。わたしは助言を与えているだけなのよ」

「妹はその助言に従うはずだ」

「そうだといいけど」アミリアは弱々しい笑みを返した。侯爵ほど自信は持てない。

サイモンがズボンのポケットに両手を突っこんだ。いまだ神経が高ぶっていて、そわそわするのをやめられないらしい。「だが、手助けしてくれるんだよな、アミリア?」

ほんのいっとき、アミリアはそう頼まれて悦に入った。立場が逆転するというのはなんて愉快な気分なんだろう。それからアミリアは力強く応じた。「もちろん、手助けするわ。友人はそのためにいるんですもの」

著者あとがき

活版印刷が発明されて以降、読者は雑誌、新聞、書籍を悩みごとの拠り所としてきましたが、実際にそうした悩みが投稿されるようになったのは十七世紀後半のことでした。最初に購読者に日常の困りごとを投稿するよう呼びかけて、読者の参加を促した定期刊行物が、アシニアン・マーキュリー誌です。とはいえ、当初のproblem pages（読者相談欄）はのちの人生相談欄とはだいぶ異なるものでした。掲載された内容は学術的、抽象的なものばかりで、個人の悩みについてはほとんど見当たりません。一六九三年に刊行された初めての女性誌レディース・マーキュリーでは早くも日々の悩みが取り上げられており、これがお悩み相談欄の先駆けのひとつであるのは間違いありません。

一七八五年に創刊されたロンドン・タイムズ紙も読者の日常の悩みを取り上げはじめました。第一面にagonies（悩みごと）と題した投稿者からのお悩み相談欄を設けたのです。わたしはその記事を見て初めてagony column《アガニー・コラム》（人生相談欄）という言葉を知りました。読者たちは下の名前だけで、もしくはイニシャルや匿名で悩みを手紙に書いて投稿し、その人生相談欄にはありとあらゆる悩みごとが掲載されていたのです。お金の紛失、迷子犬捜し、出会いを求めて、再会の願いなど。新聞の購読者たちは、ほかの人々の人生に隠された秘密に通じていたというわけです。そのような秘密が読まれていたことに、わたしはまず興味を掻き立てられました。

人生相談欄は出版界とともに移り変わり、一八三〇年代には安価な紙に印刷される週刊誌が大きく誌面を割いて、専用の投稿者のお悩み相談欄を設けました。ただしタイムズ紙の掲示欄とは異なり、投稿者がただ困りごとを送るだけのものではありませんでした。やがてagony aunt《アガニ・アント》(お悩み相談の婦人回答者)と呼ばれることとなる担当者から返答を得られるようになったのです。十七世紀から進化した新たな形態が築かれました。回答者たちは投稿者のお悩みを要約し、その余白に解決策を返答しました。ヴィクトリア朝時代に入ると、新たな印刷技術の開発、郵便料金の値下げ、教育水準の高まりにより、雑誌や新聞の生産量、流通量、読者数がいずれも増加していきます。安価な大衆誌ロンドン・ジャーナルは人生相談欄を定期掲載し、一八五〇年代半ばには発行部数が五十万部以上に達していました。

当然ながら、お悩み相談の回答者は引く手あまたとなり、筆名を使用して、担当欄の上部にはたいがい実物ではなく理想的な婦人回答者の姿が目印として描かれていたのです。助言の内容は、健康、美容、恋愛、育児にも及んでいました。ほとんどの回答者が道徳心と礼儀を求め、社会規範を説いていましたが、本書の登場人物、レディ・アガニはそうではありません。彼女は当時の社会同様に手紙の差出人たちも大きく変化しはじめていることに気づいていて、臆することなく慣例にとらわれない助言を与えます。

ここでわたしの母について触れておかなくてはいけません。母はＣＯＰＤ（慢性閉塞性肺疾患）を患い、肺機能が弱まり、晩年は自室から小さな居間へ二十四歩でたどり着けただけでも、わたしと喜びを分かち合ったものでした。そこで、わたしは新聞を手に取り、〈アニーの郵便箱〉欄を読んで聞かせました。母とわたしはその回答について論じ合い、自分たちの経験から大幅に修正していました。当時は気づいていませんでしたが、そうした日課が励みになっていたのです。レディ・アガニも規範よりもみずからの実践経験をもとに助言を考案しています。

ご興味があれば、ロンドン・タイムズ紙のデータベース、Times Digital Archiveをご覧になってみてください。第一面の二段目に掲載された投稿をいまも読むことができます。それよりも見つけるのはむずかしいのですが、ロンドン・ジャーナル誌の人生相談欄も面白くてお勧めです。わたしがその分野の調査で助けられた書籍を二冊ご紹介しておきます。Tanith Carey著『*Never Kiss a Man in a Canoe:Words of Wisdom from the Golden Age of Agony Aunts*』とRobin Kent著『*Aunt Agony Advises:Problem Pages through the Ages*』。最初の書籍は現在も手に入りやすいのですが、もう一冊のほうは古書で購入できます。

謝辞

わたしは十代の頃から歴史小説を愛読してきました。宿題はそっちのけでヴィクトリア朝時代の小説を読みふけり、つらいことも多かった高校時代の鬱憤を晴らしていたのです。その世界に入りこんで過ごす時間が大好きでしたし、いまもわたしにとって大切な世界です。ですから、本書の執筆で夢が叶ったと言っても過言ではありません。まさしく情熱の結晶です。とはいえ、大勢の方々の助けと励ましがなければ、長年の夢を実らせることはできなかったでしょう。この場を借りて、その方々に感謝を申しあげます。

わたしのすばらしい支援者でエージェントのアマンダ・ジェインの励ましと助言と揺るぎない決意に感謝します。熱意と思いやりと知識にあふれ、信じられないくらい心やさしい編集者のミシェル・ヴェガにも、ありがとう。制作担当編集者のメガン・エルモア、原稿整理編集者のランディー・リプキン、編集助手のキャンディス・クートとアニー・オダーズをはじめ、本書に時間を費やしてくれたバークリー社の人々すべてに謝意を捧げます。昼も夜も欠かさずにわたしのおかしな質問に答えてくれた、最初の読者で編集者のエイミー・セシル・ホルムと、もう頼らずにはいられない賢明な助言をくれるエレナ・ハートウェル・テイラーに感謝を。夫のクウィンティン、娘たちマデリンとメイジーには、初めの頃からずっとわたしの執筆を支えてくれてありがとう。最後に、そのほかの親類、なかでももうこの世にはいないけれど忘れようのない最愛の父と母に感謝します。ふたりが最高の助言をくれたおかげで、わたしは作家になる夢を追いつづけることができたのです。助言どおりにして、ほんとうによかった。

訳者あとがき

お悩み相談欄といえば、新聞や雑誌には欠かせないもので、べつの記事を目当てに読んでいても、いつの間にかそこへ目を引かれてしまうといった妙な魅力があります。その歴史は古く、本書の著者あとがきでも触れられているように、十九世紀半ばにはもうロンドン・ジャーナル誌などで人生相談は人気のコーナーとして定着していましたし、日本でも大正時代には新聞の紙面に「身の上相談」が登場していたとのこと。いまではそうしたものが当時の日常を後世に伝える貴重な資料となっているのは、どの国にも共通することなのでしょう。

本書は、ヴィクトリア朝時代のロンドンで、たまたまそうした週刊誌のお悩み相談欄の人気回答者となった若き貴婦人が、読者からのお悩み相談の手紙をきっかけに、探偵さながら殺人事件の解決に挑む物語です。

小さな村で人気の宿屋の娘として生まれ、そこを訪れた伯爵の妻となってロンドンにやってきたアミリア。けれど二年まえに結婚からわずか二カ月で夫を亡くし、以来、若く裕福な伯爵未亡人として、高級住宅街のメイフェアで暮らしています。生きがいは、ともに暮らす亡き夫の姪で両親も亡くしたウィニフレッドの成長と、週刊誌のお悩み相談欄の人気回答者

〝レディ・アガニ〟という秘密の仕事。いまだ喪に服しながらも充実した暮らしを送っていたある日、どこかの屋敷の侍女から、お悩み相談の手紙の追伸で〝奥さまが殺された〟とのメッセージを受けとります。ひそかにその侍女との待ち合わせ場所に向かったものの、そこで思いがけず女性の死体を発見することに。現場の状況からして、彼女は殺されたとしか思えませんでした。とはいえ警察に通報しようにも、家族にも隠し通しているべつの顔〝レディ・アガニ〟として手紙を受けとったことを明かすわけにもいかず、窮地に陥るアミリア。それでも自分の愛読者を殺した犯人に裁きを受けさせなければと決意し、どういうわけかその現場に居合わせた、容姿端麗だけれど皮肉屋のベインブリッジ侯爵とともに秘密の調査に乗りだします。

アミリアを取り巻く人々は、娘も同然の十歳のウィニフレッド、家族ぐるみの付き合いのベインブリッジ侯爵をはじめ、亡き夫のおばで屋敷を取りしきるタビサ、幼なじみで週刊誌の記者となったグレイディ、格別な愛らしさで社交界の人気者の親友キティ、彼女の夫で子爵の子息かつ学者のオリヴァー、さらに伯爵家の生真面目な執事や友人同然の侍女といった個性的な面々ばかり。アミリアはいつでも愛用のパラソルを手に、事件の手がかりを追って、関係者の邸宅、波止場、舞踏会、田舎屋敷など、あちこちへ出向きますが、あやしい人物は増えるいっぽうで、ついには脅迫状めいたものまで届いて……。

伯爵未亡人という立場ながら田舎育ちで率直に話し行動力もあるアミリアと、半ば強引に事件の調査を手伝わされるはめとなり、ことあるごとに皮肉を口にしながらもなかなかに世話焼きで謎も多いベインブリッジ侯爵サイモンという迷コンビの関係も、読みどころのひとつです。若く大らかな伯爵夫人がひそかにお悩み相談の人気回答者を務めながら事件に挑む新シリーズの第一作として、市民の生活が大きく変化していた時代のロンドンの空気も相まって、主人公のアミリアと同じように読者も想像力を掻き立てられる要素にあふれています。

今回の物語では、週刊誌のお悩み相談欄に読者から寄せられる手紙やその回答がずいぶんと迅速にやりとりされていることが窺えるので、当時のロンドンの驚くべき郵便事情をご参考までに付記しておきます。『19世紀のロンドンはどんな匂いがしたのだろう』（ダニエル・プール著、片岡信訳、青土社）によれば、一八四〇年に郵便制度が変わる以前から、ロンドン市内とその周辺地域には全国郵便を取り扱う本局とはべつに「二ペンス郵便」というものが組織・運営されていたとのこと。これは市内の指定された局か配達人に託された手紙を二ペンスで配達する方式で、午前十時まえに預けられた手紙は昼の配達便に乗せられ、もし受取人がその場で返事を書くのを配達人が待ってくれれば、同日夜の七時頃までには送り主の手元に返事が届いていたというのです。また、ロンドンの日常の場面を記した十九世紀半ばの本には、新聞社の印刷開始時間に間に合うように編集長宛ての手紙を新聞社に続々と直接投函しに訪れる人々の様子が描かれたものもあり、大都市で市民の投書がいかに早く届けられていたのかがわかります。

さらに、アミリアが長々と喪服を身に着けさせられている点についても時代背景を少し。ヴィクトリア朝時代の服喪中の慣習はとてもきびしく、未亡人は一年九カ月後にようやく黒のちりめんの喪服から無地の黒の服に着替え、二年後から半年は半喪としてグレーやラベンダーや白を着用していたとのこと。タビサはたしかに礼儀作法にうるさい老婦人なのですが、ちょうど慣習どおりに指南していたことになり、当時としてはきびしすぎるというほどでもないようです。

最後にもうひとつ、アミリアとベインブリッジ侯爵が立ち寄るチョコレート店について。ふたりがバーリントン・アーケードへ向かうあいだの道筋と、特徴的なリボンから、オールドボンド・ストリートを挟んだロイヤル・アーケードにある、英国最古のショコラティエとも言われる〈シャルボネル・エ・ウォーカー〉を連想された方もおられるのでは。でも残念ながらこちらの創業は一八七五年で、本書の舞台、一八六〇年にはまだ開店していません。今回は事件と関わりがないわけでもないので、架空のチョコレート店ということなのでしょう。こちらの老舗店のチョコレートが美味しいのは間違いありませんが。

本書の著者、メアリー・ウィンターズは、文芸創作の学位を得た大学時代にすでにヒストリカルロマンス小説を一作仕上げていたものの、大学院では文学小説に移り、卒業後は素人探偵の教授が主人公のミステリシリーズを書きはじめました。それでもヴィクトリア朝時代が舞台の物語を愛する気持ちが変わることはなく、二〇一九年に英国へ家族旅行に出かけたのをきっかけに情熱がよみがえり、本書のシリーズを執筆するに至ったそう。これまでにメアリー・アンジェラ名義でいずれもアメリカのサウスダコタ州を舞台に、ギフトショップを営む女性が主人公の人気コージーミステリを三作、女性教授が素人探偵として活躍するミステリシリーズを四作、本国アメリカで上梓しています。

本書（原題 *Murder in Postscript*）は A Lady of Letters Mystery シリーズの第一作で、第二作 *Murder in Masquerade* が二〇二四年二月に本国で刊行予定です。どうやら本書のエピローグでベインブリッジ侯爵がアミリアに持ちこんだ妹のお悩み相談の手紙から、新たな物語は幕を開けるもよう。今度はどのような事件にこの迷コンビが挑むことになるのか、アミリアを取り巻く人々の今後も含めて、期待は高まります。

二〇二三年八月

村山美雪

コージーブックス

伯爵《はくしゃく》夫人《ふじん》のお悩《なや》み相談《そうだん》①
追悼《ついしん》、奥《おく》さまは殺《ころ》されました

著者　メアリー・ウィンターズ
訳者　村山美雪《むらやまみゆき》

2023年　10月20日　初版第1刷発行

発行人　成瀬雅人
発行所　株式会社　原書房
〒160-0022 東京都新宿区新宿1-25-13
電話・代表　03-3354-0685
振替・00150-6-151594
http://www.harashobo.co.jp
ブックデザイン　atmosphere ltd.
印刷所　中央精版印刷株式会社

落丁・乱丁本はお取り替えいたします。
定価は、カバーに表示してあります。
 ISBN978-4-562-06133-4 Printed in Japan